NÃO DIGA NOITE

AMÓS OZ

Não diga noite

Tradução
George Schlesinger

2ª *edição*

Companhia Das Letras

Copyright © 1994 by Amós Oz

Grafia atualizada segundo o Acordo Ortográfico da Língua Portuguesa de 1990, que entrou em vigor no Brasil em 2009.

Título original
Al taguidi laila

Capa
Raul Loureiro

Imagem de capa
© Jean-Louis Swiners/ Gamma-Rapho/ Getty Images

Preparação
Silvana Melati Cintra

Revisão
Ana Paula Castellani
Eliana Antonioli

Atualização ortográfica
Viviane T. Mendes

Dados Internacionais de Catalogação na Publicação (CIP)
(Câmara Brasileira do Livro, SP, Brasil)

Oz, Amós, 1939-2018.
  Não diga noite / Amós Oz ; tradução George Schlesinger. —
2ª ed. — São Paulo : Companhia das Letras, 2019.

  Título original: Al taguidi laila.
  ISBN 978-85-7164-711-4

  1. Romance israelense I. Título.

97-4461   CDD-892.436

Índices para catálogo sistemático:
1. Romances : Século 20 : Literatura israelense   892.436
2. Século 20 : Romances : Literatura israelense   892.436

[2019]
Todos os direitos desta edição reservados à
EDITORA SCHWARCZ S.A.
Rua Bandeira Paulista, 702, cj. 32
04532-002 — São Paulo — SP
Telefone: (11) 3707-3500
www.companhiadasletras.com.br
www.blogdacompanhia.com.br
facebook.com/companhiadasletras
instagram.com/companhiadasletras
twitter.com/cialetras

NÃO DIGA NOITE

Às sete da noite, sentado no terraço do seu apartamento no terceiro andar, ele vê o dia sumindo e espera. O que promete esta última luz? E o que ela é capaz de cumprir? À sua frente um pátio vazio com um canteiro de grama, oleandros, um banco e um abrigo de buganvílias maltratadas. O pátio termina num muro de pedra onde se vê o contorno de uma abertura tampada por fileiras também de pedras. As pedras do remendo são mais novas, mais claras, agora lhe parecem até um pouco menos pesadas que as pedras originais. Atrás do muro se erguem dois ciprestes. Neste momento, na luz noturna, a cor deles parece negra, e não verde. Mais adiante, estendem-se morros vazios. Lá está o deserto. E ali, vez ou outra, levanta-se um redemoinho de poeira, se agita por um momento, se retorce, se remexe, se aquieta. E reaparece em outro lugar.

O céu fica cinzento. Há algumas nuvens tranquilas, e uma delas reflete palidamente a luz do crepúsculo. O pôr do sol em si não pode ser visto do terraço. Sobre o muro de pedra no fim do pátio, um pássaro emite um canto sentido, como se tivesse acabado de descobrir algo impossível de conter. E você?

A noite cai. As luzes das ruas acendem-se na cidade e as janelas das casas brilham entre espaços escuros. O vento sopra mais forte e traz consigo um cheiro de fogueiras e pó. O luar lança uma máscara de morte sobre as colinas mais próximas, como se elas não fossem mais colinas e sim notas graves de uma melodia abafada. Aos seus olhos, esse lugar parece o fim do mundo. Ele não se importa de estar no fim do mundo. Já fez o que podia fazer, e de agora em diante espera.

Assim, ele deixa o terraço, entra, senta-se, os pés descalços sobre a mesinha de centro, braços largados para fora da poltrona, como se estivessem sendo puxados com força em direção às lajotas do piso. Não liga a televisão, nem a luz. Lá da rua ouve-se um carro cantando pneus, seguido do latido de cães. Alguém está tocando uma flauta, não uma melodia inteira mas simplesmente escalas que vão e vêm repetidamente, sem nenhuma variação aparente. Esses sons lhe agradam. No coração do edifício o elevador passa pelo seu andar e não para. No rádio do apartamento ao lado, ouve-se a voz de uma locutora, aparentemente falando uma língua estrangeira, apesar de ele não ter muita certeza disso neste instante. Ouve-se uma voz masculina nas escadas, Isso está fora de cogitação. Outro homem responde, Então tudo bem, não vá, que virá.

Quando o ruído do refrigerador cessa por um instante, podem-se ouvir as cigarras no *wadi*, como se estivessem pontuando o silêncio. Uma brisa leve penetra, agita as cortinas, folheia o jornal sobre a prateleira, atravessa a sala, sacode as folhas das plantas, sai pela outra janela e volta para o deserto. Por um momento ele abraça seus próprios ombros. Este prazer o faz recordar uma noite de verão numa cidade de verdade, talvez Copenhague, onde uma vez esteve por dois dias. Lá a noite não cai de repente, e sim vai chegando devagar. Ali o véu do anoitecer se estende por três ou quatro horas, como se a noite quisesse se prolongar até a aurora. Vários sinos tocavam, e um deles tinha um som rouco, que parecia tosse. Uma chuva fina unia o céu noturno às águas dos estreitos e dos canais. Na chuva passava um bonde com faróis acesos, vazio, pareceu-lhe ver uma jovem bilheteira curvada conversando com o condutor, seus dedos apoiados sobre a mão dele, e lá se foi, de novo a chuva fina, como se a luz noturna não a atravessasse, mas viesse dela, e as gotas finas se juntassem aos respingos da pequena fonte na praça ao lado, onde a água calma era iluminada pelo lado de dentro a noite inteira. Um bêbado esfarrapado, não muito jovem, estava sentado na borda cochilando, a cabeça enterrada fundo no peito, e os pés, calçados porém sem meias, mergulhados na água. Totalmente imóvel.

E que horas são agora?

Ele se esforça para enxergar o relógio no escuro, vê os ponteiros luminosos e esquece a pergunta. Talvez seja este o início do lento declínio da dor para o pesar. Os cães começam a latir de novo, dessa vez furiosamente, nos quintais e terrenos baldios, os latidos vêm também do *wadi*, e de mais longe, da escuridão longínqua, das colinas, cães que guardam os rebanhos dos beduínos, e cães solitários, talvez sentindo o cheiro de uma raposa, um latido que se transforma em ganido, e é respondido por outro, lancinante, desesperado, como que chorando uma perda irreparável. E este é o deserto numa noite de verão: antigo, impassível, vítreo. Nem morto nem vivo. Apenas presente.

Ele olha em direção aos morros, através da porta de vidro e do muro de pedra no fundo do pátio. Tem uma sensação de gratidão, e não sabe direito por quê, talvez seja gratidão pelos morros. Aos sessenta anos, compleição robusta, rosto largo, ligeiramente rude, os traços de camponês, a expressão dúbia de suspeita ou dúvida, com uma sombra oculta de astúcia. O cabelo grisalho quase até a raiz, um bigode elegante, autoritário. Naquele recinto, em qualquer recinto, os outros têm a impressão de que ele toma mais espaço que o seu corpo na verdade ocupa. O seu olho esquerdo está quase sempre meio fechado, não como se estivesse piscando mas como se olhasse fixamente para um inseto ou um objeto minúsculo. Mesmo desperto, está sentado como se estivesse acordando de um sono profundo. Ele se satisfaz com a conexão silenciosa entre o deserto e a escuridão. Outras pessoas estão ocupadas esta noite se divertindo, se arrumando, se lamentando. Ele se permite de bom grado este momento, que não lhe parece vazio. Por ele, o deserto está correto e o luar justificado. Pela janela à sua frente avista três ou quatro estrelas brilhando forte sobre os morros. Em voz baixa ele declara: Agora se pode respirar.

É só à noite que consigo respirar um pouco, quando esse calor enfraquece. Lá se foi mais um dia doido, e eu passo o tempo todo correndo atrás do tempo. Das oito da manhã até as quinze para as duas — no colégio, duas horas de literatura geral, duas horas de inscrições para os exames finais e mais uma hora para alunos imigrantes da Rússia cujas cabeças decididamente não entendiam o Exílio do Divino Espírito. Uma garota bonita chamada Ina ou Nina disse numa aula sobre Bialik: As palavras dele são bíblicas, o sentimento é tirado de Lermontov, e a poesia é anacrônica. E declamou alguns versos em russo, talvez para mostrar o tipo de poesia de que gostava. Interrompi-a, apesar de eu mesma já estar cheia do assunto. E mal me contive para não dizer que, por mim, o tal Divino Espírito no Exílio podia ficar por lá.

Durante a minha hora de intervalo, a partir das onze e quinze, sentei perto do ar-condicionado na sala dos professores para preparar a aula seguinte, mas logo fui convocada para uma reunião na sala do vice-diretor com uma das professoras novas que tinha se melindrado com algo que uma professora antiga dissera. Concordei um pouco com cada uma e sugeri que ambas se perdoassem mutuamente e esquecessem o assunto. É um milagre como tais chavões, em especial a palavra perdoar, quando ditos no momento certo e com imparcialidade, conseguem despertar lágrimas e promover tréguas. Tais frases simplórias ajudam a acalmar as mágoas, talvez porque estas tenham sido geradas por outras frases simplórias.

Em vez de almoçar comi um *falafel* no caminho, para não chegar atrasada a uma reunião às duas e quinze na Secretaria do Conselho dos Trabalhadores. Procurávamos conseguir algum apoio para a ideia da clínica. A praça junto ao farol de trânsito estava vazia e fervia de calor. No meio do desolado leito de alecrins, um imigrante recém--chegado, atarracado, maduro, de óculos e boina preta, apoiava-se imóvel numa enxada como se estivesse desmaiado em pé. Sobre ele o próprio sol parecia desmaiar em meio à abrasadora nebulosidade. Às quatro, com uma hora de atraso, chegou de Tel Aviv o advogado de Avraham Orvieto, um rapaz chamado Ron Arbel, garotinho mimado que a mãe fizera vestir roupa de homem de negócios. Sentamo-nos com ele no Café Califórnia e escutamos uma detalhada explicação referente ao aspecto financeiro. Às quinze para as cinco levei-o para conhecer o secretário das Finanças, o suor já começando a grudar, as minhas axilas cheirando azedo como se fossem de outra mulher. De lá fomos a uma consulta na corretora de Muki; ele prometera escrever um memorando, mas não tinha escrito, e em vez disso falou durante meia hora sobre si mesmo e sobre as coisas que esse governo não percebe. Na camiseta dele estava estampado o desenho agressivo de um novo conjunto de rock chamado Lágrima do Diabo. De lá fomos para o Centro Educacional e para a farmácia ao lado do farol, e ainda consegui ir ao supermercado quinze minutos antes de fechar, tirar algum dinheiro do caixa eletrônico e buscar o ferro de passar no conserto. Quando cheguei em casa já estava escuro, eu morta de calor e cansaço, e o encontrei sentado na poltrona da sala. Nenhuma luz.

Nenhum som. Outro protesto silencioso, para me fazer recordar que o preço das minhas atividades é a solidão dele. É um ritual que tem regras mais ou menos definidas. Eu sou culpada, em princípio, pelo fato de haver entre nós quinze anos de diferença. Ele, em princípio, me perdoa porque é uma pessoa magnânima.

Tinha preparado o jantar sozinho: Você está cansada, Noa, sente-se, assista ao noticiário. Fritou omelete com cebola, preparou uma salada de verduras em forma geométrica, cortou algumas fatias de pão preto, servindo-as numa tábua de madeira, com queijo, e alguns rabanetes que havia descascado em forma de brotos de rosa. E esperou que eu me manifestasse, como se o conde Tolstói mais uma vez tivesse se dignado a acender o forno com as próprias mãos na choupana de um dos seus servos.

Depois do noticiário, ferveu um pouco de água, preparou um chá de ervas para nós dois, colocou uma almofada sob a minha cabeça e outra sob os meus pés, e escolheu um disco. Schubert. *A morte e a donzela*. Mas quando puxei o telefone e liguei para Muki Peleg perguntando se o memorando já estava pronto, e em seguida para Ludmir, e depois para Linda, para esclarecer algo sobre a situação da licença de funcionamento, sua generosidade se esgotou e ele se levantou, tirou a mesa e lavou a louça, foi em silêncio até o quarto e fechou a porta, como se eu tivesse a obrigação de correr atrás dele. Se não fosse essa demonstração de protesto, talvez eu tomasse um chuveiro e fosse até ele, contar-lhe o que havia acontecido, pedir seu conselho. Mas, na verdade, não tenho tanta certeza. É duro quando ele começa a falar, e sabe exatamente o que está errado no nosso projeto, e o que eu não deveria ter dito para quem de maneira nenhuma, e ainda mais duro quando ele fica calado prestando atenção, e se esforça para não deixar a atenção se dispersar, como um tio paciente que resolveu dedicar alguns minutos preciosos para escutar da menininha o que foi que assustou a sua boneca.

Às dez e quinze, após tomar um chuveiro, primeiro gelado e

depois quente, caí exausta na minha cama e tentei me concentrar um pouco no livro sobre os sintomas da dependência das drogas. Aí ouvi baixinho o som da BBC vindo do quarto dele. A transmissão internacional. Ultimamente, como Menahem Begin nos seus anos de reclusão, ele dera para sintonizar Londres todas as noites. Estaria em busca de alguma notícia que ocultavam de nós? Procurando uma outra perspectiva? Ou se servia do noticiário para conversar consigo mesmo? Talvez esteja apenas tentando adormecer. A insônia dele me persegue no meu sono e apaga os poucos sonhos que eu poderia ter.

 Mais tarde, morta de cansaço, abandonando óculos, livro e luz, ainda pude ouvir, como um som submarino, seus passos descalços no corredor, provavelmente na ponta dos pés para não me incomodar, a geladeira se abrindo, a torneira, as luzes sendo sistematicamente apagadas, o apartamento sendo trancado, seus constantes passeios noturnos que ao longo desses anos me dão a sensação de um estranho invadindo a casa. Depois da meia-noite tive a impressão de ouvir o seu toque na porta, e das profundezas do meu cansaço quase me rendi à sua tristeza, e os passos nas pontas dos pés já estavam se afastando no corredor, talvez ele tenha saído para o terraço sem acender nenhuma luz. Nestas noites quentes de verão ele gosta do terraço. Ou talvez não tenha havido nada, nem os passos, nem o toque na porta, nem sua tristeza atravessando as paredes; talvez tenha sido tudo apenas uma névoa, e eu já estivesse dormindo. Tive um dia pesado, e amanhã depois do colégio outra reunião no escritório de Muki Peleg, e talvez eu tenha de ir a Beersheva para finalmente resolver o assunto da licença. Tenho de dormir para estar ainda mais desperta que hoje. Amanhã também será um dia pesado. E o calor. E o tempo que passa.

Desta vez não prosseguiu do outro lado da parede a caminho do andar superior, mas parou, abriu-se com um leve rangido para logo em seguida fechar-se com uma batida e subir adiante. Frio e silencioso, uma lagartixa de olhos gelados observando na escuridão um inseto colorido que dança na luz: é assim que eu a recebo. O zunido da sua saia, o impulso elétrico da sua vontade antes do movimento, o movimento em si, o ruído dos seus saltos entre a porta do elevador e a porta do apartamento, a fechadura virando: como sempre, sem vacilar, a chave entre seus dedos penetra diretamente no buraco.

Ela foi de um quarto a outro falando comigo em voz alta, sua voz jovem e clara, engolindo o final das frases, atravessou o apartamento de um lado a outro, acendendo as luzes todas, no hall de entrada, na cozinha, no banheiro, e bem em cima da minha cabeça na sala de estar, deixando pelo caminho um leve rastro de perfume silvestre e uma fileira de luzes elétricas acesas, como para iluminar a pista para a sua aterrissagem. Toda a casa brilha de luz.

Ao passar por mim, largou sobre a mesa da sala a cesta de compras, sua pasta de trabalho e duas enormes sacolas de plástico. Perguntou: Por que você está sentado no escuro, Teo? E ela mesma respondeu: Você adormeceu de novo, desculpe tê-lo acordado, na verdade você deveria me agradecer, senão como iria conseguir dormir à noite? Curvou-se e tocou os lábios nos meus cabelos, um beijo rápido e amigável, imediatamente tirou meus pés descalços de cima da mesa e fez menção de sentar-se ao meu lado, mas não, livrou-se dos sapatos, deu um giro súbito na sua saia leve com estampa azul de losangos, e disparou para a cozinha, voltando com dois copos altos cheios de água mineral e disse, Estou morrendo de sede, bebeu, enxugou a boca com as costas da mão num gesto infantil, e disse, O que é que há de novo? E outra vez levantou-se correndo para ligar a TV, e só então sentou-se por um momento no braço da minha poltrona, quase se apoiando em mim, mas sem se apoiar, afastou os cabelos loiros dos olhos como se estivesse abrindo uma cortina, e disse, Deixa eu te contar o dia maluco que tive.

E parou. De repente bateu dois dedos na testa e se afastou num salto para a outra poltrona dizendo, Desculpe, Teo, só um minuto, preciso dar dois telefonemas rápidos, quem sabe você não quer ir preparando uma salada? Não comi quase nada desde de manhã, só um *falafel*, estou morrendo de fome, espere só um pouquinho, num instante resolvo isso e então podemos conversar. E pôs o telefone no colo e ficou grudada nele uma hora. Enquanto falava devorou automaticamente todo o jantar que preparei e servi, alternando sugestões, sentimentos e opiniões perspicazes, mastigando a comida nos intervalos em que permitia que seus interlocutores se defendessem. Percebi que diversas vezes ela disse, Deixa disso!, Qual é?, e também, E daí?, Para com isso, Deixa de piada, e, Ótimo, Perfeito, É pegar ou largar. Suas mãos são bem mais velhas que ela, os dedos rijos um pouco ressecados, a pele ligeiramente enrugada, as costas das mãos marcadas com veias saltadas e manchas de pigmento parecendo torrões de terra. Como se os seus verdadeiros anos tivessem recuado temporariamente do corpo para as mãos, ali juntando reservas de velhice, pacientemente à espera de um momento de fraqueza.

Depois, através da porta do banheiro entreaberta, ouvi durante vinte minutos o jato de água e sua voz jovem cantando uma canção de alguns anos atrás que fala de uma rosa branca e uma rosa vermelha, seguida do som do secador de cabelos e de uma gaveta do armário se abrindo. Depois de vinte minutos saiu penteada, perfumada, vestindo um penhoar de algodão azul-claro, e disse, Estou morta, acabada, vamos conversar amanhã de manhã. Porém não me pareceu cansada, e sim leve e atraente, os quadris cheios de vida e respirando sob o fino penhoar, quando disse, Boa noite, Teo, não fique zangado, e também não vá dormir muito tarde. E disse de novo, Que dia maluco eu tive. E fechou a porta atrás de si. Depois de alguns minutos folheando um livro, aparentemente se deparou com algo engraçado que a fez rir baixinho. Quinze minutos depois apagou a luz.

Como sempre, esqueceu de fechar até o fim a torneira do chuveiro. Do lugar onde eu estava na área de serviço, pude ouvir um fiozinho de água correndo. Fui até o banheiro e fechei a torneira com força, tampei o tubo de pasta de dentes, apaguei a luz e dei a volta pelo apartamento apagando todas as luzes que ela deixara acesas.

Ela tem o dom de adormecer num instante. Como uma menininha querida por todos que fez seus deveres de casa, arrumou a escrivaninha, lembrou-se de tirar as fivelas do cabelo, acreditando firmemente que tudo está em ordem, que todo mundo está contente com ela e que amanhã é outro dia. Está tão em paz consigo mesma, com a escuridão, com o deserto atrás dos dois ciprestes no fundo do quintal, com o lençol que está enrolado à sua volta e com o travesseiro bordado que ela aperta com força contra o peito durante o seu sono profundo. O sono dela desperta em mim uma sensação de injustiça, ou talvez meramente ciúme; no meio da minha raiva está claro para mim que não há motivo para ficar com raiva, mas o simples conhecimento desse fato não elimina o sentimento, apenas me irrita ainda mais.

Sentei-me de camiseta ao lado da janela do meu quarto, e consegui achar Londres no rádio. Entre os noticiários havia um programa sobre a vida e os amores de Alma Mahler. A locutora disse que o mundo masculino era incapaz de compreender o coração dela e via em Alma uma figura diferente do que era na verdade; e aí começou a explicar como era Alma Mahler na verdade. No meio da frase, interrompi a locutora, para provar que o mundo masculino não tinha melhorado, e fui descalço até a cozinha para vasculhar a geladeira. No fundo, só queria um gole de água gelada, mas a luz suave no interior da geladeira me seduziu como se fosse uma carícia. Assim, para não perdê-la e ficar no escuro, peguei um pouco de vinho gelado e tirei o papel de um triangulozinho de queijo, e me percebi arrumando as prateleiras. Cheirei algumas vezes o litro de leite aberto, desconfiando ora do leite ora do meu olfato. Joguei no lixo um pacote de salsichas porque a cor delas era suspeita. Arrumei os iogurtes em linha reta por data de vencimento, coloquei os ovos nas bandejas dos ovos e fechei o compartimento. Hesitei um momento diante de um pote de atum, mas fiz uma concessão e tampei o pote com filme plástico. Peguei algumas garrafas de suco e água mineral no armário e as enfiei na porta da geladeira para preencher alguns vazios. Arrumei a gaveta de verduras e depois a de frutas. Com dificuldade resisti à tentação de atacar também o compartimento do freezer. Fui na ponta dos pés até a porta do quarto dela: se ela me chamar, aqui estou. Se não, posso pelo menos tentar captar um lampejo do seu sono. Talvez o sono que ela tem a mais sopre na minha direção.

    Dali para o terraço, para a cadeira desbotada que lembra a poltrona da vovó.

    A noite está quase transparente. O mundo inteiro banhado por uma luz prateada, fina e fria. O mundo não respira. Os dois ciprestes parecem esculpidos na rocha. As montanhas lunares parecem feitas de cera lunar. Criaturas nebulosas se vislumbram aqui e ali, e também parecem vindas da lua. Nos vales, há sombras dentro de sombras. E havia uma única cigarra, que percebi só depois que parou de cantar. O que os homens viam de fato em Alma Mahler, e como era ela na realidade? Possivelmente havia resposta para essa pergunta, mas eu não a enxergava. Quase com certeza, a pergunta não fazia sentido, formulada de forma vazia, e não existe resposta teoricamente possível. A presença de morros vazios na escuridão elimina expressões do tipo "quase com certeza" ou "teoricamente possível", e esvazia a pergunta O que foi que eu vi em você, Noa, ou o que foi que você viu em mim? Vou parar. Vamos supor que você veja em mim aquilo que eu vejo quando às vezes olho para o deserto. E eu? Digamos: uma mulher quinze anos mais nova do que eu e que tem a vibração da própria vida, uma vibração protoplásmica, rítmica, da época em que ainda não existiam palavras e dúvidas no mundo. E apesar disso, sem querer, às vezes ela toca de repente o coração. Toca como um cachorrinho, como um passarinho.

Anos atrás aprendi a me orientar um pouco pelas estrelas. Aprendi no exército, ou ainda antes, no movimento juvenil. Até hoje, nas noites claras, consigo identificar a Ursa Maior, a Ursa Menor e a Estrela do Norte. Quanto aos planetas, ainda consigo localizá-los, mas esqueci qual deles é Júpiter, Vênus ou Marte. Neste momento, no silêncio absoluto, tudo parece ter parado e até mesmo os planetas se cansaram. E parece que a noite será para sempre. Todas as estrelas parecem pequenos furos no teto do andar de cima, gotas da luz do céu brilhando do outro lado. Se a cortina se abrir, o mundo será inundado de brilho e tudo ficará iluminado. Ou queimado.

Há uma boa luneta em casa, guardada atrás dos lençóis na segunda prateleira da esquerda. Eu poderia ir lá dentro buscá-la, voltar para o terraço e olhar mais um pouco. Talvez Nehemia tenha lhe deixado a luneta que um dia pertenceu a Gorovoy, o xereta. Ou a Yoshku, seu primo. Ainda há quatro ou cinco objetos desses perdidos na casa. O resto se foi. Jogado fora. Mais mimado do que ele, dissera ela certa vez no meio de uma briga, ainda mais troglodita. Ela interrompeu a frase no meio. Nunca mais repetiu. Mesmo quando brigamos ela controla a si mesma, e a mim, pé firme no breque. Eu também tomo cuidado, sei os limites: é como encostar vidro em vidro e pressionar quase até quebrar. Mas tirar na hora certa. Das montanhas do leste chega uma lufada do cortante vento do deserto. Como uma lâmina fria e afiada. A desolação está respirando secretamente. A poeira e as pedras parecem uma extensão de águas quietas na escuridão. E de repente o ar agora está até fresco. Quase duas da manhã. Não estou cansado, mas vou para o meu quarto sem acender as luzes, tirar a roupa e me deitar. A rádio de Londres me contará o que ainda não sabemos aqui. Como vai o mundo esta noite? Confrontos tribais na Namíbia. Enchentes em Bangladesh. Aumento do número de suicídios no Japão. O que virá a seguir? Vamos esperar para ver. O que vem a seguir é música punk, cruel, penetrante, áspera e sangrenta, de Londres, às duas e quinze na madrugada de quarta-feira.

Acordei às seis e consegui escrever o memorando. Muki Peleg vai dar uma revisada e Linda se ofereceu para datilografar. Na hora do almoço, vou enviá-lo a Avraham Orvieto, com cópias para a prefeita e para a Secretaria das Finanças. Para quem mais devo mandar? Preciso achar alguém que tenha alguma ideia. Talvez conseguir uma cópia do regulamento oficial e decorar tudo. Será que deveria consultar o Teo de qualquer maneira? É tudo o que ele está esperando, como um caçador. Desde o começo ele sabe que eu não estou à altura do desafio. Desde o começo sabe que após alguns tropeços ou fracassos eu virei correndo para ele. Entrementes, sua tática é não dizer nada e não interferir. Tal como se comporta um adulto que deixa a criança trepar onde quiser, mas, sem que ela perceba, fica sempre de olho e com os braços livres, de modo que possa agarrá-la se cair.

Comecei o memorando com um relato sobre o desenvolvimento da ideia. Achei a expressão inadequada, mas não consegui encontrar outra melhor. Um dos nossos estudantes, de dezessete anos, morrera num acidente "em consequência do consumo de drogas". Há diversas versões conflitantes circulando na sala dos professores acerca das circunstâncias da desgraça. Eu me interessava pelo rapaz, apesar de jamais ter conseguido trocar mais do que umas poucas palavras com ele. Imanuel Orvieto era um aluno quieto. Um dos três rapazes numa classe de literatura com trinta moças. Nos últimos anos os alunos tímidos sumiram, todos são barulhentos nos intervalos e displicentes durante as aulas de literatura. Sonolentos, desligados, bocejam para Flaubert e para mim com uma expressão teimosa de prazer no desafio, como se estivéssemos tentando vender-lhes contos de fadas sobre cegonhas e bebês. Mas havia algo em Imanuel que lembrava o inverno. Certa vez ele estava atrasado na entrega de um ensaio sobre Agnon. Durante o intervalo, detive-o e perguntei por quê. Ele baixou o olhar, como se eu tivesse feito alguma pergunta sobre amor, e respondeu delicadamente que o conto em questão não tinha muita relevância para ele. Interrompi-o bruscamente, Ninguém está falando de relevância, estamos falando de obrigação. Ele não achou resposta, mesmo que eu o tivesse mantido ali, cruelmente, durante um bom tempo, antes de dizer com frieza, Muito bem, entregue na semana que vem.

Entregou-me o ensaio dez dias depois. Era um trabalho fino, cuidadoso, bem elaborado, como um discurso em voz baixa. Após a conclusão, escrevera uma linha pessoal entre parênteses: No final descobri alguma relevância no conto, apesar da obrigação.

Certa vez perguntei-lhe na escada por que nunca erguia o braço durante as aulas, certamente ele tinha coisas a dizer, eu gostaria de ouvi-lo falar ocasionalmente. Mais uma vez, refletiu antes de responder, com voz hesitante, que, na sua opinião, falar era uma armadilha. Pouco antes do Pessach, levantei na classe a opinião de que Yehuda Amichai queria expressar a sua oposição à guerra, e de repente lá estava a voz introvertida de Imanuel, como se estivesse falando no sono, com um ponto de interrogação no fim da sentença: Aquilo que o poeta quis ou não quis dizer interfere alguma coisa no poema?

Resolvi que devia arranjar um tempo e bater um papo com ele.

Mas não arranjei tempo. Esqueci. Deixei para depois. Tenho três classes e dois grupos de literatura, incluindo o grupo especial para novos imigrantes. Cada turma tem cerca de quarenta alunos, quase todos com ar de sofrimento durante a maior parte da aula. Na verdade, eu mesma já estou um pouco cheia depois de todos esses anos. Já faz algum tempo que não me preocupo sequer em guardar os nomes. São quase só garotas; elas passam o verão circulando de shorts coloridos com bordas rasgadas; e quase todas se chamam Táli. Na realidade, em toda classe sempre há uma que fica me corrigindo, não é Táli, é Tal, ou não é Tal, é Táli.

A verdade é que até ocorrer a desgraça eu não sabia sobre Imanuel Orvieto nem o pouco que a sua professora de classe e a sua conselheira pedagógica sabiam: que desde os dez anos vivia aqui em Tel Keidar com uma tia solteira, funcionária de um banco. Que a mãe dele fora morta alguns anos antes no sequestro do avião da Olympic. Que o pai está na Nigéria como adido militar. Na sala dos professores circula que o rapaz tinha se apaixonado ou se envolvido com uma garota de Eilat alguns anos mais velha, totalmente drogada e talvez até mesmo traficante. Antes da desgraça eu não dava muita atenção à história, porque a sala dos professores vive sempre cheia de fofocas. Aliás, é o que ocorre na cidade inteira.

Ele foi encontrado não muito longe da velha mina de cobre perto de Eilat, após desaparecer da casa da tia e ficar sumido por dez dias. Havia caído num precipício. Ou saltado. Tinha quebrado a espinha e aparentemente agonizara durante um dia inteiro e parte da noite antes de morrer. A esperança era de que não tivesse se mantido consciente todo o tempo, mas não havia jeito de saber. Já anteriormente, dizia-se, tinham lhe dado drogas naquele local, ou havia tomado sozinho, ou, pelo menos, fora induzido a tomar. Eu procurava não dar ouvidos, já que esses comentários sempre vêm acompanhados de vozes e gestos excitados, repletos de julgamento e até mesmo de um prazer secreto: Vejam o que se esconde atrás de águas calmas, vejam, nós também saímos no jornal, até que enfim a excitação de viver chegou até nós, desde cedo há um repórter e um fotógrafo circulando por aí, mas a diretoria decidiu que não podemos ser entrevistados e devemos responder Sem comentários. O funeral foi adiado duas vezes porque o pai se atrasou. Dois dias depois a tia, funcionária do banco, morreu também, e na sala dos professores falava-se de um derrame, sentimentos de culpa, a mão do destino. Toda espécie de bobagens que evitei escutar. O fato é que eu já tinha ideias preconcebidas contra o pai mesmo antes de vê-lo. Pai ausente, negociante de armas, Nigéria, provavelmente cheio de queixas e reclamações, jogando toda a culpa em cima de nós. Não é difícil emitir julgamento à distância, com base em poucas pistas que podem conduzir a uma conclusão fácil. Eu visualizava o pai como um antigo fuzileiro de frente de batalha, próspero, cheio de críticas e dono da razão. Decidi não participar da delegação de professores que foi visitá--lo no Hotel Keidar antes do funeral. Diretamente da selva africana, cá estava ele condescendendo em vir, apenas para nos culpar pela terrível sorte do seu filho, como foi que não enxergamos, por que o ignoramos, era inconcebível que ninguém da equipe tivesse notado. No final, acabei indo, talvez porque tenha me lembrado da postura do rapaz, quieto porém perturbado, tímido, como se mergulhando fundo em si mesmo antes de emergir e me dizer, quase sussurrando, que, para ele, falar era como uma armadilha. Nestas palavras havia um sutil pedido de ajuda que eu não captei, ou então captei e ignorei. E assim, recusando-me a reconhecer, e reconhecendo e rejeitando tal reconhecimento, que se ao menos eu tivesse conversado com Imanuel, se eu tivesse tentado me aproximar dele um pouco, trazê-lo para mim, deixa disso, você está doida, fui com os outros professores visitar Avraham Orvieto poucas horas antes de enterrarem o rapaz e sua tia. Ali, no hotel, no quarto do pai, começou essa coisa que tem preenchido todo o meu ser desde então.

Houve também o caso do cachorro. Imanuel Orvieto tinha um

cachorro, uma criatura deprimente que sempre se mantinha à distância. Desde cedo pela manhã até o final das aulas, ficava deitado esperando o rapaz no canteiro de tamargueiras que cresciam, ou melhor, murchavam, em frente ao portão da escola. Se alguém jogava pedras, ele se levantava pesadamente, dava alguns passos e se deitava outra vez para esperar. Depois da desgraça, o cão passou a entrar todas as manhãs na sala de aula, alheio à confusão nos corredores, sarnento, orelhas caídas, o focinho baixo quase varrendo a poeira do chão. Ninguém teve coragem de espantá-lo ou perturbá-lo durante os dias de luto. E mesmo depois. Ficava ali deitado a manhã inteira, com sua cabeça triangular, triste, repousando imóvel sobre as patas dianteiras. Havia escolhido um ponto específico num dos cantos da sala, perto do cesto de papéis. Se alguém jogasse meio pãozinho ou até mesmo uma fatia de salame, nem se dava ao trabalho de cheirar. Se alguém lhe dirigisse a palavra, não reagia. E mantinha um olhar pesaroso, marrom, assustado, que nos forçava a desviar os olhos. No fim das aulas se arrastava para fora com o rabo entre as pernas, e sumia até o sinal das oito na manhã seguinte. Um cão de beduínos, não muito novo, da cor da terra em volta: cinza desbotado. Poeirento. Agora, recordando, me parece que era também mudo, porque não me lembro de já tê-lo ouvido soltar um latido, ou mesmo um grunhido. Uma vez tive vontade de levá-lo para casa, dar-lhe um banho, alimentá-lo e deixá-lo feliz; a sua devoção eterna a um rapaz que jamais voltaria subitamente me comoveu. Se eu lhe desse leite numa colher e trouxesse o veterinário para cuidar dele, e preparasse uma cama na área de serviço, talvez ele se acostumasse comigo e me deixasse afagá-lo. Teo detesta cães mas estaria disposto a consentir, porque é do tipo que consente. Se eu pelo menos conseguisse fazê-lo entender como a sua esmagadora consideração me oprime. Eu podia vê-lo virando o olho para cima, o esquerdo, e o bigode prateado de oficial britânico aposentado ocultando um ligeiro tremor: Olhe aqui, Noa, se é realmente importante para você, e assim por diante. De modo que desisti do cão. Era uma criatura bastante repulsiva, e a verdade é que não mostrava nenhum sinal de necessitar de uma nova ligação.

Certa manhã foi atropelado. Apesar disso, chegou na aula precisamente ao toque do primeiro sinal. Suas patas traseiras estavam esmagadas e pareciam dois galhos quebrados. Arrastou-se até o ponto habitual e ficou ali deitado como sempre. Não se ouviu um único gemido. Decidi chamar o veterinário do Departamento de Saúde Pública para levá-lo, mas no final do dia ele desapareceu e no dia seguinte não voltou. Nós pensamos que provavelmente havia se arrastado para morrer em algum lugar isolado. Dois meses depois, na noite da festa de formatura, após as saudações e apresentações e coquetéis e discurso da diretora, quando fomos embora à uma da manhã, o cão apareceu novamente, esquelético, deformado, cadavérico, equilibrando-se sobre as patas dianteiras e arrastando as traseiras, cruzando a luz da lâmpada na frente do canteiro de tamargueiras diante do portão da escola, rastejando de uma escuridão a outra. A não ser que fosse outro cão. Ou só uma sombra.

Avraham Orvieto ficou em pé para nos receber, encostado na porta do terraço de onde se podiam ver os cumes montanhosos do leste ardendo no calor da névoa. Uma pequena mala deitada no chão ao lado da cama dupla do hotel. Dois limões sobre a mesa. Um paletó leve de verão no encosto da cadeira atrás de si. Era um homem pequeno, frágil, de ombros estreitos, cabelo ralo ficando grisalho, rosto enrugado e bronzeado, parecia um veterano metalúrgico aposentado. Não era a imagem que eu tinha de um adido militar ou de um negociante de armas internacional. Fiquei especialmente surpresa quando ele começou a falar, sem esperar pelas condolências formais, sobre a necessidade de impedir que outros escolares caíssem vítimas de drogas. Com voz pálida, uma espécie de hesitação, como se receasse nos irritar, perguntou se Imanuel fora o único de nossos alunos a sucumbir. E pediu-nos para dizer há quanto tempo sabíamos do fato.

Fez-se um silêncio de constrangimento, porque a verdade é que, até o fato ter ocorrido, não sabíamos de nada, a não ser os boatos na sala dos professores. O vice-diretor, tateando inseguro, formulou a opinião de que Imanuel começara a tomar drogas apenas no final, em Eilat, após ter desaparecido, quer dizer, mais ou menos nos últimos dias. Nem mesmo a tia notara qualquer mudança problemática, embora fosse difícil afirmar. A resposta do pai foi que aparentemente ficaríamos na ignorância para sempre. Fez-se outro silêncio. Desta vez prolongado. Avraham Orvieto cobriu o rosto com suas mãos enrugadas e calejadas, os dedos crispados, a seguir colocou-as de novo no colo, e o vice-diretor começou a dizer alguma coisa no mesmo instante em que Avraham Orvieto perguntou quem de nós conhecia melhor Imanuel. O vice-diretor voltou a murmurar alguma coisa. O silêncio se instalou de novo. Um jovem garçom beduíno, de pele escura e esguio como uma moça bonita, de gravata-borboleta branca, entrou com um carrinho coberto por uma toalha branca contendo frutas, queijos e uma variedade de bebidas leves. Avraham Orvieto assinou a conta e acrescentou uma nota dobrada. Sirvam-se, disse, duas vezes, mas ninguém tocou o carrinho. De repente virou-se para mim e disse delicadamente: Você deve ser a Noa. Ele gostava das suas aulas, tinha vocação para a literatura.

Fiquei tão estarrecida que não neguei. Gaguejei algumas banalidades, rapaz sensível, retraído, ou melhor, fechado. O pai sorriu na minha direção como alguém que não está acostumado a sorrir: como se estivesse abrindo uma fresta na persiana por um instante, para revelar uma bela sala com lustres, estantes e lareira, para em seguida fechá-la como se nunca tivesse sido aberta.

Seis semanas depois Avraham Orvieto apareceu um dia pela manhã na sala dos professores durante o recreio matinal a fim de nos pedir ajuda para concretizar uma ideia: havia lhe ocorrido doar algum dinheiro para estabelecer aqui em Tel Keidar um pequeno centro de reabilitação para jovens, estudantes, talvez de diversas partes do país, dependentes de drogas. Queria que esse centro fosse um memorial para seu filho. Tel Keidar era um vilarejo calmo, o deserto em si poderia ajudar: os grandes espaços abertos poderiam inspirar reflexões diversas, talvez fosse possível salvar pelo menos alguns. É claro que haveria oposição local, o que ele conseguia entender muito bem, mas mesmo assim por que não tentar estabelecer alguns termos básicos para apaziguar os temores.

Fiquei surpresa quando ele pediu a mim, que não era a professora de classe de Imanuel, que reunisse uma equipe informal cuja tarefa seria fazer um estudo preliminar e colocar no papel quais seriam as dificuldades e aspectos capazes de provocar o antagonismo dos moradores locais. Ele próprio vinha a Israel apenas raramente, mas tinha um advogado, Ron Arbel, que estaria à minha disposição sempre que eu necessitasse dele. Ele compreenderia se eu recusasse e procuraria alguma outra pessoa.

Por que justo eu?

Veja, disse ele, e mais uma vez sorriu como se momentaneamente estivesse abrindo a fresta na persiana para revelar o lustre e a lareira, você era a única pessoa de quem ele gostava em toda a escola. Uma vez ele me escreveu uma carta e contou que você tinha lhe dado um lápis. Ele escreveu a carta com o lápis que você lhe deu.

Não consegui me lembrar de nenhum lápis.

Mesmo assim, concordei. Talvez por causa de uma vaga necessidade de manter um vínculo com Imanuel e seu pai. Que vínculo? E por que mantê-lo? Quando Avraham Orvieto falou sobre o lápis inexistente, durante um rápido instante acendeu-se uma semelhança distante, não entre ele e o filho, mas com um homem que conheci muitos anos atrás. Seu rosto, seus ombros caídos, a voz especialmente gentil, a forma de escolher e juntar as palavras, como na frase "inspirar reflexões diversas", me recordavam o poeta Ezra Zussman, que certa vez conheci numa casa de repouso pública no monte Canaã. Costumávamos ficar sentados no gramado durante o final da tarde, meu pai, Zussman e a esposa, e tia Chuma e eu, enquanto as cores do entardecer iam se modificando e uma brisa invisível brincava pelas colinas. Papai na sua cadeira de rodas, paralítico da cintura para baixo, parecia um lutador de boxe ou luta-livre que havia envelhecido e engordado, a face ríspida e sulcada, o peso do corpo pressionando o assento retesado, o rádio transístor preto agarrado pela mão gigantesca como se fosse uma granada pronta a ser lançada, um cobertor escuro de lã cobrindo os joelhos inúteis, ombros curvados expressando uma fúria violenta, como se ele tivesse sido transformado em pedra enquanto desferia um golpe. Ficávamos sentados à sua volta em cadeiras desmontáveis de frente para a luz das montanhas da Galileia no horizonte que aos poucos ia se rendendo ao crepúsculo. Ezra Zussman nos mostrava poemas escritos à mão que pareciam muito distantes do tipo de poesia dominante em Israel, e me tocavam como o som de uma harpa. Uma tarde ele disse: Poesia é uma fagulha presa num pedaço de vidro, porque as palavras são pedaços de vidro. Deu rapidamente um sorriso e se arrependeu da metáfora. Então as férias terminaram, os Zussman despediram-se melancolicamente, como que se desculpando sem palavras por nos abandonarem, e seguiram seu caminho. No dia seguinte papai destruiu seu rádio portátil num acesso de raiva cega, e tia Chuma e eu o levamos de volta para casa num táxi. Quando algumas semanas depois me deparei com um breve anúncio da morte do poeta Ezra Zussman fui a uma livraria de Netanya para comprar seus poemas. Não sabia o nome do livro e o vendedor nunca tinha ouvido falar. Tia Chuma comprou um rádio novo para o papai, que durou cerca de duas semanas.

    Estabeleci como condição a Avraham Orvieto que eu não receberia pagamento algum pelo meu trabalho de montar o grupo de coleta de dados. Ele ouviu e não disse nada. Três semanas depois recebi um primeiro cheque por correio. Desde então ele me envia trezentos dólares por mês pelo advogado, e me deixa decidir quanto dessa quantia deve se destinar a cobrir os custos administrativos, viagens, e qual deve ser a minha remuneração pelo tempo gasto no projeto. Quatro vezes pedi ao advogado, Ron Arbel, que parassem de enviar os cheques. Em vão.

Teo me advertiu, você está se complicando, moça, um acordo financeiro como esse gera desconforto, e talvez até mesmo problemas. É difícil acreditar que um homem prático, um comerciante experiente, se comporte desse jeito só por impulso. Se ele quer mesmo dar dinheiro para um memorial pelo filho dele, por que simplesmente não institui uma fundação? Com um tesoureiro e uma contabilidade decente? Apesar disso, se o que ele quer é montar um negócio, uma clínica particular para meninos ricos, um refúgio especial para pássaros perdidos, trezentos dólares por mês é uma miséria em troca do que você vale para ele em termos de amaciar a opinião pública, e você nem começou a perceber como está sendo usada, Noa. Em todo caso, desde quando você se dedica a montar instituições? Casas de atendimento para drogados? Não há chance de você conseguir o apoio dos moradores; afinal, quem quer uma plantação de fumo ao lado de casa?

Eu disse: Teo, já sou gente grande.

Ele virou o olho e não disse mais nada.

Voltou para a área de serviço e continuou a passar as camisas.

É claro que ele tinha razão. A cidade inteira é contra. No jornal local apareceu um artigo anônimo dizendo que não permitiremos que nos transformem na lata de lixo de todo o país. Há tanta coisa que preciso aprender, de que não entendo nada. Coisas que ouvia de passagem no rádio ou não prestava atenção no jornal, operações, custos, fundo de capital, organização, diretoria, orçamento; tudo é muito vago, mas já estou achando excitante. Mulher de quarenta e cinco encontra novo significado para sua vida: possível manchete para um artigo ilustrado num dos suplementos de fim de semana. Na verdade, já fui abordada para uma entrevista num jornal vespertino. Recusei. Não sabia se a entrevista iria ajudar ou prejudicar o projeto. Há tanta coisa que preciso aprender. E vou aprender.

Às vezes digo a mim mesma na terceira pessoa: Porque Noa é capaz. Porque é uma coisa boa.

Além de mim, a equipe tem mais três membros: Malachi Peleg, que todos na cidade chamam de Muki, Ludmir e Linda Danino. Linda, divorciada e asmática, é amante das artes; apresentou-se como voluntária, só para ficar perto de Muki. Sua contribuição é saber digitar num processador de texto. Muki Peleg veio por minha causa, e viria mesmo que fosse para montar uma escola de adestramento para corvos. Quanto a Ludmir, aposentado da companhia de eletricidade, trata-se de um membro ruidoso, cheio de energia, participante de uma série de grupos de protesto e defesa de direitos: inimigo ferrenho das pedreiras e da discoteca, denunciador contumaz de falhas na sinalização, autor de uma veemente coluna semanal, "Uma Voz no Deserto", publicada no jornal da cidade. O verão inteiro ele perambula pela cidade nas suas largas bermudas cáqui, os pés calejados e bronzeados metidos em sandálias antigas, e toda vez que me vê grita como se fosse uma palavra de ordem, Noa voa no ar, e aí se desculpa com um sorriso, dizendo, Não leve a mal, minha linda, eu só estava brincando.

Na prática a responsabilidade é toda minha. Já faz algumas semanas que estou presa a isso: percorrer as repartições regionais do Departamento de Serviço Social, Saúde e Educação, conseguir a atenção da Liga de Combate às Drogas, insistir com o Núcleo de Atendimento a Jovens, argumentar com o Comitê de Pais e com o Comitê Pedagógico, implorar na Agência de Desenvolvimento, redigir a resposta no jornal local e ir atrás da prefeita, Batsheva, que até o momento recusou-se a considerar a ideia. Fui quatro vezes a Jerusalém e duas a Tel Aviv. Uma vez por semana faço a peregrinação aos escritórios regionais do governo em Beersheva. Aqui em Tel Keidar, amigos e conhecidos passaram a me olhar com um misto de ironia e preocupação. Na sala dos professores dizem, O que é que você quer com todo esse aborrecimento, Noa? Que bicho mordeu você? Afinal, não vai dar em nada. E eu respondo: Veremos.

Não me queixo desses amigos e conhecidos. Se um dos outros professores subitamente começasse a se mobilizar para montar, digamos, um laboratório para doenças infecciosas, acho que eu mesma ficaria atônita e zangada. Entrementes, a prefeita encolhe os ombros, o Conselho de Trabalhadores não se compromete, os pais são hostis, Muki Peleg fica tentando me distrair com as suas histórias sobre o que as mulheres lhe oferecem, ou as coisas que só ele é capaz de dar a uma mulher, e Ludmir fica tentando me convencer a aderir à campanha de fechamento das pedreiras. Na biblioteca pública a bliotecária reuniu numa prateleira toda a literatura sobre tratamentos de dependência de drogas. Alguém grudou um rótulo na prateleira: Reservada para Noa, a viciada.

Teo fica de boca calada porque eu pedi.

Quanto a mim: estou aprendendo.

É uma cidadezinha nova, pequena, com oito ou nove mil habitantes. De início construíram os blocos de casas retangulares para abrigar as famílias dos homens em serviço nas bases militares. Nos anos setenta fizeram-se na região algumas prospecções de petróleo animadoras, e tomou-se a decisão de criar uma cidade. Posteriormente, tais perfurações se revelaram infrutíferas, e os planos foram abandonados. A principal via de trânsito, a avenida Herzl, revela um projeto ambicioso: seis pistas ao longo da crista de um planalto desértico rochoso. Entre as pistas, uma ilha central contendo terra vermelha trazida de longe, onde estão plantadas palmeiras castigadas pelos fortes ventos. De cada lado da avenida, dentro de caixas de ferro e envoltas em sacos para proteção contra as tempestades de areia, mudas de flamboyants alimentadas por um sistema de irrigação parecem questionar se há algum sentido na sua existência. A partir dessa avenida principal, cerca de quinze ruas idênticas, batizadas com nomes de presidentes e primeiros-ministros, saem para leste e para oeste. Cada rua possui uma fileira de postes de iluminação verdes, e bancos públicos verdes dispostos em intervalos regulares. Há caixas de correio, um ponto de ônibus e sinais indicando faixas de pedestres, mesmo que o tráfego seja esparso.

Os jardins ornamentais estão maltratados por causa do vento que sopra com força do deserto, castigando-os com a poeira. Apesar disso, alguns canteiros de grama conseguem sobreviver diante dos prédios, junto com alguns oleandros e roseiras. Os próprios edifícios sofrem a erosão causada pelo calor e pelo vento. Fileiras de blocos de quatro e seis andares, com os terraços da frente protegidos por estruturas de alumínio e portas de correr. Eram originalmente revestidos de gesso branco, mas agora a cor é um cinza desbotado: de ano em ano a cor do gesso mais se aproxima da cor do deserto, como se ao assimilar as cores pudesse conter a fúria da luz e da poeira. Aquecedores solares brilham em todos os telhados, como se a cidade tentasse apaziguar o brilho do sol na sua própria linguagem.

Há grandes espaços vazios entre os blocos de apartamentos. Talvez anos atrás algum urbanista perturbado pelo calor e ofuscado pela nebulosidade tenha projetado bairros ajardinados, com espaços para parques e pequenas propriedades, e leitos de árvores frutíferas entre os edifícios. Enquanto isso não acontece, tais espaços vazios são faixas de deserto pontilhadas de pilhas de sucata e alguns arbustos traçando a fronteira entre as plantas e os objetos. E há também alguns eucaliptos e tamargueiras maltratados pela seca e pelo vento salgado, curvados para o leste como fugitivos petrificados no meio da fuga.

A noroeste da cidade estende-se o elegante bairro residencial, que possui cerca de cem casas particulares. A maioria delas utiliza a encosta de modo a possuir vários andares. Aqui não há telhados planos, cobertos de piche, e sim telhas vermelhas que vão ficando cinza a cada ano que passa. Há algumas casas de madeira construídas como chalés suíços, e entre elas algumas em estilo italiano ou espanhol, de pedra vermelha trazida das montanhas da Galileia, com amplas sacadas, muros e arcos, janelas arredondadas e até mesmo galos indicadores de vento sobre o telhado, sentindo neste deserto a falta de florestas e campos. É aí que vivem os moradores mais abastados, profissionais liberais, militares de carreira, executivos, engenheiros e técnicos especializados.

Do lado oposto, a sudeste, num vale comprido e estreito, estende--se uma estrada precária, invadida pelas areias nômades. Ao longo dessa estrada estão as fábricas de cerâmica e metal, uma indústria média de máquinas de lavar, e, mais adiante, pequenas oficinas, garagens, depósitos, galpões e cabanas de asbesto, e estruturas sem fundações construídas de blocos de concreto e tábuas. Aqui proliferam oficinas mecânicas e elétricas, serralherias, carpintarias, funilarias, técnicos em conserto de televisores, encanadores e casas de aquecedores solares. Entre uma loja e outra, uma cerca de arame farpado que cedeu, enferrujou e ficou soterrada pela areia. A poeira nas entradas forma uma massa gordurosa da mistura com o óleo e a graxa das máquinas. Durante todo o verão há um cheiro de urina velha e borracha queimada. O sol arde inclemente sobre tudo. Um pouco mais abaixo há um terreno baldio para veículos velhos e o cemitério municipal. Aqui termina a estrada, em frente a uma fileira de penhascos coroada por uma dupla cerca de arame. Conta-se que do outro lado dos penhascos há um vale proibido com instalações secretas. Do lado oposto do vale, outra fileira de penhascos escuros cheios de fendas e cavernas. É o esconderijo dos cabritos que ocasionalmente aparecem no horizonte e descem rumo à cortina do crepúsculo; também é aí que a raposa faz a sua toca e os escorpiões e serpentes cavam seus ninhos. E, ainda mais adiante, imensas extensões de calcário rochoso e encostas de ardósia cortadas por sulcos e depósitos de cascalho escuro que se estendem até as bordas das montanhas desérticas, que ora ficam envoltas numa névoa ofuscante, ora parecem azuis como uma miragem de nuvens se erguendo de um mar invisível ao qual retornarão em breve.

Seis vezes ao dia chega o ônibus de Beersheva, e estaciona junto ao centro comercial, na praça popularmente conhecida como "do farol", embora o nome real seja praça Irving Koshitsa. Os passageiros de Beersheva descem aqui e o motorista entra por vinte minutos no Café Califórnia para um *capuccino* e um cigarro. Enquanto isso, os passageiros que vão para a cidade se agrupam no ponto de ônibus. Do outro lado da praça há um estacionamento não pavimentado, de onde se ergue ininterruptamente a poeira que vai se depositar como um véu sobre as lojas, restaurantes e escritórios. A praça é cercada por quatro edifícios mais altos, de estilo beira-mar, dois bancos, o reformado Cine Paris, alguns cafés que também funcionam como restaurantes, e um salão de bilhar decadente onde também se vendem os bilhetes de loteria federal. Todas essas estruturas definem um amplo quadrado pavimentado com pedras vermelhas e cinza se alternando. No centro da praça se ergue uma coluna de concreto aparente em memória dos caídos. Quatro ciprestes foram plantados nos quatro cantos do monumento. Um deles morreu. Na coluna, uma inscrição com letras de metal: O FRUTO DE ISRAEL IMOLADO NO TEU SANTO LUG R. A penúltima letra está faltando. Sob a frase está afixado um relevo na forma das duas Tábuas da Lei contendo vinte e um nomes, de Aflalo Yosef até Shumin Giora Georg. O relevo está rachado de lado a lado, e o mato cresce na rachadura. Ao lado do monumento há um bebedouro de concreto, com a inscrição do versículo bíblico em hebraico e inglês: TODO AQUELE QUE TIVER SEDE QUE VENHA PARA A ÁGUA — ERIGIDO EM MEMÓRIA DE DONIA E ADALBERT ZESNIK, 1938. Três torneiras se curvam sobre a bacia. Duas delas estão vazando.

No telhado do banco, em meio a uma floresta de placas de lata, há uma frase gigantesca: JOGUEI NA LOTECA HOJE. No prédio à esquerda da Prefeitura, em frente à Previdência, fica o escritório de Teo. O nome que aparece na porta é "Planejamento". No mesmo andar fica também o consultório dos cirurgiões-dentistas drs. Dresdner e Nir, e um pouco mais adiante, Dubi Weitzman, escrivão e contador, despachante para todos os tipos de documentos, além de prestar serviço de fotocopiagem. Nas horas de folga, Dubi Weitzman pinta paisagens do deserto em guache; cinco de suas telas participaram certa vez de uma exposição coletiva numa galeria em Herzliya. Na parede do seu escritório, numa moldura de madrepérola, há a ampliação de uma crítica no jornal *Ha'aretz* onde o seu nome é mencionado. O dr. Nir é alpinista, enquanto a esposa do dr. Dresdner é parente distante de uma cantora que se apresentou aqui no penúltimo inverno e distribuiu fotos autografadas para os seus fãs.

Dois beduínos, não muito jovens, estão sentados lado a lado nos degraus do Conselho dos Trabalhadores. Ambos estão de jeans. Um veste uma camiseta do Beitar, o outro uma espécie de uniforme de batalha, do tipo que se usava no exército na época dos pioneiros. O mais baixo dos dois está sentado com o antebraço no joelho, palma da mão para cima, o polegar batendo repetidamente num cigarro apagado entre os quatro dedos. Lentamente. O outro tem um pacote embrulhado em jornais velhos entre os joelhos. Seus olhos estão fixos no céu, ou no brilho da antena no telhado da central de polícia. Esperando. Um velho mascate asquenaze caminha arrastando os pés, com uma bandeja presa ao pescoço por um barbante. Sobre a bandeja, sapos automáticos capazes de saltar apertando-se uma bola de borracha, piões, sabonetes, pentes, espuma de barbear e bisnagas de xampu feito em Taiwan. Ele é corcunda, usa óculos e um solidéu preto. Sorri distraidamente para os dois beduínos que, incertos da sua intenção, respondem com um educado meneio de cabeça.

"Foto Hollywood — revelação de filmes e todos os acessórios para fotografar": a loja está fechada e a entrada bloqueada. Do lado de dentro, atrás da janela empoeirada, debaixo de uma foto de Manahem Begin presenteada pelo jornal *Ma'ariv* aos seus leitores, fora colocado um aviso: "Em virtude da convocação simultânea para o serviço militar na reserva de ambos os proprietários, Yehuda e Jáki, este estabelecimento permanecerá fechado até o dia primeiro do próximo mês. Pede-se ao distinto público que tenha paciência". Em frente à casa funerária, sentados em banquinhos de metal, três jovens religiosos, um deles albino, trocavam opiniões. O velho mascate para ao lado deles, ávido por participar da conversa. Limpa o pigarro, suspira e faz um sinal com os dedos: Então judeu e não judeu são como água e óleo? Exatamente a mesma coisa se aplica para judeu e judeu. Cada um é cada um. Mesmo que sejam dois irmãos. Um dos jovens entra e traz um copo de água para o mascate. O velho agradece, faz a bênção, bebe, arrota, pega sua bandeja com sapos e sabonetes, prende no pescoço, e segue seu caminho em direção ao farol de trânsito. Num cubículo está Kushner, o encadernador. Não está trabalhando, se ocupa lendo um livro despedaçado. Seus óculos de aros dourados escorregaram para o meio do nariz. A julgar pelo seu leve sorriso é óbvio que o livro está agradando, ou talvez esteja trazendo recordações. Três pés de bétulas indianas foram plantados no lado oposto da praça. Sua folhagem é esparsa e quase não há sombra.

Na farmácia de Schatzberg foi afixado um aviso: "Não vendemos remédios a prazo". Um homem gordo, com sotaque romeno, resmunga: O que quer dizer a palavra prazo? Um jovem descabelado, com sandálias empoeiradas e uma submetralhadora pendurada ao ombro por uma corda, oferece uma explicação: Prazo é como desconto.

Estão ampliando o "Palácio do Computador", derrubando uma parede. Em breve será inaugurada uma sala com uma amostra especial da última palavra em redes de computação. Enquanto isso, a mercadoria fica embrulhada em embalagens plásticas para protegê-la da poeira. Na parede que está sendo derrubada há um pôster mostrando uma linda mulher de óculos, com ar frio e pernas cruzadas, diante da tela de um computador: ela está tão compenetrada no trabalho que não percebe que os transeuntes espiam debaixo de sua saia. Um menino loiro brinca animadamente jogando uma bolinha contra a parede do Cine Paris: agarra a bola, passa, arremessa, agarra, passa. Joga um bom tempo sem mudar o jogo. Seu rosto está concentrado, com expressão de profunda responsabilidade, como se o menor deslize pudesse resultar num desastre. Um senhor idoso, vestindo o uniforme da defesa civil, ordena que o menino pare antes de quebrar uma janela. O garoto obedece, enfia a bola no bolso e fica no lugar. Espera. O ar está empoeirado e quente. A luz é quase branca. No alto, nos fios elétricos, uma pipa está presa há meses como um cadáver acorrentado. Por outro lado, a partir de hoje o Falafel Entebe estará vendendo *shawarma* — carne de churrasco grego — no pão sírio: Avram viajou para Beersheva e comprou o equipamento. Está ansioso para saber se será bem-aceito ou não. De qualquer maneira, não há jeito, é preciso dar tempo ao tempo. Vamos ver o que vai ser. Tomara que dê certo.

Às sete e quinze da manhã, enquanto tomávamos café na cozinha, eu disse: Hoje tenho que ir de novo a Beersheva depois da escola. Tenho uma reunião com Benizri no Departamento. Se eles também não quiserem ajudar, não sei o que fazer. Não quero saber a sua opinião. Por enquanto, não. Talvez à noite quando eu voltar para casa. Veremos.

Ele levantou os olhos do jornal, ainda de camiseta, os ombros bronzeados, tem sessenta anos e o corpo ainda está em forma. Lançou-me um olhar de afetiva curiosidade. Da maneira que às vezes as pessoas olham para uma criança que não quer ir para o jardim de infância e se queixa de uma dor no dedão. Deve-se acreditar? Ou ser rígido? Um lampejo de suspeição ou ironia passou por seu imaculado bigode militar. De repente, pousou a larga mão sobre a minha e disse, Você já é gente grande. Certamente vai achar o caminho.

Teo, eu disse, não sou retardada. Se você quer que eu abandone o projeto, simplesmente diga, Noa, pare com isso. Tente. Veja o que acontece.

Você me pediu para não me envolver. Pedido aceito. Ponto-final. Outra xícara de café?

Não respondi. Tive medo de uma briga.

Com seu cabelo grisalho, ar experiente, o bigode prateado meticulosamente aparado, o olho esquerdo com a pálpebra caída, ele às vezes me lembra um rico fazendeiro, um latifundiário suspeito, um homem a quem a vida ensinou como enfrentar um adversário, uma mulher ou um vizinho: um misto de generosidade e força.

Enquanto isso, como se tivesse um prazer adicional, rolou entre os dedos uma bolinha de miolo de pão, e comunicou:

Esta noite vamos ao cinema. Está passando uma comédia erótica. Faz séculos que não saímos juntos à noite. Dirija com cuidado para Beersheva, por mim tudo bem, posso passar o dia sem o carro, só tome cuidado com os buracos na pista e com aqueles caminhões enormes. Não os ultrapasse, Noa. Quanto menos você ultrapassar, melhor. E lembre-se de abastecer o carro. Espere um momento. Esse Benizri, eu conheço. Na verdade, fui eu que treinei as pessoas que o treinaram. Quer que eu telefone? Que eu fale com ele antes de você passar lá?

Pedi-lhe que não telefonasse.

Ele voltou a ler o *Ha'aretz*. Resmungou alguma coisa sobre esses japoneses. Agarrei minha pasta, pois tinha que correr para conseguir chegar na hora para a primeira aula. Parei na porta e voltei para dar e receber um beijo amigável na cabeça, sobre o cabelo. Tchau. E obrigada pelo carro. Mais uma vez esta manhã não consegui lhe perguntar quais eram as novidades no seu trabalho. Na verdade, nunca há nada de novo, pois já faz algum tempo Teo perdeu interesse em coisas novas. Esta noite, quando eu voltar de Beersheva, vou sair para jantar com ele e assistir a um filme no Paris. Ele vive me seguindo sem perceber. Na realidade, simplesmente fica solidário e preocupado comigo. Se não se preocupasse, certamente eu ficaria magoada. Sou eu que não estou sendo correta com ele. Talvez seja por isso que, atualmente, quase tudo o que ele diz me irrita. E também tudo o que ele não diz. E a sua consideração exagerada.

Às dez horas, durante o recreio, vou telefonar para ele no trabalho. Perguntar quais são as novidades. Agradecer-lhe por abrir mão do Chevrolet o dia inteiro. Pedir desculpas, prometer que vou me lembrar de encher o tanque e ir ao cinema à noite conforme ele sugeriu.

Mas desculpas por quê?

De qualquer modo, o telefone na sala dos professores sempre tem uma fila enorme durante o recreio, e fica todo mundo na nossa orelha, e depois vão dizer que ouviram Noa pedindo desculpas a Teo, sabe-se lá por quê. Cidade pequena. E é por minha culpa que estamos aqui. Foi o lugar que escolhi, e Teo acedeu e concordou. Se ao menos parasse de aceder e concordar, e de registrar cada concessão na minha coluna de débitos na contabilidade que ele faz.

Que contabilidade? Não há contabilidade nenhuma. Mais uma vez estou sendo injusta.

Muki Peleg estava diante do portão da escola à minha espera. O que houve? Não houve nada, como disse a virgem ao carpinteiro quando ele perguntou que história é essa de barriga crescendo. Ele só queria me informar que tinha conseguido um arquiteto que desenharia as plantas para nós sem cobrar nada. Teo também teria feito, se eu tivesse pedido, ou simplesmente se não tivesse recusado. Aliás, quando foi que recusei? E quem falou em plantas? Quando foi que dei um lápis a Imanuel e esqueci? Não dei e não esqueci. Tudo foi um sonho. Um rapaz estranho, solitário, achando que falar era uma armadilha, olhos baixos, tímido, mergulhando fundo em si mesmo, e aquele cão-fantasma esperando por ele na calçada em frente à escola. Ele deve ter inventado a história do lápis. Mas por que teria inventado? Será que comecei a esquecer os fatos? Será que dei o lápis sem perceber?

Seis semanas após o funeral, quando Avraham Orvieto veio me pedir para coordenar uma equipe informal para pesquisar a possibilidade de estabelecer aqui um centro experimental de reabilitação, fomos ao Café Califórnia no final da tarde. Pedimos café com sorvete em copos altos, e ele, com a sua voz macia, descreveu como a cidade e o deserto poderiam facilitar o processo de reabilitação. Tel Keidar é um lugar agradável, a cidade não tem bairros pobres, a desolação tende a se reduzir, e a amplidão vazia pode mesmo inspirar reflexões diversas. Enquanto falava, suas mãos ásperas pareciam querer circundar um objeto invisível que não queria assumir forma redonda. Eu as observava, fascinada. Minha irmã, por exemplo, a tia de Imanuel, ela viveu aqui cerca de dez anos, e também sentia alguma coisa tranquilizadora nesta combinação de luz forte e quietude. E também Imanuel, que queria ser escritor, e talvez de fato tivesse talento, você deve saber melhor do que eu, mas por que acabei falando nele outra vez? Ele está sempre presente. Fica aí na minha frente, pálido, abraçando os próprios ombros, é uma mania dele, de repente abraçar os ombros, como se estivesse com frio. Como se não tivesse me abandonado, ao contrário, tivesse vindo de longe justo agora para ficar comigo e compartilhar a minha dor. Não é lembrança, não é pensar nele, é ele. Com o seu velho suéter verde. Fica parado na minha frente, sem sorrir, sem dizer nada, com os braços em torno dos ombros, encostado numa parede, com todo o peso numa das pernas e a outra dobrada. Talvez você possa entender: ele está presente.

Ele próprio, Avraham Orvieto, viera algumas vezes de visita durante esses anos, excursionava pelas montanhas com seu filho, falavam pouco, passeavam os dois juntos pelas ruas durante uma ou duas horas ao pôr do sol, observavam em silêncio como a cidade crescia, mais um parque, mais uma rua asfaltada, mais um banco de praça. Às vezes passeavam à noite, e entre uma visita e outra novas luzes apareciam morro acima, as avenidas eram ampliadas, um novo bairro se desenvolvendo ao leste. Ele pertencia à geração que ainda achava emocionante ver construções sobrepujando o deserto, embora Imanuel aparentemente fosse mais a favor do deserto. Ainda assim, tais passeios noturnos pelas ruas vazias, quase sem falar, pareciam agradar a ambos. Os dois tinham aproximadamente a mesma altura. Se não fossem seus compromissos, teria ficado mais tempo: gostava do deserto. Poderia ter ficado para sempre. Difícil dizer qual é a verdade em questões como essa, pois quem pode saber o que é verdade e o que é vontade. Em todo caso, agora qual era o sentido? Ao fazer esta pergunta ergueu os olhos da toalha e me ofereceu o seu largo sorriso que surgia rapidamente do fundo dos seus olhos azuis, tomava conta das rugas do seu rosto bronzeado, e retrocedia imediatamente, recolhendo-se junto com a cabeça que voltava a se curvar. Sem intenção, coloquei meus dedos sobre a mão dele, como se tocasse um solo áspero, reconsiderei depressa e os retirei, e quase não consegui conter a necessidade de me desculpar por tê-lo tocado sem permissão.

Ele disse, veja, é assim, depois pensou melhor e disse: Não tem importância. Fiquei tão sem graça que perguntei, Então faltam desertos na África, nos lugares onde você vive? Imediatamente me arrependi da pergunta, que pareceu ao mesmo tempo tola, rude e indiretamente crítica a ele, quando eu não tinha direito nenhum de criticar. Avraham Orvieto pediu água mineral para tirar o gosto doce do café com sorvete e disse, Desertos na África. Bem, o fato é que na parte da África onde trabalho não há desertos. Ao contrário: há florestas densas. Se você tiver mais alguns minutos, vou lhe contar uma pequena história. Em todo caso, vou tentar contar. Durante os nossos primeiros anos na Nigéria alugamos uma casa colonial que pertencia a um médico inglês. Não, não em Lagos, mas numa cidadezinha à beira da floresta. A cidade não era maior do que Tel Keidar, mas era muito pobre. Um posto de correio britânico destruído, um gerador, uma central de polícia, igreja, meia dúzia de lojas miseráveis, e algumas centenas de choupanas feitas de barro e galhos. Imanuel tinha só três anos. Ele era um menino sonhador que vivia com um gorro xadrez na cabeça, e piscava toda vez que alguém lhe dirigia a palavra. Erela, a mãe dele, minha esposa, tinha um emprego de período integral como pediatra num centro de imunização, uma espécie de clínica, que havia sido construído por uma missão numa cidadezinha vizinha. Ela sempre tinha sonhado em ser médica nos trópicos. Albert Schweitzer ocupara toda a sua imaginação. E eu passava a maior parte do tempo viajando. Os empregados tomavam conta da casa, um italiano e um jovem jardineiro nativo. No quintal tínhamos cabras, cães, algumas galinhas, um zoológico inteiro, havia até um papagaio esquizoide sobre o qual vou lhe contar numa próxima vez. Na verdade, não há nada para contar. Também adotamos um filhote de chipanzé que descobrimos num fim de semana na floresta, aparentemente perdido, ou órfão. Foi Imanuel quem o notou, espiando-nos com olhar suplicante de dentro de um pneu abandonado junto à estrada. Ele se apegou imediatamente a nós. É um fenômeno conhecido, algo que se chama *imprintig*, mas não sou especialista. O macaco se tornou um pequeno membro da nossa família. Ficamos tão ligados a ele que competíamos para ver nos braços de quem ele iria dormir. No começo, Imanuel o amamentou com leite morno numa garrafa com conta-gotas. Quando Erela cantava uma canção de ninar para Imanuel, o macaquinho se enrolava num pequeno cobertor. Com o tempo aprendeu a arrumar a mesa, estender a roupa lavada e recolhê-la quando estava seca, e até mesmo afagar o gato até ele ronronar. Era mestre em se fazer querido. Beijos, carícias, abraços, não havia limite para a sua sede de dar e receber gestos de afeto. Muito mais do que nós, talvez sentisse a necessidade de manter e intensificar o contato físico entre nós. É difícil dizer. Era tão sensível que conseguia perceber, pelo cheiro, quando um de nós estava triste, ou sozinho, ou magoado, e fazia de tudo para nos distrair. Fazia pequenas imitações: Erela se arrumando diante do espelho, Imanuel olhando e piscando, eu na eterna guerra com o telefone, o jardineiro perturbando o cozinheiro. Chorávamos de tanto rir. Ele e Imanuel eram inseparáveis. Comiam do mesmo prato e brincavam com os mesmos brinquedos. Uma vez salvou Imanuel de ser picado por uma cobra venenosa, mas essa é outra história. Numa outra vez, deu a Erela de presente um magnífico lenço que havia roubado de algum lugar e nunca conseguimos descobrir a quem deveríamos devolvê-lo. Sempre que precisávamos visitar conhecidos e ele ficava em casa, corria atrás do jipe deixando-nos de coração partido, como se fosse uma criança tratada injustamente. Sempre que era repreendido, emburrava e desaparecia, trepava numa árvore, ou subia no telhado, como se tivesse resolvido nos apresentar a sua renúncia, mas depois voltava para fazer as pazes, com a visível intenção de se achegar, e compensava com o maior esforço possível para nos agradar, limpava os óculos de Erela e os colocava no gato, até não termos outro jeito a não ser perdoá-lo e acariciá-lo. Por outro lado, também era capaz de continuar em greve quando sentia que havíamos sido injustos. Por exemplo, uma vez bati nele por causa de umas frutas que tinham sumido da prateleira. Nessas ocasiões ficava parado com ar desconsolado num canto da sala olhando-nos de modo repreensivo, como se dissesse, Como vocês puderam descer a esse ponto, o mundo há de julgar vocês, até sentirmos que havíamos sido injustos com ele, e a única maneira de remediar a situação, ele indicava com um gesto inconfundível, era abrir o pote trancado onde guardávamos os cubos de açúcar. Quando Imanuel teve hepatite, o macaco aprendeu sozinho a pegar uma bebida fria na geladeira e a dar o termômetro, chegava a ficar tirando sua própria temperatura incessantemente, como se tivesse medo de ter pegado a doença. Bem, após alguns anos esse chipanzé chegou à puberdade, e surgiu uma faixa de pelos brancos que descia da sua cara até o peito. Parecia uma barba de eremita. A primeira coisa que ele fez foi se apaixonar por Erela. Grudou-se a ela. Não a deixava sozinha um único momento. Isto é, preciso explicar, ele a cortejava de forma até comovente, penteava seus cabelos, soprava o café para esfriar, pegava as meias para ela, mas também com manifestações sexuais que foram ficando cada vez mais difíceis de aceitar. Agarrava a saia dela, puxava, subia nas suas costas quando ela se abaixava. E assim por diante, não vou entrar em detalhes. Quando nos trancávamos no quarto à noite, era acometido de raiva e ciúme, e ficava do lado de fora, gemendo como se estivesse machucado. No início, era curioso, até mesmo engraçado, ouvir a serenata dele junto à janela, mas logo percebemos que estávamos com um problema sério nas mãos. Por exemplo, começou a morder a mim e a Imanuel toda vez que tocávamos em Erela na presença dele, ou se ela tocasse em algum de nós. Imanuel ficou tão assustado que começou a piscar e tremer as pálpebras novamente. Você precisa compreender, Noa, se quiser acompanhar o resto da história, que um chipanzé é um animal forte e rápido, e que quando está zangado ou excitado pode se tornar muito perigoso. Uma ou duas vezes ele a acuou de uma maneira que ela não conseguiu se libertar, e eu tive que soltá-la à força. Foi pura sorte eu estar em casa naquela hora. E se eu estivesse fora? De vez em quando o veterinário dava umas injeções de estrogênio, mas não era o bastante para acalmar o seu ardor. Não sabíamos o que fazer: não podíamos nos desfazer dele e não queríamos magoá-lo, ele tinha se tornado parte da família. Você entende, nós o criamos praticamente desde que nasceu. Uma vez, quando ele engoliu uns pedaços de vidro quebrado, nós o levamos para Lagos para ser tratado. Ficamos quatro dias e quatro noites nos revezando para cuidar dele e garantir que não rasgasse os curativos. Após os incidentes com Erela, o veterinário nos aconselhou a castrá-lo, e eu fiquei atormentado de indecisão, quase como se eu fosse a vítima. Cheguei à conclusão de que a solução menos terrível seria devolvê-lo à selva. Assim, no fim de semana antes do Natal coloquei-o no jipe, ele sempre gostava de vir comigo nas minhas longas viagens, e por segurança entrei quase cem quilômetros na floresta. Não contei a Erela nem a Imanuel. Era melhor que pensassem que ele simplesmente tinha desaparecido. Que ele ouvira o chamado primevo da selva e que fora atraído pelas suas raízes. É um fenômeno conhecido, mas eu não sou especialista e não posso afirmar com certeza. Paramos no caminho para abastecer, e como de costume ele enfiou o bocal da mangueira no tanque e acionou a bomba sozinho. Paramos para comer, e depois ele correu para o jipe e me trouxe alguns lenços de papel, deve ter sentido um pouco a minha aflição, ou farejou a traição, não sei como explicar o quanto ele estava atento nessa última viagem. Eu olhava e olhava para ele, pensando que parecia gado sendo levado para o matadouro. Ele captou meus pensamentos, e durante a viagem de quase três horas ficou sentado encolhido no banco ao meu lado com o braço sobre o meu ombro, como uma dupla de amigos de infância saindo juntos de férias, e no começo quis conversar com ruídos infantis, como se adivinhasse o que estava por vir e quisesse adiar o seu destino. Mas, à medida que íamos nos aprofundando na floresta, foi ficando quieto. Encolheu-se todo no banco e começou a tremer violentamente, fitando-me com os olhos arregalados exatamente como no primeiro dia em que o encontramos, um bebê abandonado olhando confiante para nós de dentro de um pneu rasgado abandonado na estrada. Eu guiava o jipe com uma mão, e com a outra afagava a sua cabeça. Senti-me como um assassino prestes a apunhalar pelas costas uma criatura inocente, que me era querida. Mas havia algum outro jeito? Menos de um ano depois, Erela morreu no sequestro do avião da Olympic, mas naquele momento, naquela viagem selva adentro, eu não poderia imaginar que desgraça gera desgraça. Bem, finalmente cheguei a uma pequena clareira. Desliguei o motor. O silêncio parecia um sonho. Ele subiu no meu colo e encostou a bochecha no meu ombro. Pedi-lhe que descesse e catasse alguns galhos. Ele entendeu a palavra "galhos", porém mesmo assim hesitou. Ainda trêmulo, ficou onde estava no banco ao lado do meu. Talvez não confiasse inteiramente em mim. Fitou-me com um olhar silencioso que até hoje não consigo definir. Tive que repreendê-lo rudemente antes de ele me obedecer e sair. Ao berrar com ele, tive a esperança de que não me levasse a sério, que permanecesse teimoso se recusando a sair. Quando tinha se afastado cerca de vinte metros liguei o motor, virei rapidamente, pisei no acelerador e fugi. De modo que a última coisa que ele ouviu de mim não foi uma palavra gentil ou afetuosa, e sim uma dura reprimenda. Naquele momento ele percebeu que eu não estava brincando de esconde-esconde. Que fora ludibriado. Que era o fim. Correu atrás de mim centenas de metros com todas as suas forças, uma corrida de macaco, com passadas largas e irregulares, e guinchos cortantes e ensurdecedores; nunca ouvi gritos como aqueles em toda a minha vida, já carreguei até mesmo homens feridos nas costas durante a guerra, e mesmo quando já não podia vê-lo no retrovisor correndo atrás de mim, ainda podia ouvir os gritos ficando mais e mais fracos com a distância. Durante semanas não consegui tirar os guinchos da minha cabeça. Imanuel, que havia ficado em casa, afirmava que também conseguia ouvi-los, embora fosse absolutamente impossível a uma distância de quase cem quilômetros. Mas o piscar dos olhos, que os médicos da clínica de Erela não tinham conseguido resolver, desapareceu depois de algum tempo e não voltou nem mesmo quando sua mãe morreu. Durante um longo período, costumávamos olhar disfarçadamente para o portão, em diferentes horas do dia, na esperança, ou talvez com medo, de que ele tivesse achado o caminho para casa. E se de repente ele aparecesse, será que conseguiríamos nos reconciliar, será que ele seria capaz de nos perdoar? Durante um bom tempo ficamos sem abrir o pote de cubos de açúcar. Então, quando Erela morreu sugeri a Imanuel que arranjássemos outro macaco, mas ele não quis saber e simplesmente disse, Esqueça. Mas por que eu resolvi lhe contar sobre o chipanzé? Qual é a ligação? Você se lembra de como chegamos no assunto? Sobre o que estávamos falando antes?

Eu disse que não me lembrava. Que estávamos falando sobre alguma outra coisa. E novamente, sem notar, pus um dedo sobre a mão dele e tirei depressa, e disse: Desculpe, Avraham.

Avraham Orvieto disse que queria me pedir um pequeno favor. Lamentava ter contado a história. Se não for muito difícil, Noa, finja que não contei nada. Aí me perguntou se eu queria outro café com sorvete, e se eu não quisesse pedia minha permissão para me acompanhar aonde quer que fosse, isto é, se eu não fizesse questão de ficar sozinha. E sorriu rapidamente, como se já soubesse a minha resposta, e também rapidamente varreu o sorriso da face. Caminhamos em silêncio, um pouco embaraçados, pela avenida deserta cheia de árvores que aos poucos iam deixando cair uma tênue chuva de pólen amarelo sobre a calçada. Estava escurecendo, e possivelmente fomos reduzindo o passo entre um poste e outro, quietos, até que nos despedimos vinte minutos depois na escadaria da escola, porque me lembrei que tinha uma reunião de professores naquela noite. Quando cheguei a reunião já tinha terminado, e saí correndo outra vez atrás de Avraham Orvieto. Para minha surpresa percebi de repente que eu também, de vez em quando, podia parar de piscar, mas é óbvio que ele não estava mais na escadaria da escola. Devia ter ido para o seu quarto no Hotel Keidar, ou para algum outro lugar.

O ano letivo termina daqui a uma semana. Nos primeiros anos, já no meio de abril ela ficava tomada por uma necessidade de viajar, sair daqui, e se inscrevia para um curso de verão em Jerusalém, um festival na Galileia, uma excursão de amigos da natureza para o Carmel, um curso de atualização para professores em Beersheva. Este ano ela está imersa demais nesta nova cruzada para se inscrever em alguma atividade de verão. No Shabat perguntei a ela, casualmente, quais eram os planos para as férias. Quando ela respondeu, Vamos ver, deixei o assunto de lado.

A maioria das pessoas sempre está ocupada com arranjos, preparativos, atividades de lazer. Eu me satisfaço com a minha casa e o deserto. Até o meu trabalho está aos poucos se tornando supérfluo. Pretendo parar logo. A minha pensão, nossas economias e o aluguel do imóvel em Herzliya serão suficientes até o fim. O que vou fazer o dia todo? Vou estudar o deserto, por exemplo, em longas caminhadas ao amanhecer, antes de tudo se tornar insuportavelmente quente. Durante as horas de calor, vou dormir. À tarde, ficar sentado no terraço ou jogar uma partida de xadrez com Dubi Weitzman no Café Califórnia. À noite, escutar a rádio de Londres. Aqueles morros ali, a boca do *wadi*, as nuvens passando diáfanas, dois ciprestes no fundo do quintal, oleandros e o banco vazio perto do canteiro de buganvílias. À noite, podem-se ver as estrelas; algumas delas mudam de posição após a meia-noite, conforme as estações do ano. Não conforme, e sim paralelamente às estações. Há um campo de restolho dourado na parte mais próximo da planície, bem atrás do muro do quintal. Um velho beduíno usou esse campo para semear cevada no outono e fez a colheita na primavera, e agora as cabras vêm e comem o restolho. Mais ao longe, a desolação se estende até o topo dos morros e, mais longe ainda, até a massa montanhosa que às vezes parece uma névoa. As encostas são uma mistura de placas negras e marrons de sílex com rochas mais claras de calcário, que os beduínos chamam de *hawar*, entre torrões de areia erodida. Tudo em preto e branco. Tudo no lugar. Para sempre. Tudo presente e silencioso. Estar em paz significa ser como o conjunto de montanhas: presente e silencioso. E vazio.

Esta manhã, no noticiário, transmitiram um trecho do discurso do ministro do Exterior que falava da tão esperada paz.

A expressão "tão esperada" está errada aqui: ou paz ou esperança. É preciso escolher.

Hoje ela disse que vai de novo a Beersheva depois das aulas. Prometeu encher o tanque e não chegar muito tarde. Mas não perguntei a que horas ela pensa estar de volta, nem lhe pedi que chegasse cedo. É como se ela tivesse voado para dentro dessa sala por engano e agora está tão assustada que não consegue nem achar a janela. Que está aberta como sempre. Então ela voa de uma parede a outra, derrubando a lâmpada, batendo no teto, tropeçando nos móveis, se machucando. Só não tente apontar o caminho da porta: não dá para ajudá-la. Qualquer movimento que você faça, ela fica ainda mais assustada. Se você não tomar cuidado, em vez de guiá-la para fora, para a liberdade, vai fazer com que ela se recolha ainda mais dentro da sala, onde continuará batendo as asas contra a vidraça. A única maneira de ajudar é não tentar ajudar. Ficar no seu canto. Congelar. Misturar-se com a parede. Não se mover. Será que a janela sempre esteve aberta? Será que realmente quero que ela voe para fora? Ou será que estou aqui dentro à espreita, imóvel, prendendo-a com um olhar fixo na escuridão, esperando que ela sucumba ao cansaço?

Porque então poderei me debruçar sobre ela e cuidar dela como fiz no início. Desde o início.

Em Beersheva constatou-se que houvera algum mal-entendido em relação à reunião com Benizri. Uma secretária antipática, com pequenos brincos que pareciam gotas de sangue, ficou felicíssima em não encontrar o meu nome na agenda: a mulher que marcou a minha reunião, segundo ela, é uma datilógrafa incompetente que vem duas vezes por semana para não fazer nada, e não tem autorização para atender ao público. O sr. Benizri está em reunião. O dia inteiro. Tudo bem, tudo bem, eu entendi que você veio especialmente de Tel Keidar. Sinto muito. É uma pena.

Quando insisti, ela concordou, com um gesto de desdém, em verificar pelo telefone interno se ele não poderia me conceder uns quinze minutos de qualquer maneira. Ao recolocar o fone no gancho com suas unhas vermelhas, disse, Hoje não, senhora, tente outra vez daqui a duas ou três semanas, quando o sr. Benizri tiver voltado do Congresso. E lembre-se de me telefonar antes, eu sou a Dóris, se atender alguém chamada Tíki, não adianta — é perda de tempo. Coitadinha, ela teve um filho com um jogador de basquete que não quer saber da criança, e agora descobriram que a criança é mongólica. E além disso, a moça é religiosa. Se eu fosse religiosa, não sei como resistiria à tentação de guiar no Shabat. Então, quem é você? O que é que você precisa do sr. Benizri, talvez haja um jeito de eu ajudá-la enquanto isso? Neste momento eu me rendi. Pedi-lhe para incomodar o sr. Benizri mais uma vez e lhe dizer que a Noa do Teo está aqui.

Depois de uns instantes, ele próprio explodiu de dentro do escritório, todo excitado, galante, sacudindo a barriga e os quadris, Entre, coméquié, claro, e como é que vai o nosso amigo? Está bem de saúde? E o trabalho? Ele enviou a senhora com as conclusões? Ótimo. É um grande homem.

E assim por diante.

Mas a respeito do seu assunto, veja, dona Noa, francamente, como posso dizer: se a senhora já tem um patrocinador generoso como esse — melhor é mandá-lo direto para nós. Nós mostraremos o caminho certo. Até hoje nunca tivemos informação nenhuma sobre drogas em Tel Keidar. Praticamente zero. O que é isso, onde estamos com a cabeça? Vamos começar a trazer para cá todos os sei-lá-o-quê de Tel Aviv? Melhor seria investir o dinheiro, digamos, num lar para velhos. A terceira idade, como dizem. É algo que realmente não temos e que poderia dar muito certo. Mas trazer de fora todo um carregamento de drogados? Sabe, as drogas nos dias de hoje nunca vêm sozinhas. Elas vêm acompanhadas de crime, AIDS, violência, depravação de todo tipo, me perdoe a expressão. Como é que uma moça simpática como a senhora se mete numa história como essa? Poderia até mesmo, Deus me livre, respingar sujeira no Teo! Mas nos dias de hoje, sabe como é, qualquer coisa vai logo para a mídia, boatos, investigações, toda essa sujeira, Deus me livre. Mesmo assim, não se pode desperdiçar uma doação. Traga-o para nós. Atualmente patrocinadores generosos não crescem em árvores, por causa da péssima imagem do Estado, graças à baderna que os árabes nos territórios conseguiram provocar, os desgraçados. O que é que o Teo diz dessa situação toda? Deve estar se roendo por dentro. O país é a alma dele. Há quanto tempo vocês estão juntos? O quê, oito anos? Oito anos não é nada. Praticamente zero. Melhor escutar alguém que conhece o Teo desde os velhos tempos, quando esta terra era apenas areia e fantasias. Nós o admiramos desde a época em que ele explodia postos de polícia e instalações de radar britânicas. Um sujeito responsável e competente. Mais do que isso: um exemplo. Se ele tivesse continuado na Secretaria do Desenvolvimento, não teríamos passado todas as vergonhas que aconteceram desde então. Pena que tudo se perdeu desse jeito. Muita gente não gostava dele, por inveja e pelas coisas que tinha conseguido. Lembre-se, a senhora tem um tesouro nacional em casa, cuide dele como da luz dos seus olhos. Não se esqueça mesmo de mandar um abraço caloroso do Benizri. Quanto aos seus drogados, deixe de lado antes que a sujeira comece a aparecer. E quanto ao patrocinador, o melhor é que venha falar comigo e já sei como colocá-lo num caminho mais coerente. Até logo.

Voltei guiando o velho e grande Chevrolet de Beersheva a Tel Keidar como se fosse uma terrorista. Ultrapassava em pontos absurdos, fechava loucamente as curvas, extremamente tensa por dentro, ardendo de raiva fria, meio misturada com uma leve sensação de vitória. Como se já tivesse a minha vingança. Em vez de ir para casa, vou direto encontrar Muki Peleg, sentar de pernas cruzadas na cama dele, um disco, meia-luz, sapatos, um copo de vinho, blusa, sutiã, sem qualquer sentimento ou desejo a não ser um impulso destrutivo. Lábios, ombros, seios, avançando para o sul, seguindo as regras, mais ou menos vinte minutos, sem nenhuma paixão também da parte dele, apenas fazendo pontos numa tabela que nunca será completada. No final, vou ter que creditar os pontos a que ele tem direito, E aí, gatinha, foi bom? Você foi ótimo, sensacional; e ter a satisfação de "cuidar como se fosse da luz dos meus olhos". Depois, tomar um chuveiro e me vestir, e enquanto eu estiver abotoando a blusa, ele não vai resistir e me perguntar de novo como foi, e eu vou responder com a expressão predileta do Benizri: Praticamente zero, obrigada. Vou ligar o carro e voltar para casa com a raiva terrorista aplacada. Direi a Teo que esta noite eu preparo o jantar. Nada especial. Me deu vontade. Que tal uma toalha branca e vinho? Em homenagem a quê? Em homenagem a Noa que resolveu reconsiderar e descer do pedestal. Em homenagem ao seu retorno tardio às suas dimensões naturais. E esta noite não haverá raposa sorrateira no corredor, nem BBC de Londres. Esta noite, ele vai para a minha cama e eu vou para o seu posto de observação no terraço. É a minha vez de ficar sentada olhando a escuridão. Pela manhã, antes de sair para lecionar a poesia de Bialik, vou escrever duas linhas a Avraham Orvieto dizendo-lhe que ache outro otário. Os poemas de Ezra Zussman publicados postumamente têm o título *Passos perdidos na areia*, finalmente acharam o livro na biblioteca da Universidade de Beersheva, e na página sessenta e três descobri um poema que li e gostei da primeira parte. Em vez de criar clínicas vou me oferecer como voluntária para juntar roupas de inverno para imigrantes. Ou pacotes de presente para os soldados. Acharei alguma causa menor, dentro dos limites da minha capacidade, sem querer agarrar o mundo com a mão. Talvez eu me proponha a editar, em nome da escola, uma revista em memória de Imanuel Orvieto, tentarei juntar algum material, embora possivelmente fique óbvio que ninguém tem nada a dizer, pois na verdade ninguém o conhecia, nem mesmo sua professora de classe ou sua conselheira pedagógica.

Acho patético como gente boa tem a tendência de se oferecer para fazer o bem por motivos sentimentais. O jeito certo é servir ao Bem como o guarda que vi no cruzamento de Ashquelon: cansado, já não tão jovem, cara redonda, barriga saliente, deitado de bruços no chão para ajudar os feridos presos sob a carroceria de um caminhão capotado enquanto a ambulância não chegava. Foi alguns anos atrás, mas eu me lembro de todos os detalhes: ele se arrastando na poeira, enfiando a cabeça pela porta amassada, tentando reanimar uma mulher inconsciente. Mas no instante em que chegou a equipe de resgate, e o médico ou enfermeiro assumiu seu lugar, levantou-se e virou as costas; não havia nada que pudesse fazer para salvar os feridos. Assim, imediatamente voltou a orientar o congestionamento de trânsito. Pronto. Em frente, moça. Vamos andando. Acabou o espetáculo. De forma seca. Até mesmo rude. Com voz rouca de cigarros. Alheio ao seu cabelo cheio de lama, ao quepe amassado e ao filete de sangue sujo que escorria do seu nariz. Manchas de suor nas axilas e uma mistura de suor e poeira em todo o rosto. Vários anos se passaram, mas não me esqueci dessa combinação peculiar de bondade e frieza. Até hoje tenho a esperança de servir ao Bem da forma como aprendi com aquele policial: não com emoção desenfreada, e sim com extrema precisão. Com a sensação de cumprir o dever, uma sensação que chega a ser quase rude. Com a mão firme. Mão cirúrgica. "E onde devemos brilhar e a quem nosso brilho se faz necessário", escreve Ezra Zussman no poema de abertura da coletânea.

Até o momento em que cheguei ao farol no centro de Tel Keidar, o poema e o guarda me ajudaram a superar a humilhação e desistir da vingança. Muki Peleg vai ter que achar outra pessoa. Contentar-se com Linda Danino. De que serviria uma mulher humilhada se oferecer, entre sete horas e sete e vinte, numa noite quente e abafada numa cidadezinha no meio do deserto, ao som do *Bolero* de Ravel, numa cama ainda coberta pela colcha empoeirada, a um fanfarrão decadente, com um cheiro forte de loção de barba, só para punir um homem que não lhe deseja mal nenhum e que jamais saberá o que ela fez? De que adiantaria? O que ela teria a ganhar?

Nada. Praticamente zero.

Uma vez Muki Peleg me disse, após a habitual cerimônia de agrados e elogios, que na verdade ele gosta do par que formamos, Teo e eu. Gosta, não: admira. Também não é isso. Ele nunca consegue dizer direito aquilo que pretende. É esse o problema. Com o passar dos anos, segundo ele, Teo e eu começamos a ficar parecidos de um jeito indefinível. Não na personalidade. Não na aparência. E também não nos gestos. Somos parecidos em alguma outra coisa, se é que estou conseguindo entender o que ele quer dizer. Frequentemente se percebe que uma semelhança desse tipo começa a surgir num casal que não pode ter filhos. Não importa. Sinto muito. Outra vez ele deixou escapar uma bobagem. E então fiquei corada, só por causa dele, das asneiras que diz sem a menor sensibilidade. Desculpe. Ele sempre acaba dizendo o contrário do que queria dizer. Talvez tenham a mesma vibração. Não. Que nada. Também não é isso.

Passei devagar diante do escritório do Muki, corretagem e investimentos gerais, fiz uma conversão no farol, e voltei em direção à avenida Presidente Ben Zvi. Parei ali um momento, tentando lembrar o que havia esquecido, e decidi que afinal de contas Noa não desceria do pedestal mas continuaria trabalhando para construir o Centro de Reabilitação Imanuel Orvieto. Pelo menos até que surgisse alguém mais qualificado disposto a assumir a tarefa. É isso mesmo. Pronto. Em frente, moça. Vamos andando. Acabou o espetáculo.

Mesmo assim, estacionei o grande Chevrolet na frente do supermercado. Comprei frios e saladas, vinho, um abacate, berinjela, azeitonas temperadas e quatro tipos de queijo: o pecado fora cancelado, mas a cerimônia do perdão prosseguiria. Encontrei Teo sentado na sala de estar, pés descalços sobre o tapete branco, de camiseta e shorts. Não estava lendo. Nem assistindo à televisão. Quem sabe, mais uma vez, como ontem e anteontem, estivesse cochilando com os olhos abertos. Depois de tomar um chuveiro, vesti uma saia florida, uma blusinha de verão azul e um lenço. Tirei o telefone da tomada, embora ainda estivesse faltando resolver alguma coisa que eu não conseguia lembrar. Proibi Teo de me ajudar a preparar o jantar, e quando ele perguntou qual era a comemoração eu ri e respondi: Cuidar da luz dos meus olhos.

Ele se sentou junto à mesa da cozinha e, enquanto eu cortava e esquentava e servia, foi dobrando caprichosamente os guardanapos de papel verde e arrumando-os no suporte. Em qualquer atividade física, até mesmo em atos mais simples como abrir um envelope ou acertar o braço da agulha sobre o disco, observo nele uma habilidade manual precisa, talvez herdada de gerações de relojoeiros, açougueiros, violinistas e escrivães. Apesar de ele ter me contado certa vez que o seu avô materno tinha sido o último de uma longa linhagem de coveiros numa aldeia na Ucrânia. Teo trabalhou trinta e dois anos em planejamento, a maior parte do tempo como chefe de departamento, na Secretaria do Desenvolvimento. Dizem que ele inventou conceitos novos, liderou algumas novas tendências, resultados que levam a sua marca. Quando o conheci na Venezuela, já estava desligado, quase frio. Jamais quis me contar acerca do conflito, da derrota, do choque com o ministro, coisas das quais fiquei sabendo por vagos boatos, a demissão, talvez uma intriga, seguida de uma transferência para um departamento sem importância. Sempre que tentava perguntar, ele se refugiava em comentários do tipo, Meu tempo tinha terminado, ou, Eu já tinha dado tudo que podia. E só. Isso era tudo. Não falava sobre o seu trabalho atual. Nem queria que eu conhecesse as pessoas com quem se relacionava naquela época. Quando sugeri que fôssemos viver em Tel Keidar concordou alguns dias depois. Quando consegui emprego de professora na escola secundária, ele abriu um pequeno escritório chamado Planejamento Ltda. Após alguns meses havia rompido os laços com seus velhos conhecidos, como alguém que opta por um retiro afastado. Em todo caso, dissera, em poucos anos teria direito a se aposentar. Algumas tardes ele vai ao Café Califórnia por uma ou duas horas, fica sentado num canto perto da janela com vista para o Plaza, lendo o *Ma'ariv* ou jogando xadrez com Dubi Weitzman. Mas a maior parte dos dias ele chega do escritório às cinco e dez e fica em casa até a manhã seguinte. Como se estivesse virando as costas para alguma coisa. Gradualmente ele foi mergulhando numa perpétua hibernação, tanto no inverno como no verão, se é que se pode usar o termo hibernação para alguém que sofre de insônia.

    Enquanto embrulhava as batatas em papel-alumínio para assar, contei a ele sobre Benizri e quase contei o que quase fiz na volta para casa. Não quis falar sobre a imagem do bom guarda, mesmo sabendo que ele não iria zombar de mim. Bem devagar, como se precisasse de um esforço racional para fazê-lo, dobrou o último guardanapo e colocou-o no suporte. Como se este fosse mais especial e mais complicado que os outros. Disse calmamente: Esse Benizri, um geninho. E disse também: Não é fácil para você, Noa. E eis que essas palavras exigiram de mim um esforço para controlar o choro. Depois do sorvete e do café perguntei-lhe o que queria fazer esta noite. Podíamos pegar a segunda sessão da comédia erótica no Cine Paris. A não ser que tivesse uma ideia melhor. Qualquer coisa. Virou a cabeça e olhou-me com o olho caído, seu rosto largo de camponês revelando nesse momento um misto de afeto, suspeita e astúcia, como se tivesse descoberto em mim um detalhe que escapara aos seus olhos até hoje, e tomasse a decisão que de fato seria a melhor para mim. Olhou para o relógio e disse: Neste momento, por exemplo, eu sairia com você para comprar um vestido novo. Só que as lojas estão fechadas.

Em vez disso, deixamos os pratos sobre a mesa e corremos para pegar a segunda sessão no cinema. As lâmpadas de rua na praça junto ao farol estavam apagadas; só o Monumento aos Caídos estava iluminado por um feixe amarelo pálido vindo dos arbustos. Um soldado, magro e solitário, estava sentado nos canos metálicos de proteção tomando uma lata de cerveja. Os olhos fixos nas pernas de uma garota de minissaia vermelha que estava de costas para ele. Ao passarmos, ele se virou para me olhar. Era um olhar desesperado de desejo contido pela covardia. Passei o braço pela cintura do Teo. Eu disse: Estou aqui, e você? Ele pôs a mão no meu cabelo. Esse jantar que você preparou para nós, disse ele, não foi uma refeição, foi uma obra de arte. Eu disse: O que você acha, Teo? Muki Peleg me disse uma vez que você e eu somos de certa maneira parecidos. Eu achei meio engraçado, em que será que nós nos parecemos?

Teo disse: Muki Peleg. Quem é? Sei, o corretor. O palhaço com seis dedos na mão esquerda. Sujeitinho exibido, não é? Um Casanova versão popular? Aquele que anda com uma camiseta com a inscrição "Lágrima do Diabo"? Ou estou confundindo com outra pessoa? Pare de tirar conclusões, eu disse, o tempo todo você fica tirando conclusões.

Era um filme inglês, irônico, espirituoso demais, acerca de uma intelectual, editora de livros, que se sente atraída por um imigrante negro de Gana. Depois de se entregar a ele uma vez por curiosidade, ela se apaixona perdidamente e se torna sua escrava, física e financeira, e depois é escravizada também pelos seus dois irmãos violentos. O lado cômico ficava basicamente por conta das relações da família dela, simpatizante radical das causas do Terceiro Mundo e da libertação das raças oprimidas, com o namorado e os irmãos: sob uma fina camada de tolerância liberal, manifestam-se os mais básicos e elementares preconceitos. O filme exibia alguns cortes cinematográficos com pretensões simbólicas, passando das elegantes e modernas salas estilo vitoriano para as miseráveis cozinhas nas favelas, e de volta para salas vitorianas com páginas de livros mostrando arte africana. No meio do filme cochichei para Teo, O amor vencerá, você vai ver. Ele abraçou o meu ombro delicadamente. Quinze minutos se passaram antes de me cochichar de volta: Aqui não há amor. É mais uma vez Franz Fanon e a rebelião dos oprimidos que conseguem a sua vingança sexual.

Quando chegamos em casa, ele foi até a cozinha e voltou dez minutos depois com dois copos e uma jarra de vinho quente temperado com mel, cravo e canela. Bebemos quase sem falar. Algo no seu olhar me fez cruzar os joelhos. Teo, eu disse, há algo que você precisa saber. Não se põe mel no vinho quente, e sim no chá. No vinho quente coloca-se um pouco de limão. E por que você trouxe estes copos? Eles são para bebidas frias. Temos outros copos para vinho quente, aqueles menores. Você já não presta atenção em mais nada. Praticamente zero.

Na cama não conversamos. Vesti uma camisola branca comum, parecendo uma moça de escola religiosa, dissera ele certa vez, e ele veio ao meu quarto completamente nu exceto por uma faixa elástica em volta do joelho por causa de uma antiga contusão. Imaginei poder sentir com a ponta dos dedos o progressivo clarear dos pelos nos braços e no peito, do preto escuro para o cinza para o cinza-claro para o prateado; seu corpo era rijo e compacto, mas esta noite seu desejo parecia quase separado dele, como se na realidade quisesse mesmo me envolver e abraçar inteira, como se ansiasse me absorver ou me fazer parte de si, que eu fizesse parte dele, dependesse dele, e tocava minha pele com tanta intensidade que mal se preocupava com o que o seu corpo iria receber, podia não receber nada, contanto que eu ficasse na minha posição fetal e enrolada no seu corpo como um filhote de pássaro debaixo das asas da mãe. Eu queria e ao mesmo tempo não queria me render a ele, obedecer a ele, dar-lhe o poder de dar, de me dar, e no entanto escorreguei para fora do seu abraço, da forma deliciosa que me mimava, e fiz com que se deitasse de costas e não interferisse com o que eu lhe fazia, até estarmos quites, e daí por diante, até o final, estávamos um para o outro, como um dueto a quatro mãos, por um momento possivelmente ficamos parecendo dois pais dedicados debruçados sobre um bebê, intensamente, cabeças se tocando, brincando com uma criança que devolve amor com amor. Depois, cobri-o com um lençol e corri o dedo sobre a sua escura sobrancelha de camponês, e o seu corte de cabelo militar, até que ele adormeceu e eu me levantei e fui descalça até a cozinha, limpei a mesa do jantar, lavei e sequei todos os pratos e os copos de vinho quente, que na verdade eram copos para bebidas geladas, e de onde ele tirou a ideia de pôr mel, que estranho, luz dos meus olhos, o que ele quis dizer quando disse que não é amor, é a rebelião dos oprimidos? Limpei tudo e troquei a toalha da mesa. Teo não acordou. Como se esta noite eu tivesse passado para ele toda a minha capacidade de dormir. Então saí e assumi o lugar dele no terraço em frente ao deserto. Lembrei-me de Benizri dizendo que aqui tudo era areia e fantasia, e me lembrei da datilógrafa religiosa, Tíki ou Ríki, a que teve um filho com um jogador de basquete que não queria saber da criança, e acabaram descobrindo que a criança era mongoloide, ou, como dissera a dama de vermelho, mongólica. E pensei no chipanzé apaixonado, e no pote de cubos de açúcar, e no rapaz que tinha sido um garoto que piscava e parecia viver numa bolha de inverno até mesmo no verão, talvez porque eu me recordasse vagamente dele, de suéter verde e calças de veludo marrom numa classe onde todo mundo usava shorts. Embora já não tivesse tanta certeza quanto às calças de veludo. Será que aquilo que o poeta quis ou não quis dizer interfere de alguma forma no poema? Eu deveria ter tentado estabelecer uma conversa. Deveria tê-lo convidado para vir aqui, em casa. Deveria ter feito com que falasse. E tudo que fiz foi passar pela sua solidão sem me deter. Noutra ocasião ele disse que achava que falar era uma armadilha. Não consigo entender agora como não percebi que na verdade aquilo era virtualmente um grito de socorro: "E acima de tudo paira um riso, tênue, fenecente, doloroso", como escreveu Ezra Zussman num poema sobre as noites de outono.

    De trás dos morros surgiu uma lua crescente que banhou de branco os terrenos baldios e os blocos de apartamentos. Não havia uma única janela iluminada. As lâmpadas das ruas ainda brilhavam desnecessariamente e uma delas piscava cada vez mais, quase não ficava mais acesa. Praticamente zero. Um gato passou debaixo do meu terraço e desapareceu nos arbustos. Atrás dos morros, ouviu-se uma ligeira salva de tiros, seguida de um ribombar ecoante, e de novo o silêncio que tocava minha pele. Lembrei-me também da tia que trabalhava no banco e morreu só dois dias depois que acharam o corpo do rapaz. Uma mulher feia, ressequida, de cabelo curto ruivo, preso com uma fivela de plástico. E ela tinha um hábito engraçado; no banco, quando alguém se sentava à sua frente e lhe dirigia a palavra, ela costumava cobrir a boca e as narinas com a mão enrugada, como se sempre tivesse medo de estar com mau hálito, ou, mais provavelmente, que a outra pessoa estivesse. Costumava terminar as conversas dizendo "Certo. Cem por cento", sempre no mesmo tom. As folhas do escuro jardim se agitaram como se meus pensamentos sobre a falecida me tivessem deixado e descido para se revolver entre os oleandros. Como se os restos retorcidos de um cão estivessem se arrastando lá embaixo. Por um momento pensei que o velho banco sob as buganvílias estivesse quebrado: o luar havia alterado os ângulos, as sombras das escoras do banco pareciam agora o reflexo partido de um banco na água. O que será que Avraham Orvieto quis dizer quando comentou na sala dos professores, como se estivesse se referindo a algo que todos sabiam menos eu, que eu era a única de quem o rapaz gostava? Talvez eu devesse ter lhe pedido que mostrasse as cartas do filho, especialmente aquela em que mencionava o lápis que nunca existiu.

Às quinze para as sete fui acordada por Teo, fresco, barbeado, corpulento, vestindo uma camisa azul-clara bem passada com tiras abotoadas nos ombros, com seu cabelo grisalho bem cortado e seus ombros largos lembrando um soldado colonial aposentado, jornal debaixo do braço. Trazia um café preto, quente e forte, que ele próprio havia moído e passado no coador, como se tivesse tentado conjurar uma cena daquele cruel filme inglês. Aparentemente, no meio da noite em vez de ir para cama adormeci no sofá branco da sala. Peguei o café e disse, Escute, não fique zangado, ontem eu prometi encher o tanque do Chevrolet na volta de Beersheva, mas acabei esquecendo. Não faz mal, disse Teo, eu mesmo encho, mais tarde, no caminho do escritório, depois de deixar você na escola. Tempo é o que não me falta, Noa.

A firma de Teo, a Planejamento Ltda., está situada no andar superior do edifício de escritórios ao lado do farol de trânsito. Há uma sala externa e uma interna, uma prancheta, uma escrivaninha, vários mapas na parede, uma fotografia em cores de David Ben Gurion fitando com expressão resoluta a paisagem de Nahal Zin no deserto, dois armários de metal, algumas prateleiras com pastas de diversas cores, e num canto da sala externa duas cadeiras e uma mesinha de café.

Sexta-feira. Dez e quinze. Às sextas-feiras o escritório está sempre fechado, mas na manhã de hoje Teo veio esperar a faxineira, Natália, mesmo que ela tenha a sua própria chave. Até que ela chegue, resolveu dar uma olhada em algumas cartas. Já ligou o ar-condicionado e a forte lâmpada que fica sobre a prancheta. Depois, mudou de ideia e apagou a lâmpada, preferindo esperar junto à janela. Diante da Livraria e Papelaria Gilboa, ele nota uma pequena multidão: estão esperando os jornais que normalmente chegam às nove, mas que hoje atrasaram. Dizem que a polícia montou barreiras em todas as estradas que saem de Beersheva por causa de um assalto a banco. Perto do monumento, dois jardineiros usando chapéus de palha de abas largas estão curvados plantando alguns pés de alecrim em lugar dos velhos que morreram. Teo se pergunta por que não haveria de trabalhar um pouco esta manhã. Pelo menos até Natália chegar. Poderia, por exemplo, começar a colocar no papel algumas ideias para o projeto de Mitzpe Ramon. Por enquanto trata-se apenas de um esquema conceitual genérico, no máximo alguns esboços simples, sem muitos detalhes, nem mesmo em escala. Até agora ainda não existe verba, nem sequer uma decisão definitiva, e ainda não chegaram a pedir projetos detalhados. Ele reflete um pouco sobre o assunto e não consegue encontrar dentro de si aquela centelha de inspiração essencial para o surgimento de ideias. O que terá acontecido hoje com Natália? Talvez devesse tentar telefonar a ela, saber se não aconteceu nada sério, se bem que ele tem a impressão de que eles estão morando no bairro de casas pré-fabricadas, e dificilmente terão telefone; em todo caso, certa vez ela lhe explicara num inglês sofrível misturado com algumas palavras em hebraico que o marido era extremamente ciumento e desconfiava de qualquer homem, até mesmo do seu próprio velho pai. Teo pensa nela, pouco mais que uma criança, dezessete anos recém-completados e já casada e reprimida, moça tímida, submissa, entre um sorriso e outro a sua boca parece querer chorar, se uma pergunta é feita ela treme toda e fica pálida, cintura e seios de mulher, mas rosto de menina. Subitamente o desejo toma conta dele, de forma feroz, como um punho se fechando.

    Sexta-feira. Noa fica na escola até meio-dia e meia. Depois, combinaram encontrar-se aqui e saírem juntos para comprar uma saia. Hoje de manhã ele deixou de tomar banho para manter por algumas horas o cheiro do amor dela, que ele consegue sentir agora, não com as narinas mas com os poros. Seu riso, sua espontaneidade, seu corpo, o feixe de luz que toma rapidamente conta das suas pupilas — até mesmo as mãos enrugadas, com manchas de pigmento escuro, tantos anos mais velhas do que ela própria, como se as forças da velhice estivessem pacientemente se juntando ali, à espera de um sinal de fragilidade para se espalhar por todo o corpo, tudo lhe parece estar ligado à própria essência da vida. Como uma corrente elétrica que também o alimenta de vida. Mesmo que o seu desejo tenha sido despertado pela lembrança de Natália, a corrente vem de Noa e retorna a ela. Não há como explicar-lhe isto. Em troca, irá comprar-lhe uma saia, e talvez também um vestido. E já que Natália não veio limpar o escritório, e talvez não venha hoje, há tempo livre para ficar junto à janela e observar a praça do farol. Qual foi o erro que o mundo masculino cometeu em relação a Alma Mahler? Como era Alma Mahler na verdade? São ambas perguntas vazias. Uma vez, na Cidade do México, durante um festival de música, ele teve a oportunidade de ouvir, em duas noites seguidas, duas apresentações diferentes do *Kindertotenlieder*, uma cantada por um barítono com acompanhamento de piano, e a outra por uma mulher de voz grave, talvez uma contralto, uma interpretação cheia de saudade, e no entanto pura e calma, como que resignada com a sua sorte. Teo se recorda que esta apresentação foi tão comovente que ele teve que se levantar e deixar o auditório. A segunda canção da obra chama-se "Agora entendo por que você olha", e a quarta, "Às vezes me parece que apenas saíram". Esses nomes lhe provocaram uma dor estranha, como uma única nota grave no celo. Ele não se recorda dos nomes das outras canções, por mais que se esforce. Esta noite perguntará a Noa.

Sob a sua janela passa uma mulher com lenço na cabeça carregando duas galinhas recém-mortas para o Shabat. A mulher é baixa e a praça está empoeirada, de modo que os corpos dos animais deixam duas trilhas na calçada. Teo sorri por um momento sob o bigode, quase piscando de astúcia, como um camponês avarento que desconfia que o homem com quem está negociando quer lhe passar a perna, e com base nessa desconfiança começa a buscar um jeito de se safar. A mulher já desapareceu.

Diante da sinagoga sefardita montou-se uma mesa improvisada, uma tábua sobre dois barris. Está coberta de livros abertos, provavelmente livros sagrados tirados dos armários para arejar e tomar um pouco de sol por causa do mofo e da poeira. Dez e meia e Natália ainda não chegou: certamente não virá hoje. Será que o marido a trancou de novo em casa? Será que bate nela com o cinto? É preciso descobrir o endereço deles ainda agora de manhã. Dar um pulo na casa deles. Ver se pode ajudar em alguma coisa, talvez até mesmo arrombar a porta para impedir uma desgraça. Ainda há tempo, pois Noa só deve chegar daqui a duas horas. Mas eis que finalmente chega o táxi de Beersheva com os jornais do fim de semana. Limor Gilboa, a bela filha de Gilboa, arruma-os com destreza, inserindo nos cadernos do dia que acabaram de chegar os suplementos que já tinham vindo no táxi de ontem. O próprio Gilboa, homem robusto e hirsuto, cheio de energia, jeito de líder sindical, cabelos grisalhos e ondulados, barriga saliente, ar de quem vai sempre começar a fazer um discurso, já começou a vender o *Yediot* e o *Ma'ariv* para a pequena multidão que se acotovela à sua frente estendendo as mãos. Teo anota rapidamente uma pequena lista de coisas necessárias para o escritório e resolve descer para comprá-las também na loja de Gilboa quando a multidão se dispersar, e talvez também o *Ma'ariv* antes que os exemplares se esgotem. Quanto ao esboço para o projeto de Mitzpe Ramon, não é tão urgente assim, no decorrer da próxima semana talvez ele tenha alguma inspiração. Que esperem. Certamente não vão construir o centro de lazer no Shabat, na verdade não vão construir nunca. Se ao menos fosse possível apagar tudo o que já foi feito lá e começar do zero, sem aqueles horrorosos projetos habitacionais, e sim num ritmo arquitetônico modesto, numa relação de humildade adequada ao silêncio da cratera e da linha de montanhas. Ele tranca o escritório e desce.

Pini Bozo decorou as paredes da sua loja de sapatos com um mural de retratos: Maimônides, o Lubavitcher Rebe, o santo Rabi Baba Baruch. Pode não ajudar, mas certamente não prejudica. Mesmo não sendo um judeu praticante, ele tem o temor a Deus no seu coração, e também algum respeito pela religião que durante dois mil anos nos protegeu de todo o mal. Além dos rabis, Bozo pendurou também uma foto de Navon, ex-presidente de Israel, a quem o povo ama por ser um homem do povo. À direita e à esquerda de Navon pendurou fotos de Shamir e Peres, que segundo ele deveriam fazer as pazes para o bem da população, e voltarem a trabalhar juntos contra as divisões internas. Já bastam os inimigos do mundo externo que querem nos destruir, contra os quais toda a nação deveria se unir e marchar junta. A esposa de Bozo e o seu bebê foram mortos numa desgraça que ocorreu aqui quatro anos atrás: um jovem soldado apaixonado e rejeitado se trancou na loja de sapatos e começou a atirar com uma submetralhadora, atingindo nove pessoas. O próprio Bozo só se salvou porque tinha ido até a Previdência Social para fazer alguma reclamação. Em memória da esposa e do bebê havia doado à sinagoga uma Arca Sagrada feita de madeira escandinava, e também está prestes a doar um ar-condicionado para o vestiário da quadra de futebol, para que os jogadores se refresquem um pouco no intervalo.

No final da calçada ao lado da Sapataria Bozo há alguns bancos públicos, com um cercado de plástico para crianças e um caixote de areia. Em compartimentos de concreto estilizados algumas petúnias se esforçam para florescer no meio das mudas de bétulas indianas. O cego Lupo descansa num dos bancos, rosto virado para o sol forte. Está cercado de pombos, alguns pousados sobre seus ombros. A bengala pontiaguda está cravada como uma âncora numa fenda entre duas pedras do pavimento. Na Bulgária, dizem, ele ocupava um posto no alto escalão do serviço secreto. Aqui em Tel Keidar trabalha de noite na central telefônica, vendo com os dedos as chaves e comandos. Toda manhã fica sentado nesse pequeno parque, preso ao seu cachorro cinzento, olhando direto para o sol e espalhando migalhas para os pombos que se juntam à sua volta mesmo antes de ele alcançar o banco. Às vezes algum deles se sente seguro a ponto de pousar no seu joelho e deixar que ele lhe afague as penas. Ao se levantar, às vezes tropeça no cachorro e murmura educadamente: Desculpe.

Um rapaz e uma moça, noivos, Anat e Ohad, estão na loja de móveis do sr. Bialkin. Vieram escolher um revestimento para o sofá e as poltronas que combine com as cortinas, mas os gostos divergem: tudo de que ele gosta, ela acha um horror; e o que ela acha uma beleza, ele diz que parece um bordel de oficiais polacos. Ela pergunta venenosamente de onde vem tanta experiência, e ele recua, dizendo, Veja aonde chegamos, estamos brigando por bobagem. Anat responde que não é briga, e sim diferença de opiniões, o que é perfeitamente normal. Ohad propõe um acordo: Vamos a Beersheva depois do Shabat, ali há muito mais escolha. Mas foi exatamente isso, diz ela triunfante, que eu sugeri desde o começo e você não quis escutar. O sr. Bialkin intervém delicadamente: Talvez a senhora queira dar uma olhada no catálogo, e se houver alguma coisa que lhe agrade traremos de Tel Aviv na terça-feira, se Deus quiser. Ohad, por sua vez, faz questão de corrigir: Não nego que você sugeriu, mas foi você mesma que disse vamos primeiro tentar no Bialkin, e se não acharmos... A noiva interrompe: Não nego ter dito isso, mas não negue que você concordou. O jovem concorda, mas pede-lhe que se lembre que ele fez algumas restrições. Restrições, diz ela, mas o que que é isso? Será que de repente você virou advogado? Será que daqui a pouco você não vai apresentar uma apelação?

Depois de saírem da loja, Bialkin diz: Nos dias de hoje é assim. Eles se devoram e morrem. E para o senhor, senhor Teo? Uma cadeira de balanço? De madeira? Não. Não tenho nada do tipo. Tenho uma cadeira para assistir TV que também balança. Não se fazem mais cadeiras de balanço como antigamente. Teo agradece e sai. Parecia-lhe que a canção de abertura do *Kindertotenlieder* se chamava "O sol continua brilhando", mas não tinha certeza. Por que não pedir a Noa que verifique na biblioteca da escola, já que ela passa tantas horas lá?

No Falafel Entebe um beduíno de mais ou menos cinquenta anos está comprando *shawarma* na *pita*. O *shawarma* é uma novidade, e Avram explica alegremente ao beduíno que ainda está em fase experimental. Se tudo der certo, daqui a algumas semanas vamos introduzir também grelhados. Entrementes, um gato branco e ágil, de rabo empinado, passeia perto da cadela de Kushner que teve filhotes anteontem. A cadela opta por fingir que dorme, mas abre ligeiramente um olho para constatar o tamanho do atrevimento. Tanto o gato quanto a cadela se comportam como se toda a situação estivesse abaixo da dignidade deles. O velho Kushner pergunta a Teo: O que está havendo, por que não temos visto você? E Teo, o olho esquerdo se fechando como se estivesse ao microscópio, responde que tudo está como sempre. Se quiser um dos filhotes, diz Kushner, mas Teo interrompe-o bruscamente com seu bigode autoritário: Não, obrigado. Totalmente desnecessário.

Às onze e quinze um pequeno cortejo fúnebre passa pelo farol, apenas alguns enlutados, a maioria velhos asquenazes. Do seu eterno banquinho diante da porta da Sapataria Bozo, Pini Bozo pergunta quem morreu e como. Kushner, o encadernador, sabe dizer que foi o velho Eliahu, o tio caduco do químico Schatzberg, que vivia fugindo e ficava sentado o dia inteiro na agência de correio. A cada cinco minutos entrava na fila e quando chegava sua vez perguntava no guichê, Quando o Eliahu vai chegar. Por mais que o enxotassem, ele sempre volta.

O enterro segue com pressa. Os que carregam o corpo estão praticamente correndo, porque o Shabat está próximo e restam muitos preparativos antes do pôr do sol. Os velhos enlutados suam por causa do esforço, e mesmo assim abriu-se um vazio entre o caixão e os enlutados, e um outro vazio entre o grupo da frente e o grupo mais atrasado. Com toda essa comoção, o corpo, coberto por um *talit* amarelado, parece estar se contorcendo de agonia. Um jovem religioso, de cabelo alinhado e barba rala, corre à frente, sacudindo uma latinha e prometendo que a caridade salva da morte. Teo reflete um instante e conclui que se trata de uma questão em aberto.

No Salão Champs-Elysées havia explodido uma ruidosa briga entre as cabeleireiras Violette e Madeleine, que são cunhadas. Os gritos podem ser ouvidos do outro lado da praça. Uma delas reclama, Você já nem sabe mais quando está falando a verdade e quando é uma porcaria de uma mentira. E a outra berra de volta, Seu pedaço de tampax, você não ouse me chamar de porcaria. Ambas tinham visitado, e talvez ainda visitem, a cama de Muki Peleg, que, aliás, está sentado no Café Califórnia tomando uma cerveja com um grupo de motoristas de táxi. Ao ouvir os gritos, ele dá início a uma detalhada comparação que provoca gargalhadas constantes da sua audiência. Muki agarra o copo de cerveja gelada com os seis dedos da mão esquerda. Aí os ânimos se acalmam e a conversa passa a girar em torno de aplicações financeiras. Nesse meio tempo, o cortejo fúnebre desapareceu atrás do edifício da Câmara Municipal de Tel Keidar, ao passo que a multidão na loja de Gilboa se dispersou e ainda há muitos jornais à venda. A bela Limor Gilboa está atrás da vitrine observando Anat e Ohad, que saíram da loja de móveis e entraram na Butique Eletrônica. Kushner aponta para ela com o queixo e diz a Bozo, Olha só como ela se trata, é uma verdadeira princesa Diana. Bozo comenta com tristeza: Até a chegada dos imigrantes russos era considerada uma tocadora de celo de nível nacional. Agora que vieram da Rússia milhares como ela, ela ficou deste tamanhinho. Assim é a fama: como água. Ontem não havia, hoje corre em abundância, amanhã acabou. Você se lembra de um ministro chamado Yoram Meridor? Jovem? Bem-sucedido? Famoso no país inteiro? Todo dia aparecia na TV? Dizem que abriu uma grande loja no entroncamento de Netânia: assim é a fama.

    Teo compra o *Ma'ariv* e um jornal local, senta-se no Califórnia e pede um suco de grapefruit. Muki Peleg convida-o para sua mesa, que ele chama de Conselho dos Sábios da Torá. Teo hesita e responde, Obrigado, talvez daqui a pouco, e Muki completa: Como disse o condenado para o carrasco que lhe ofereceu um cigarro enquanto apertava o nó da forca.

Teo passa os olhos pelas manchetes dos jornais. Perigo de retomada das hostilidades. Divorciada surda-muda no Acre queima viva a amante do ex-marido. O ministro dos Transportes abandona cerimônia em sinal de protesto. Preço da gasolina sobe no Shabat à meia-noite. Forças de segurança impedem... O seu olho mental acompanha os apressados asquenazes no enterro na véspera do Shabat, que a esta altura já deve ter passado o pátio do estacionamento e chegado ao cemitério. Primeiro depositam o corpo no meio do caminho: contra sua vontade, terão que esperar os retardatários. Toda a pressa foi em vão: não podem começar antes da chegada do último enlutado. O melancólico cantor húngaro enche os pulmões de ar, seu rosto fica todo vermelho, e ele dá início à oração *El Malê Rahamim* — Ó Senhor Repleto de Compaixão. Ele floreia a frase "que repouse no paraíso", curva-se ao entoar as palavras "enfrentará seu destino no fim dos dias", e os acompanhantes dizem Amém. Agora empurram Schatzberg, o farmacêutico, para a frente, e dizem para repetir palavra por palavra as frases que o cantor murmura: *Yitgadal ve Yitkadash* — Engrandecido e Santificado, em aramaico, com pronúncia asquenaz, Breve em Nossos Dias. Ele desaparecia todo dia, mas nunca ninguém se preocupava porque sempre surgia às oito em ponto no correio, com um sorriso tímido brilhando nos olhos azuis infantis, o sorriso de um tímido feliz que esqueceu o que o deixou feliz. O cantor roga o perdão dos mortos para alguma ofensa que inadvertidamente pudesse ter sido cometida contra o morto no decorrer dos preparativos para o enterro e no enterro propriamente dito, e formalmente o libera de qualquer compromisso com qualquer associação à qual pudesse ter pertencido em vida. Ele costumava às vezes abordar as pessoas na rua e curvar-se polidamente, com os olhos azuis brilhando de calor e sentimento, e dizer com sua voz macia: Perdoe-me, senhor, poderia ter a gentileza de me informar quando Eliahu vai chegar? É por isso que era conhecido na cidade como Eliahu, ou às vezes como o Eliahu de Schatzberg-o-químico.

Agora os coveiros esticam a lona, tarefa que exige habilidade e movimentos precisos e coordenados, como uma operação cirúrgica. O jovem religioso de barba rala agarra levemente os pés do morto e como uma hábil parteira deixa o corpo envolto deslizar suavemente da lona para a cova. Retira-se rapidamente o *talit*, como se um cordão umbilical estivesse sendo cortado. Aí colocam cinco blocos de concreto e começam a trabalhar com as pás erguendo uma pilha de terra que marcam com um retângulo formado de tijolos de concreto. Sobre o pequeno morro, aproximadamente na altura dos nobres olhos do falecido, uma placa de metal não com a inscrição ELIAHU, mas GUSTAV MARMOREK, SUA MEMÓRIA SEJA GUARDADA. Os acompanhantes do funeral esperam alguns minutos em constrangido silêncio, parecendo incertos do que fazer a seguir, ou à espera de algum sinal, até que um deles dá um passo à frente e deposita uma pedrinha, sendo seguido por outros, alguém se encaminha para o portão, impaciente para fumar, todo o resto vai atrás, de novo com pressa, é meio-dia de sexta-feira, está ficando tarde. O coveiro encarregado tranca os portões de ferro fundido com um pedaço de arame farpado enferrujado. Alguns carros dão a partida e desaparecem de vista atrás da colina. A esposa e o filho de Bozo, o homem da loja de sapatos, estão enterrados aqui, na seção superior, a quatro filas do soldado Albert Yeshua, que num acesso de amor não correspondido matou os dois com uma submetralhadora juntamente com todos os fregueses da loja, e foi morto dez minutos depois por um tiro único de um policial, no meio da testa, entre os olhos. O corpo de hoje descansa ao lado do jovem Imanuel Orvieto, da classe 12C, e da sua tia, que morreu dois dias depois de derrame cerebral. A mãe do rapaz já descansa há nove anos em Amsterdã. Tudo está em paz, o silêncio da sexta-feira ao meio-dia no deserto ao pé da colina. Vespas se agitam incessantemente em torno de uma torneira enferrujada, pingando. E dois ou três pássaros vão continuar cantando, escondidos dos pinheiros banhados por uma brisa oriental que cuidadosamente sacode agulha por agulha. Logo após os últimos túmulos há um penhasco íngreme, cercado, que o exército proíbe ultrapassar, dizem que atrás há um largo vale cheio de instalações secretas. Teo paga a bebida e se dirige de volta ao escritório. Resolve procurar sua faxineira russa em outra ocasião, se o marido ciumento não aparecer à sua frente com um machado. Noa chegará em alguns minutos. A butique Moda do Deserto, segundo apurou, na sexta-feira fica aberta só até a uma hora. No jardinzinho público o cego ainda está sentado com seu cachorro, cercado de pombos. Agora está derramando um pouco de água do cantil num pequeno reservatório plástico. Teo esqueceu-se de comprar os artigos que tinha anotado para o escritório. Comprará na semana que vem. Não há pressa. E descobre também que deixou o *Ma'ariv*, sem ter lido nada além das manchetes, sobre a mesa do Café Califórnia. E esqueceu também o jornal local. Entrementes, a resposta simples é, Sinto muito, senhor, não sei quando Eliahu virá, nem mesmo sei se virá. Não acredito que venha. Mas não foi isso que me perguntaram.

Ela finalmente escolheu um vestido de cores claras, estilo rústico, talvez de origem balcânica, com um laço em forma de borboleta abaixo do busto. Num primeiro momento o vestido novo despertou nela uma alegria infantil. Diante do espelho seus ombros e quadris pareciam dançar. Porém, após o prazer inicial, surgiu a hesitação. Não seria folclórico demais? Extravagante? E, na verdade, em que ocasião poderia ela vestir uma coisa dessas? E diga a verdade, Paula, não parece um pouco um figurino de grupo de danças folclóricas? Ela passou mais de dez minutos se martirizando entre o espelho e a vendedora, a qual afirmou que vestido e Noa eram feitos um para o outro, como a música e o bom vinho. Num só fôlego prometeu a Noa tirar as ombreiras, apertar um pouco as costas, e talvez descer o laço uns dois ou três centímetros.

Eu fiquei parado ao lado da caixa registradora sem dizer nada. Tinha a sensação de que no fundo, por trás da fachada de exagerada cortesia, a vendedora estava achando tudo muito engraçado. Mas não me intrometi. Continuei em pé no mesmo lugar, mão no bolso, tentando identificar pelo tato, sob o lenço, as chaves do carro do apartamento do escritório da caixa de correio, depois contei as moedas no porta-níqueis: oito *shekels* e oitenta e cinco *agorot*, a menos que as cinco *agorot* fossem na realidade mais um *shekel*, então a soma seria nove *shekels* e oitenta.

Cerca de quinze minutos se passaram até que ela se rendeu e fez o que não queria fazer: pediu a minha opinião.

Vire-se, eu disse, fique reta. Agora afaste-se um pouco. Isso mesmo. Você gosta, Teo?

Ele tem algo, eu disse depois de pensar um pouco, mas você precisa se sentir bem. Se não tiver certeza, não compre.

Noa disse: Mas é para ser um presente seu.

Paula Orlev interveio às pressas: Ele pode vir também com este cinto, ou com este aqui. Experimente prender assim, na lateral, ou no meio, dos dois modos fica realmente incrível.

Noa de repente olhou para mim com ar de Não me deixe sozinha, como se estivesse lançando um jato quente de essência vital. Estremeci.

Teo?

Sugeri que se ela ainda não estivesse segura da escolha, e sendo agora sexta-feira à tarde, o vestido ainda estaria aqui no domingo de manhã. Qual é a pressa?

Ao sairmos ela disse: Que pena. Eu tinha um pouco de vontade de usá-lo justo no Shabat. Mas me deixei envolver pelo seu raciocínio lógico.

Eu disse que, se no domingo ela ainda não tivesse certeza do vestido, poderia procurar outro que lhe agradasse mais numa das próximas viagens a Beersheva ou Tel Aviv. Noa mandou que eu parasse de jogar constantes indiretas sobre as viagens dela. Ela viaja quando bem entende, e sem me solicitar visto de saída. E, de qualquer modo, quem disse que precisava de um vestido novo? Por que essa história de vestido sem mais nem menos? Foi você que sugeriu me comprar um vestido hoje, Teo, mas como sempre você conseguiu estragar tudo com seus cálculos equilibrados, e o seu qual é a pressa, e de um lado é isso e de outro aquilo, e a sua tática habitual de me colocar numa posição de menininha caprichosa e as suas indiretas sobre as minhas viagens. Você não é fácil, Teo.

Eu disse que não jogo indiretas. Ela disse:

Mas é isso que você pensa. Não negue. Você meteu na cabeça que peguei um trabalho, aliás não um trabalho, um passatempo, que é uma bobagem dispensável, e pesada demais para mim.

Eu disse: Não é verdade.

E Noa, quase em prantos:

Mas agora é que quero mesmo. Quero vesti-lo no Shabat. Você se importa de voltar lá?

Fizemos a conversão defronte ao Hotel Keidar e voltamos para a Moda do Deserto bem a tempo de ver Paula Orlev trancando a loja. Ela abriu novamente e Noa vestiu outra vez o modelo balcânico. Paula disse que sabia que voltaríamos, que percebeu de imediato que o vestido gostara mais de Noa do que ela do vestido, que ele ficava tão leve nela, tão chique, um barato, como dizia a filha dela, Você deve conhecê-la, Noa, Tal Orlev, você deu aulas para ela na oitava série.

Quando tirei meu cartão de crédito Noa disse de repente, envergonhada, que apesar de tudo ainda tinha dúvida. Pediu-me para dizer desta vez exatamente que eu achava de verdade. Eu disse: Procure se concentrar um pouco. A questão é saber se você se sente bem ou não nesse vestido folclórico.

Paula Orlev comentou: Quem sabe o senhor não esteja um pouco apressado? E Noa me disse para parar de pressioná-la e ajudá-la a se decidir. É tão complicado com você, Teo, o prazer está ficando cada vez menor, você não disse a palavra folclórico sem mais nem menos. E, virando-se para Paula, perguntou se não havia algo parecido, mas com menos bordados, ou pelo menos com bordados não tão extravagantes.

Às duas e quinze saímos da loja pela segunda vez. Sem o vestido e também sem o sutil afeto que nos unia quando entramos, o afeto que se conservara da noite anterior, de ontem, e que agora havíamos perdido. De nada adiantou quando mostrei que tinha sido ela, e não eu, a primeira a usar a palavra folclórico. A caminho de casa paramos na Palermo para uma pizza rápida, para não termos que ficar preparando almoço, e antes das três tínhamos conseguido fazer as compras para o Shabat no supermercado, e passado na lavanderia para pegar a roupa lavada. Juntos, guardamos os sacos plásticos na geladeira e na despensa, e as roupas nos armários. Noa disse que Paula parecia uma dessas pessoas simpáticas que têm prazer em fazer os outros se sentirem bem. Gente assim é uma pequena minoria. É como se ela escolhesse um vestido para si mesma, não como se estivesse vendendo para mim. Gostei quando voltamos e ela disse que o vestido gostava de mim. Você provavelmente não prestou atenção, Teo. Você não tinha prazer em estar ali. Você não foi nada simpático, nem digo por minha causa, mas a Paula realmente não merecia o tratamento gelado que você deu.

Um tratamento gelado, eu disse, num dia tão quente como hoje, na verdade nem é algo tão terrível. E acrescentei, a sra. Orlev me deu uma impressão totalmente diferente. Calculista. Pouco sincera. Mas é claro que posso estar enganado, posso estar sendo injusto. Essas coisas levaram Noa a fazer um comentário sarcástico sobre "a minha personalidade", eu sempre sinto que estou sendo enganado, sempre adoto de antemão uma postura negativa, qualquer que seja a situação, sou desconfiado, defensivo, como se todos fossem inimigos. O mundo inteiro está contra nós. Em todo caso, assim é o mundo segundo Teo. Meu pai era um homem estourado, até mesmo agressivo, capaz de perder o controle e fazer loucuras, berrar, jogar o rádio em cima de mim ou contra a parede, mas não era uma pessoa azeda. Não era amargurado. Há ocasiões em que você parece muito mais mimado do que ele. E muito mais um troglodita.

Será que tem que ser assim, Noa, oito ou oitenta?

Com você tem que ser oitenta-oitenta.

Ela saiu do quarto, vermelha de raiva, disposta a bater a porta mas, no último instante, parou e fechou-a delicadamente sem fazer um único som. Ficou um longo tempo no chuveiro, pareceu um banho gelado, e depois se trancou no quarto para descansar porque, segundo disse, à noite não conseguira dormir até ir para o sofá na sala, por volta das três da manhã: A sua tensão, Teo, preenche o apartamento como um odor. Eu sabia precisamente o que responder. Porém me contive. Em vez disso, me concentrei por um momento e descobri dentro de mim, não tensão, e sim um cansaço impossível de ser desfeito. Depois que ela fechou a porta, fui para o meu quarto, sem levar o *Ma'ariv* nem o jornal local, pois esquecera os dois no Café Califórnia. As transmissões internacionais da BBC de Londres, via estações retransmissoras em Gibraltar, Malta e Chipre, me trouxeram uma descrição detalhada, cruel, sobre a destruição das florestas na América do Sul, numa série de programas intitulada A Morte da Natureza. As florestas trouxeram de volta algumas recordações, ao passo que a expressão A Morte da Natureza não me afetou, mesmo que possivelmente fosse destinada a chocar os ouvintes. Ao contrário. A Morte da Natureza trouxe um efeito tão calmante que adormeci por vinte minutos e só acordei no fim do programa, e outro já começando: um programa sobre mudanças em rotas de navegação. O único jeito de ajudá-la é não tentar ajudar. Devo me controlar e não dizer nada. Quantas vezes já a fiz chorar apenas pelo fato de tentar fazer alguma coisa? Uma vez, na sua ausência, percorri o apartamento inteiro catando os seus pedaços de papel espalhados: sobre a mesa da cozinha, na mesinha de centro da sala, ao lado do telefone, na estante de livros do quarto, nas prateleiras da sala e da área de serviço, na porta da geladeira presos com pequenos ímãs, sobre o criado-mudo ou no chão ao lado da cama. Levei todo o monte para o meu quarto, coloquei sobre a escrivaninha e passei quase três horas separando as folhas. Fiz uma pilha de cartas, outra de recados, outra de recortes de pesquisas, trechos copiados com caligrafia impecável de livros em hebraico e em inglês que a bibliotecária tinha separado, tratando de drogas, cultivo e distribuição, influências, dependência e recuperação, outra pilha de prospectos, respostas descompromissadas ou negativas, algumas educadas outras não, de institutos, organizações e entidades, e centenas de rabiscos com números de telefone e datas de reunião.

Após uma seleção inicial, fiz uma pilha do lado esquerdo com tudo que tinha data. Arrumei em ordem cronológica, por tema e endereço. Copiei os números de telefone numa caderneta. Esvaziei um dos meus arquivos e dividi toda a papelada em oito seções separadas por divisórias coloridas, e escrevi exatamente o que cada divisão continha.

Maravilha, ela disse ao voltar, ótimo. Tudo tão lógico. Obrigada.

E no momento seguinte, quase chorando:

Quem lhe deu permissão, Teo? Isso não é seu, é meu.

Fiz uma promessa. Nunca mais mexi em nada, não disse mais nenhuma palavra, mesmo quando as folhas dos arquivos se dispersaram e se depositaram novamente como plumas sobre toda e qualquer superfície disponível no apartamento.

Numa outra ocasião, saí do escritório e fui até a gráfica do outro lado da rua para encomendar blocos de papel timbrado e talonário de recibos com o nome do comitê dela, e cheguei a oferecer nosso endereço e número de telefone para uso temporário do comitê. Desta vez ela nem me agradeceu nem chorou, mas simplesmente disse em voz baixa e dura, como se estivesse repreendendo um aluno indisciplinado:

Teo, isto vai acabar mal.

Eu disse:

Procure entender, Noa. Concentre-se um instante. Eu notei que, além do seu benfeitor africano, o pai do drogado, vocês receberam pelo menos mais duas doações, ainda que pequenas. Na verdade, insignificantes. Acontece o seguinte: você tem que entender que, segundo a lei do país, para cada doação, por menor que seja, você precisa emitir um recibo correto. É crime não dar recibo. Certamente você não quer se meter em confusão por causa disso.

Ela se levantou, girou a saia, jogou o lindo cabelo para trás deixando aparecer o lado esquerdo da face, como se estivesse se abrindo para mim: Nós não vamos nos meter em confusão, Teo. Na pior das hipóteses, só eu. Você não. Você vai continuar sendo a luz dos meus olhos. Isso não é com você.

Se eu fosse teimoso poderia facilmente ter explicado que, mesmo tendo prometido não mexer em nada, e eu não estava quebrando a promessa, do ponto de vista formal qualquer complicação dela significava certamente complicação para ambos, pelo simples motivo de termos uma conta bancária conjunta. Isso sem mencionar os trezentos dólares mensais que o pai enviava para financiar o comitê, e ninguém sabia, muito menos ela mesma, o que precisamente era feito com o dinheiro. No entanto, desisti de explicar. Simplesmente disse:

Olhe. Os recibos. De qualquer maneira estão impressos. Aqui estão. Vou deixá-los em cima e você faça com eles o que quiser.

Benizri, sibilou ela, aquele oriental brilhante, chama você de anjo. Você sabe o que você é, Teo? Uma pedra. Uma pedra de túmulo. Não faz mal. Estou com dor de cabeça.

Voltei para a área de serviço e continuei passando a minha roupa. Por dentro eu concordava: Não tem jeito. Jamais haverá uma clínica de recuperação de drogados em Tel Keidar. Ou, se houver, fechará em menos de um mês. Porém, é algo que ela precisa descobrir sozinha, sem a minha ajuda. Preciso me manter transparente. Por outro lado, talvez eu devesse localizar o tal do Orvieto e dizer umas poucas palavras que tirem esse absurdo da cabeça de Noa de uma vez por todas, tomando as precauções para que ela nunca descubra como consegui achar o vigarista, o que eu disse a ele e o que evitei para ela. Mas não. Vou esperar.

Shabat. Três da tarde. Teo deitado de camiseta no chão do seu quarto ao lado do ventilador. Eu sentada ao lado da mesa da cozinha, uvas e café, lendo um artigo americano chamado "A química da dependência". Durante vários anos houve um debate entre duas correntes de pensamento opostas sobre a questão da dependência das drogas: se se trata de uma doença ou de uma tendência congênita à dependência das assim chamadas substâncias psicoativas, incluindo-se aí as encontradas no tabaco, álcool, café, plantas afrodisíacas. Na realidade, de certa forma é possível afirmar que substâncias geradoras de dependência podem ser encontradas em quase tudo. Traçou-se então uma comparação, com certas reservas, entre a dependência das drogas e moléstias conhecidas, tais como diabete, que apresentam fatores hereditários e condições ambientais capazes de provocar a manifestação da doença ou inibi-la. Um dependente de drogas que tenha conseguido se afastar delas ainda carrega um problema crônico latente, ou seja, está mais exposto que as outras pessoas ao risco de uma recaída, e entre parênteses aparece uma expressão em hebraico que significa "passível de retornar ao caminho do mal", expressão esta que me parece inadequada, conforme anotei numa folha de papel com as perguntas e objeções que vão me ocorrendo enquanto leio. De repente, apareceu Muki Peleg: excitado, respirando forte, desarrumado, com os cachos esvoaçantes do jovem filósofo do anúncio de conhaque, calças largas, um cachecol de seda colorida na abertura da camisa vermelha, um adolescente cinquentão, com extravagantes sapatos azuis com furinhos de ventilação formando a letra B. Ele me pediu um milhão de desculpas, mas tinha algo realmente urgente a me dizer. Ele sempre tem algo realmente urgente para dizer a respeito de tudo. Se não é uma coisa, é outra, mas sempre inadiável. Às vezes eu realmente aprecio esse entusiasmo impossível de ser contido. Não há como contê-lo.

Comecei a abotoar o vestido que estava usando e descobri que já estava abotoado. Fiz Muki se sentar do outro lado da mesa da cozinha, fechei o livro usando a folha de anotações como marcador. Apesar dos seus protestos, servi uma Coca-Cola gelada e ofereci as uvas. Onde está o Teo? Cansado? Cochilando? Um milhão de desculpas por aparecer assim desse jeito numa hora tão pouco adequada, geralmente a tarde de Shabat é sagrada para mim. Mas surgiu algo e nós temos que tomar uma decisão ainda hoje. Aliás, nesse vestido verde você parece uma flor no meio do jardim. Só que qualquer outra flor parece um espinho perto de você. Bem, em resumo, se não fosse algo tão urgente ele se ajoelharia aqui mesmo, agora, por um simples carinho, como disse o apaixonado sem pernas para a donzela sem braços. Fazendo piada, ergueu a mão de seis dedos e apontou o indicador contra sua própria cabeça, como se fosse um revólver, para ilustrar o desespero do amor não correspondido. Provavelmente estava tentando ser engraçado, mas ao perceber que não tinha conseguido, riu e disse, Bobagem, e prosseguiu, estou tendo aquele caso com Linda, sabe. Mas não foi por isso que vim. A questão é que, segundo ele, precisamos acordar o Teo imediatamente pois surgiu uma oportunidade fantástica e é um crime

perdê-la. Em suma, tinha encontrado um local para a nossa sede. Um local? Mais que isso: um palácio. Por oitenta e cinco mil dólares e sem comissão de corretor, porque o corretor é ele, na condição de fecharmos o contrato amanhã, e fazermos o pagamento, a transferência de propriedade, e a assinatura da escritura no máximo até terça-feira de manhã.
Eu lhe disse para começar do começo.
Sim, senhora. Desculpe, professora. Bem, o negócio é o seguinte: você certamente conhece aquela casa isolada, com telhas vermelhas, que fica perto da zona industrial. Todo mundo conhece. A casa dos Alharizi. Em frente à oficina do Ben Lúlu. Aquela que já está vazia há quase um ano. Em resumo, é o seguinte: quando a cidade estava bem no começo, esse tal de Alharizi, um importador de televisores de Netânia, construiu a casa com a ideia brilhante de começar um negócio diferente. Uma casa para artistas que quisessem se sentir próximos ao deserto, e assim por diante. Ou passar momentos gostosos com uma flor ao lado, se é que você já ouviu falar nisso. Logo ele percebeu que a proposta não era assim tão atraente, existe Eilat, Arad, Mitzpe Ramon, não faltam paraísos desse tipo no Negev. Esse Alharizi deixou a casa para a Recursos do Deserto, que costumava usá-la para hospedar técnicos que trabalham na prospecção de petróleo. Resumindo, você sabe o que houve, eles perfuraram e perfuraram e não acharam nada, e a casa ficou vazia, não há ninguém para usá-la, e agora ficou urgente vender. Rápido, firme e dar o fora na hora certa, como disse Branca de Neve de noite para os sete anões. Resumindo, ele estava pedindo cem mil mas eu consegui descer para oitenta e cinco prometendo que o dinheiro estaria nas mãos dele ainda esta semana: o sujeito está sob pressão, alguma coisa está acontecendo, os credores estão atrás dele, não me pergunte como descobri, Noa. Eu tenho os meus métodos. Acontece que o sacana, com perdão da palavra, contactou simultaneamente a Corretora Peleg, ou seja, eu, e os Irmãos Bargeloni, aqueles corretores novos, filhos da puta, que as putas me perdoem a comparação. E eles têm um cliente, um dentista com laboratório próprio, um

argentino, novo na cidade, concorrência para Nir e Dresdner. Não me pergunte como descobri. Eu tenho os meus métodos. Me arranja outra Coca-Cola? Só de ver você levantar e sentar já fico com sede, e esse vestido é como celofane num canteiro. Resumindo, é o seguinte: temos um ou dois dias de vantagem sobre eles porque felizmente o dentista está no exército prestando serviço como reservista, cuidando dos dentes dos soldados. Temos que decidir hoje e entrar em contato com Ron Arbel para ele ligar para a Nigéria à noite. Se o dinheiro estiver disponível, temos que correr amanhã para assinar o compromisso de compra e venda, e na segunda-feira, ou terça no mais tardar, pagar e assinar a escritura. E aí, o que você acha? Que tal o meu desempenho? Diga alguma coisa boa. Ou me dê um beijo. E a papelada está toda em ordem. Tudo limpo. Nada de hipoteca, alienação, nenhuma terceira parte envolvida. Não importa o que isso significa. Esqueça, Noa. Você toma conta do lado bonito da vida e deixe o lado feio para mim. Vá acordar o Teo e vamos juntos dar uma espiada nesse Palácio de Buckingham, se bem que na verdade eu deveria lhe dizer o contrário, deixe-o dormir para você e eu podermos curtir aqui na cozinha, pelo menos na teoria, como disse o pão quando a manteiga se espalhou toda. Tudo bem. Desculpe. Escapou. Resumindo, professora, estou lhe oferecendo a clínica numa bandeja de prata. Na verdade é muito dinheiro, mas você não estava com medo que levássemos seis meses para arranjar um local adequado, ou que talvez tivéssemos até que construir, o que iria custar o dobro e levar uns quatro ou cinco anos, com todos os alvarás? Se é que chegaríamos lá. Pode dizer que eu sou maravilhoso. Bem, então não diga. Você é econômica nas palavras. Sabe quem me disse esta semana que eu sou simplesmente divino? Você não vai acreditar; uma mulher etíope. Divorciada. Uma flor. Você sabia que eles também se divorciam? Minha segunda vez com uma negra. Escute, foi o máximo. O máximo dos máximos, se lhe interessa. Às três da manhã ela soltou um grito tão forte que os vizinhos pensaram que era um alarme de ataque aéreo. Só tome cuidado para a Linda não ficar sabendo, ela não vai levar numa boa. Resumindo, chegou a hora da verdade. Precisamos do Teo para nos dizer alguma coisa sobre o estado da construção, essas coisas todas, e então temos que decidir se vamos à luta pela casa ou se a deixamos para o dentista. Na minha opinião, devemos ir à luta. E agora estou falando como membro do comitê, não como corretor imobiliário. Eu já disse que não aceito um tostão como corretor. Pessoalmente sou a favor de agarrar depressa, como disse o cossaco para a cigana. Mesmo que não tenhamos toda a papelada. O que temos a perder? Imaginemos o pior cenário possível, que não consigamos a permissão para montar a clínica. Que a clínica nunca aconteça. Podemos tranquilamente dizer ao advogado Arbel e ao misterioso senhor Orvieto que os oitenta e cinco mil dólares estão tão seguros quanto num cofre: se o assunto não der certo, eu assumo o compromisso de vender a propriedade em seis meses por noventa ou noventa e cinco mil. Estou disposto até a dar um documento por escrito. E aí, que tal o meu desempenho? Diga alguma coisa gostosa.

Eu disse: Você é maravilhoso. Porque em vez de ficar irritada fui subitamente inundada de uma afetuosa compaixão por esse cordeiro de meia-idade com sapatos azuis, esforçando-se para bancar o lobo. Um lobo vulnerável, digno de pena, ou melhor, uma tartaruga sem casco. Com uma palavrinha de escárnio qualquer mulher podia apagar todas as conquistas dos seus trinta anos de maratona de sedução. Naquele instante pude ver o menino de doze anos que ele tinha sido: gorducho, carente, barulhento, participando das piadas sobre os seus seis dedos, um menino chato, bajulador, grudado em todo mundo, procurando em vão divertir a todos, e quando o mundo se recusava a sorrir, recorria a palhaçadas. Sempre ansioso para preencher os vazios em qualquer conversa, impedir um silêncio que pudesse negar a sua existência. Constantemente responsável por alimentar o fogo grupal com as suas tagarelices e asneiras, e quando não havia mais nada para servir de distração, ele se levantava e jogava seu próprio coração na fogueira das zombarias. Um menino agarrado nos outros.

Durante quase vinte anos ele tem sido um divorciado caçador de saias, ou, como ele próprio costuma dizer, caçador de saias coisa nenhuma, ele caça apenas o que está dentro. Enxerga todo o sexo feminino como um severo tribunal condenando-o por unanimidade a vagar e fazer gestos rituais para agradar, mas em vão. Inconscientemente ele sabe que jamais poderá obter o perdão desejado, apesar dos pontos de conquista sexual que não se cansa de anotar num placar que jamais será computado. Apesar disso, ele persiste, inamovível, sisifiano, pulando de cama em cama como se a vez seguinte fosse lhe trazer finalmente o tão almejado prêmio, a liberação definitiva, o certificado de dispensa de missões futuras. Toda vez que ele tenta me acenar com um gesto meio sério de desejo ardente e eterno, o que eu capto não é desejo, e sim um pedido de aceitação feminina, sem ter a menor ideia de que seja isso ou o que fazer com essa aceitação. Assim ele continua se debatendo até o fim de suas forças, de sedução em sedução, de ridículo em ridículo, de cama em cama, bufando e suando, se vangloriando, constantemente ameaçado pelo medo de que as mulheres estejam zombando dele nas suas costas, o herói protagonista de uma Odisseia interpretada por divorciadas solitárias, esposas enganadas querendo vingança, donas de casa de meia-idade amarguradas.

Muki, eu disse, você é maravilhoso, e eu estou morrendo de ciúmes de todas as suas mulheres etíopes. Por que será que não aparece um etíope na minha vida? Mas por que você não me conta o que há na casa? Você não disse que ela estava vazia?

Então começou a ficar claro que seria necessário investir algum dinheiro em melhorias na casa. Por exemplo, trocar os pisos. Por exemplo, os vasos sanitários e as pias estão quebrados, e o telhado também está precisando de uma reforma. E terá que haver algumas mudanças no interior, mas esta não é realmente a área dele. O melhor seria Teo ir conosco por uma meia hora, e dar um parecer profissional. Dar sua opinião sobre a estrutura e sobre a possibilidade de mudar algumas paredes, acrescentar mais um andar e assim por diante. Além disso, você entende, drogados, barras nas janelas, travas nas portas, o muro em volta da casa como já dissemos não é muito alto. Resumindo, certamente vamos precisar de mais alguns milhares, como disse o fotógrafo para a modelo posando nua. Na verdade, depende de quanto mais estamos dispostos a gastar. Resumindo, desta vez para variar vamos ser decididos, pegar o Teo, apanhar a Linda e o Ludmir no caminho, o comitê inteiro, e dar uma boa olhada de perto, como disse aquele vândalo italiano para Cleópatra. Temos que decidir hoje, por causa do dentista. Sim, eu tenho a chave. O problema é que os Irmãos Borgeloni também têm. Se bem que na verdade nem se necessita de chave porque tudo está caindo aos pedaços. Por que você está me olhando desse jeito? Caindo aos pedaços é algum palavrão? Ou será que de repente você viu a luz? Percebeu que o homem que você está procurando a vida inteira está bem à sua frente? Tudo bem, não fique zangada. Escapou. Nunca consigo dizer o que realmente sinto, o que realmente se passa dentro de mim. Este é o meu problema. Olha o Teo. Oi, Teo. Está com ciúmes de nós dois cochichando na cozinha? Se pelo menos você tivesse motivo. Conseguiu dormir? Você está bem acordado? Vamos contar o que está havendo.

Não há necessidade, eu disse. Teo não está metido nisso.

Teo disse:

Só vou preparar um pouco de café e já saio.

E Muki:

Por quê? O que quer dizer já saio? Quem foi que morreu? Ao contrário. Escute a história, Teo, depois venha conosco, dê uma boa olhada e tome a decisão sobre o lugar.

Eu disse com voz neutra:

Teo não decide nada. Quem decide é o comitê.

Entrementes a água ferveu. Teo preparou café solúvel para o visitante, para mim e para ele próprio. Ofereceu leite e açúcar. Tirou mais algumas uvas da geladeira, lavou-as, colocou-as em dois pratos à nossa frente e disse:

E aí? É para ficar ou sair? O que decide a maioria?

Sem esperar resposta virou as costas, camiseta, bronzeado, ombros largos e rijos, acenou, pegou a xícara e saiu. E deixou para mim a sua tristeza, envolvendo os meus ombros com ela, por assim dizer. Do outro lado da porta de seu quarto, que fechou atrás de si sem fazer ruído, pude adivinhá-lo curvado sobre a escrivaninha, apoiado nos dois punhos, parecendo por trás um touro velho e cansado, parado em silêncio esperando algum som interior para libertá-lo da espera. Lembrei de uma das nossas primeiras viagens à Venezuela, ele guiando um jipe numa estrada de terra no meio de um vale cheio de neblina, e de repente ele exclamou, Mesmo que isto seja amor, espero que possamos continuar amigos.

Fui até o quarto dele pedir-lhe que voltasse, que se juntasse a mim e Muki. E no mesmo momento que pedia, sabia estar cometendo um erro.

Ele se sentou no seu lugar costumeiro na cozinha, as costas apoiadas na geladeira, e escutou em silêncio a história sobre a casa Alharizi, fazendo algumas perguntas rápidas. Enquanto ouvia as respostas, limpava pacientemente, e com todo o cuidado, os furos do saleiro com um palito de dentes, passando depois para o moedor de pimenta. Muki concluiu com as palavras: De um jeito ou de outro, não há nada a perder. E então Teo declarou:

Não me parece coisa boa.

Mas por quê?

Sob qualquer ponto de vista.

O que temos a perder se formos lá agora? São só alguns minutos. Dar uma olhada no lugar?

Não há razão de ir. Não parece coisa boa já de saída.

É porque você é contra qualquer coisa que tenha a ver com a clínica, ou porque você acha errado este passo específico?

As duas coisas.

Não é pena perder essa oportunidade?

Não há oportunidade nenhuma.

Isso quer dizer o quê?

Eu já disse: não parece coisa boa.

Até esse momento, a minha opinião era que ainda era cedo demais para procurar uma casa. Senti que Muki Peleg estava ansioso demais, não havia sentido em comprar uma casa só por causa de uma eventual possibilidade de pechincha, e decididamente não era aconselhável tomar decisões no mesmo dia, pressionados pelo prazo. Mas o tom de zombaria do Teo, de escárnio, de ligeira grosseria, o jeito de camponês sentado, a camiseta, pernas jogadas, pegando displicentemente as uvas no meio do cacho à sua frente, tudo me irritou. O temperamento explosivo do meu pai subitamente borbulhou dentro de mim como óleo fervente. Naquele momento decidi não perder a casa, se ela realmente fosse adequada. Exatamente da mesma maneira que na sala de aula, quando uma aluna exibida diz em tom petulante, Esse Agnon não diz coisa com coisa, eu tremo de raiva e passo para toda a classe uma redação sobre as funções do aspecto lírico.

Teo, eu disse, certamente Muki e eu não nos consideramos peritos internacionais na realização de projetos. Nem somos empreendedores renomados com obras reconhecidas etcétera etcétera. Então você tem que nos explicar em hebraico simples por que não devemos dar um passo que aparentemente é bastante racional.

Aparentemente, disse Teo: boa palavra. É uma palavra que contém a resposta para a sua pergunta.

Não é a minha pergunta. É a pergunta de todos nós. E agora o Muki e eu estamos perguntando pela terceira vez quais são as suas objeções contra a aquisição da casa Alharizi, e o que o impede de ir agora ver se a construção é ou não é adequada. Teríamos prazer em obter uma resposta verbal em lugar desse sorriso irônico.

Por onze razões, disse Teo, e sob o bigode grisalho passou a sombra de um sorriso fugaz, os canhões de Napoleão não bombardearam Smolensk. A primeira foi que não havia mais munição, e ele sabiamente se recusou a escutar as outras dez. A quantia mencionada, mesmo sem as melhorias, é mais do que o seu patrono se dispôs a doar. Mais razões? Nós tínhamos tido mais duas doações pequenas, e eu sabia que Teo sabia delas. Mas resolvi não dizer nada. Teo acrescentou: Além disso, acho que li no jornal local que você se ofereceu para montar uma equipe para avaliar possibilidades, e não para comprar propriedades. Além disso, até agora não há nem o começo de um começo de procedimentos públicos apropriados. Além disso, alguém já calculou o número de drogados que vocês estão planejando receber aqui em proporção à capacidade do imóvel em questão? Hein?

Espere um pouco, Teo, eu disse.

Além disso, o dinheiro, se é que existe, não é seu, Noa. Uma moça crescida não sai por aí comprando brinquedos com dinheiro que não lhe pertence. Além disso, é preciso passar pela aprovação de quatro ou cinco comissões para mudança do uso da casa, e estou lhe dizendo seriamente que todas as cinco vão dar resposta negativa. E você também precisa de um alvará da municipalidade, e...

Tudo bem. Nós compreendemos. Mas por que não ir junto e dar uma olhada mesmo assim?

Além disso, há a Prefeitura. E a administração. A Câmara Municipal. O Conselho Distrital. O processo burocrático. Apresentação de projetos. Audiência para objeções. Apelos. Oposição pública. Oposição política. Pelo menos três anos. Além disso, o Departamento de Saúde. A Previdência Social. O Departamento de Educação. Mais dois anos. Além disso, de quem é a terra? Além disso, a oposição unânime dos vizinhos, incluindo os procedimentos legais. No mínimo mais cinco anos de audiências jurídicas. Além disso, quem é exatamente o comprador? Em nome de quem a propriedade será registrada? E como se define o propósito? Além disso, devo continuar? Não? Por quê?

Muki Peleg murmurou baixinho: Mas não há tantos vizinhos assim.

Ah, bem-vindo, senhor corretor Peleg. O senhor também está aqui. Do lado do noivo? Ou do lado da noiva? Muito bem, me dê uma definição de vizinho. Uma definição jurídica, por favor, se não for difícil demais. Então, o que é precisamente um vizinho? Não estou falando da esposa do vizinho.

Obrigado, Teo. Acho que é suficiente.

Como quiser, sorriu ironicamente com um dos olhos contraído, como se examinasse um inseto através de uma lente, ou como se estivesse olhando para nós através do visor de uma câmera. Além disso — será que já não disse isso antes? — além disso eu prometi não interferir nessa festa. Esqueci. Que seja retirado dos autos. Desculpem. Até logo. Prossigam.

Tendo dito isso, continuou sentado, relaxado, as costas apoiadas na geladeira, olhando fixamente a xícara de café, arrancando sistematicamente uvas do cacho, seu olho esquerdo menor lhe dando a aparência de mesquinho camponês francês que acabou de levar vantagem sobre alguém.

Vamos, meu anjo, disse eu, Teo está liberado. Vamos nós dois dar um pulo até a casa, só para olhar, e aí convocamos uma reunião do comitê e tomamos uma decisão.

Muki perguntou:

Você não vem, Teo? Só dez minutos?

Teo disse:

Para quê?

Eram mais ou menos nove da noite quando finalmente conseguimos contactar o advogado, Arbel, pelo telefone do escritório de Muki. No dia seguinte ele veio de Tel Aviv, trazendo um engenheiro e um avaliador. Voltamos à casa quatro vezes naquele domingo, com empreiteiros, telhadistas, especialistas em muros, encanadores, para comparar orçamentos. Eu me senti em transe.

Após o noticiário das nove, Teo disse: Certo. Estive lá. Eu vi. Nada mau. O seu africano pode comprar se quiser. A decisão é dele. Sob condição que você tome cuidado de não assinar nenhum documento, Noa. Lembre-se. Não assinar nada.

No domingo à noite houve uma conversa telefônica entre Arbel, no Hotel Keidar, e Orvieto, no Hotel Ramada, em Lagos. Ele estava pronto para autorizar a compra, tinha confiança nas pessoas envolvidas, mas não conseguiria transferir a soma prometida porque não havia tempo. Na segunda-feira foi o encerramento do ano letivo e antes da distribuição dos certificados houve uma pequena cerimônia no salão da escola. A classe de literatura me deu de presente um vaso de madeira preto com um bonsai. E na terça-feira a casa de telhas quebradas que pertencera a Alharizi, perto da entrada da zona industrial em frente à oficina de Ben Lúlu, foi vendida pelo equivalente a oitenta e um mil dólares, e registrada no nome da Fundação Memorial Imanuel Orvieto, cujo endereço oficial era doravante a/c Cherniak, Refidim e Arbel, Advocacia, avenida Rothschild, 90, Tel Aviv. Teo nos adiantou a maior parte do dinheiro com a garantia de Ron Arbel em nome de Avraham Orvieto, e sob a condição de que nem o seu nome nem o meu apareceriam relacionados com a venda ou com a propriedade do imóvel. E como fomos a Tel Aviv naquela terça-feira para estarmos presentes na assinatura do contrato, pudemos depois ir juntos e comparar diversas alternativas sem sermos incomodados. Finalmente, na rua Ben Yehuda, encontramos um vestido leve de verão que nos encantou a ambos: uma cor entre o verde e o azul, uma estampa estilizada que lembrava largas folhas tropicais, e os ombros praticamente nus. Antes do anoitecer estávamos em casa, e juntos no terraço pudemos ainda ver a lua nascendo.

Pois uma vez ela me contou sobre a sua mãe, que fugiu com um soldado da Nova Zelândia quando Noa tinha quatro anos. Na Malásia foram ambos devorados por uma tigresa enfurecida cujos filhotes haviam sido mortos por um caçador inglês, esta era a história que costumava lhe contar a sua tia quando ela era pequena nas noites de inverno, depois de apagar as luzes e antes de adormecer. Essa tia, Chuma Bat-Am, era uma vegetariana pacifista, inimiga radical de qualquer ato de violência, uma mulher determinada que usava grossos sapatos ortopédicos e jejuava uma vez por semana, toda quarta-feira, para que o corpo, segundo ela, não se esquecesse de que era apenas um servo, aliás um servo bastante preguiçoso, bastante desleixado, um servo que não inspira confiança e que não deve ser deixado sozinho nem por um instante. O pai de Noa, Nehemia Dubnow, empregado aposentado da companhia de abastecimento de água, um homem atarracado e hirsuto, melancólico, sempre mal barbeado, trancou-se dentro de casa a partir do dia em que a mãe fugiu com o soldado. Todo dia chegava do trabalho ao escurecer, fechava o portão e trancava a porta por dentro, e se retirava para o seu quarto reservado onde passava as noites em meio aos seus álbuns de cartões-postais. Tudo num silêncio resoluto que ocasionalmente dava lugar a cegos ataques de raiva. Noite após noite, verão e inverno, após uma omelete com salada, sentava-se para escrever cartões com fotos da Torre de David, em Jerusalém, ou de Belém, que enviava a colecionadores em diversos países. Em troca, enviavam-lhe postais do Haiti, Suriname, Nova Escócia e outros lugares onde o céu não é azul, mas quase turquesa, e o mar ao crepúsculo parece ouro derretido. Ficava sentado até perto da meia-noite separando e catalogando a coleção segundo uma ordem lógica que mudava a cada dois ou três meses. Com o passar dos anos ele foi ficando cada vez mais obeso, como um lutador de sumô que vai envelhecendo; desenvolveu protuberâncias de carne oleosa, os olhos afundaram sob camadas de gordura, e seus ocasionais acessos de raiva eram seguidos de prolongados períodos de rabujenta apatia. A Noa cabiam os cartões-postais repetidos, e sua função era organizar uma espécie de coleção secundária entre as páginas da lista telefônica, uma coleção alternativa que seguia os mesmos e mutáveis critérios de organização. Além da tia e do seu filho esquisito, nenhuma alma viva frequentava a casa, cujas venezianas ficavam fechadas no inverno por causa do vento e no verão por causa da poeira. Era uma casa pequena, a última na extremidade leste de um isolado assentamento na parte oriental do vale Hefer, defronte a uma sinagoga em ruínas da época dos primeiros colonizadores. Passando a casa só havia um galinheiro abandonado, alguns remanescentes de lavoura, trilhos de trem enferrujados e uma cerca demarcando a linha de cessar-fogo. Do outro lado da cerca, em território jordaniano, espalhavam-se rochas e oliveiras. Dois anos atrás, viajamos os dois para ver o local e descobrimos que a casa fora demolida e o terreno, junto com o terreno da sinagoga, havia dado lugar a um parquinho aquático, com um quiosque e uma lojinha de souvenirs. A cerca fronteiriça tinha sido derrubada. Em 1959, quando Noa tinha quinze anos, Nehemia Dubnow caíra num poço desativado e quebrara a espinha, ficando permanentemente condenado a uma cadeira de rodas. Desde então até sua morte, Noa cuidou dele. Não quis se casar porque não via como ele poderia viver sem ela, e por ele não ter se casado novamente após ter sido abandonado. Durante o seu serviço militar, quem tomou conta do aleijado foi a irmã mais velha dele, a tia Chuma, que por princípio se opunha a qualquer calefação no inverno, além de eliminar todas as frituras e diversas outras formas de cozinhar. Sob a sua direção, a casa seguia horários rígidos e um cronograma de tarefas domésticas afixado em três locais diferentes dentro da casa. Os recintos tinham um persistente odor de menta, segurelha e alho. Mesmo quando a tia saía com seus sapatos ortopédicos por um ou dois dias para colher misteriosas raízes nas encostas do monte Carmel, o cheiro das especiarias se mantinha. Ervas digestivas, ervas medicinais e ervas rejuvenescedoras cresciam em vasos e bacias que ficavam no telhado e no peitoril de cada janela. Quando Noa voltou do exército, teve que brigar durante três anos pelo seu direito de cuidar do inválido, cujo corpo ia inchando como uma esponja encharcada. Até que no final de um dia terrível, durante uma onda de calor, a tia mordeu o secretário do Conselho Municipal numa briga por causa do local onde um limoeiro devia ser plantado; no dia seguinte, ficou à espreita e derramou óleo fervente sobre o homem; estava prestes a derramar também sobre Noa, quando um vizinho, o xereta Gorovoy, que se gabava de ter sido campeão de halterofilismo em Lodz em 1920, atravessou o jardim correndo, agarrou-a e conseguiu contê-la. Depois de vários tratamentos, a tia Chuma foi internada numa instituição particular destinada exclusivamente a naturalistas com distúrbios emocionais, fundada por uma família pacifista holandesa. Noa teve o pai de volta, e além de cozinhar e limpar a casa, assumiu a responsabilidade pela coleção de postais, bem como pela correspondência com os colecionadores ao redor do mundo. Arrancou as ervas medicinais e rejuvenescedoras e plantou flores no lugar. Toda quarta-feira ia visitar a tia no Sanatório Mahatma Gandhi, e levava frutas sem agrotóxicos e verduras sem um pingo de fertilizante químico. No final da sua vida, Chuma Bat-Am foi acometida por um ódio especial contra batatas chips, mostarda e embutidos, e bradava contra todos os tipos de carne em linguagem crua e cheia de detalhes. Ela morreu no jardim da clínica enquanto serviam aos pacientes o chá das dez da manhã acompanhado de três gomos de tangerina: uma outra doente enfiou uma agulha de tricô no seu olho direito que o perfurou até o cérebro. Quanto a Nehemia Dubnow, mais envelhecia e engordava, parecendo um lutador derrotado, porém Noa tinha a impressão de que seu humor ia melhorando, como se a raiva tivesse esgotado a sua quota de autoflagelação. Cantava com sua voz rouca, contava piadas, imitava políticos, entretinha Noa com suas fofocas sobre os líderes da terceira onda de imigração e os fundadores da companhia de abastecimento de água. Perdeu interesse nos cartões-postais. Cada vez mais enxergava a vida, as ideias, as palavras, as ações humanas em geral, como ridículas, contraditórias, capazes somente de revelar imbecilidade e hipocrisia. Toda manhã Noa o levava na cadeira de rodas para o terraço no telhado da casa. O velho tinha uma potente luneta e adorava passar horas a fio espiando a rua. Às vezes passava um trator, ou uma moça num jumento, ou um grupo de trabalhadores árabes voltando dos pomares para casa. Como o xereta Gorovoy, Nehemia Dubnow também começou a usar a luneta para explorar a vida de seus vizinhos através das janelas que ficavam abertas ao longo do verão: um espectador solitário, espirituoso, desse espetáculo repleto de complicações. Dezessete anos depois do primeiro acidente, ele teve outro. Uma tarde, Noa deu uma saída até a quitanda para comprar óleo e cebolas, e quando voltou ao cair da noite descobriu que o pai caíra do telhado com a cadeira de rodas. Virando as rodas da cadeira com seus braços fortes, conduziu seu corpo paquidérmico como sempre, parecendo um tanque de guerra andando de um lado a outro do telhado. Só que dessa vez perdeu o controle, arrebentou os canos de proteção da beirada e despencou. Quando ela descobriu que o pai tinha colocado a casa em nome de seu primo Yoshku, interpretou o fato como um sinal de que era sua última chance de se libertar e começar a viver, o que para ela significava basicamente ir para a universidade. Esse Yoshku, o único parente de Noa, era filho de Chuma Bat-Am com um fabricante de violinos de Leipzig, e que acabara como oficial no corpo de bombeiros em Hedera. O caso tinha durado, segundo o pai de Noa, três semanas e meia. Quando Yoshku nasceu, o bombeiro fabricante de violinos estava em Bruxelas casado com uma cantora da Companhia Flamenga. Durante vários anos a tia e o filho viveram num quarto alugado em Haifa, com duas camas de ferro, um caixote grande para as roupas, e uma pia no canto escondida por uma cortina de plástico. Manchas de mofo se espalhavam pelo azul-claro da cortina. A tia trabalhava duas vezes por semana como secretária na Liga Pacifista e também tinha um emprego de meio período na Associação Naturalista. Toda noite ela saía, vestida e paramentada a caráter, como uma fragata pronta a libertar um porto sitiado, para a reunião da Comissão de Progresso para Compreensão Mútua entre Raças e Credos. Durante alguns anos Yoshku foi criado na escola agrícola Tolstói, até que fugiu para a mãe, e depois escapou para a casa do seu tio inválido e irascível e da prima, em cuja presença falava, falava sem parar, ou então ficava sem dizer nada o dia inteiro. Aí desapareceu de Haifa, morou três meses numa aldeia árabe na Galileia, de onde enviou a Noa uma apaixonada carta de amor de vinte e oito páginas, participou de greves e manifestações, teve dois poemas publicados numa revista e aos dezessete anos apareceu em todos os jornais, que publicaram a história detalhada do jovem vindo de um lar pacifista que se convertera ao Islã para fugir do serviço militar. Um dos artigos mais importantes chegava a conclamar a organização esquerdista a interromper suas atividades e fazer uma autoavaliação. No final, o jovem chegou a um pequeno grupo hassídico, ou talvez os emissários do grupo tenham chegado a ele. Uma vez liberado do exército em virtude de seu estado emocional, os hassidim o levaram a

Bruxelas. Isso foi em 1962, quando Noa foi convocada e começou a servir como oficial na área de educação. A tia Chuma, que a esta altura estava sozinha, abandonou o quarto alugado em Haifa e foi tomar conta do irmão aleijado na casa dele, na extremidade leste do assentamento no lado oriental do vale Hefer. Até ser morta por uma agulha de tricô numa clínica particular. Quando o pai de Noa morreu, ficou esclarecido que ele deixara a casa não para ela, e sim para Yoshku, "na esperança que ele voltasse da maldita Diáspora e fincasse novas raízes no solo do Sharon". Yoshku não voltou da diáspora nem fincou novas raízes no Sharon, mas em vez disso contratou, sem sair de Bruxelas, um sombrio advogado ultraortodoxo que parecia um agente funerário, que explicou a Noa em sua pesarosa voz de tenor que o único recurso que tinha para apelar contra o testamento era ir ao tribunal e declarar *para o conhecimento de todos* que o seu falecido pai não estava em seu perfeito juízo quando o fizera, e que não passava de uma brincadeira, ou, como alternativa, que estava sofrendo extorsão de sua irmã, Chuma Zamosc Bat-Am, e que portanto o testamento não era válido. No entanto, afirmou o advogado, em nenhuma das duas alegações acima você tem possibilidade de apresentar evidências que sejam aceitas pelo tribunal, e corre o risco de sair coberta de vergonha e de mãos vazias, tendo se apresentado publicamente como uma filha que, sem nenhum fundamento, avilta a memória do falecido pai, que repouse em paz, e também da sua falecida tia, que repouse em paz da mesma maneira. E adiciona um pecado a outro ao ofender desnecessariamente seu único parente, que não pede nada, mas que deseja salvá-la, ou pelo menos, ajudá-la. Em suma, a família sairá disso enlameada da cabeça aos pés, e você não ganhará nada, nem um centavo, ao passo que se você se abstiver de uma ação judicial eu me disponho a assinar, aqui e agora, com os poderes que me concede o meu cliente, Yoshiahu Sarshalom Zamosc, uma declaração onde ele cede a você, por livre e espontânea vontade e não por determinação legal, como doação e não como obrigação, um quarto do valor da propriedade, como gesto de boa vontade e em obediência ao mandamento de não abandonar o sangue do seu sangue.

Assim, aos trinta e dois anos, ela deixou a casa que fora o seu lar, empacotou todos os seus pertences em três valises, enviou a coleção de postais como presente para o Sanatório Mahatma Gandhi, e foi estudar literatura na Universidade de Tel Aviv, cercada de estudantes dez anos mais jovens. Depois, tornou-se professora numa escola secundária em Bat Yam, viveu uma ou duas vezes com homens mais velhos, teve um aborto que acabou gerando complicações, e, finalmente, morou por seis meses com um famoso professor, originário de Praga, que estava aposentado e preparando uma edição revista da sua obra *Essência do judaísmo*, em seis grandes volumes. Esse professor era um homem amargo, sarcástico, e o seu passatempo, desde a juventude, era afinar pianos. Qualquer que fosse a hora, ou o tempo lá fora, ele estava sempre disposto a sair para onde quer que fosse, com sua sacolinha de ferramentas debaixo do braço. Já não era tão jovem, e tampouco era rico, mas afinava os pianos de graça. Desde que fosse um piano mesmo, daqueles de antes da guerra. Uma vez aceitou um convite para viver sua aposentadoria na casa de hóspedes da Universidade Católica de Estrasburgo, onde esperava descobrir de forma renovada e tranquila a essência do judaísmo. Noa sentiu que também ela deveria sair do país por dois ou três anos, e descobrir se algum outro tipo de vida era possível. Amigos lhe conseguiram um emprego de tempo parcial na Venezuela. Foi lá, em Caracas, graças a uns ingressos para um concerto, que nos conhecemos. Desde então estamos amarrados um ao outro.

Após o noticiário das nove e da previsão do tempo, Teo disse, Vamos desligar e sair um pouco. Tirei o vestido que usava para ficar em casa e vesti um jeans, uma blusa vermelha de tricô, e tênis brancos. Teo também estava de tênis e jeans, e usava um cinto largo. No elevador nos abraçamos e eu enfiei o rosto no ombro dele. O corpo dele estava mais quente que o meu e o cinto soltava um cheiro de couro velho e suor. Eu disse:
Você está sempre quente.
Teo disse:
Desde ontem você está de férias. O que vai fazer, Noa?
Eu disse:
A clínica. A Clínica Imanuel. Só queria que não tivéssemos precisado do seu dinheiro. Isso não foi bom. Quer dizer, não me sinto bem com isso. Avraham vai devolver tudo na semana que vem.
Teo disse:
Avraham. Quem é Avraham?
E depois de um instante:

Ah, sim. O seu africano. Não há pressa.

Não havia ninguém na rua. Uma fila de carros estacionados e uma fila de postes de luz, algumas lâmpadas queimadas. Árvores sofridas, bétulas indianas, eucaliptos, tamargueiras cresciam como se respirassem com dificuldade. Por um momento as árvores, e na verdade toda a rua, me pareceram um cenário de teatro amador. As janelas dos apartamentos estavam abertas e de quase todas elas ouvia-se a voz do ministro da Habitação, Sharon, berrando com os entrevistadores. Uma brisa seca soprava dos morros orientais. Um gato assustado de repente pulou do meio das latas de lixo e quase nos atropelou. Pus o braço em volta da cintura dele e apoiei a mão no cinto largo, de toque áspero. A fivela de metal provocou nos meus dedos um arrepio gelado.

As entradas dos prédios revelavam escadas iluminadas por uma luz pálida, suja; as caixas de correspondência também pareciam infectadas por essa luz sombria. Teo disse:

A prefeita. Batsheva. O dinossauro. Vale a pena tentar falar com ela fora do escritório, em particular, sobre a fantasia de vocês. Mas você certamente não vai concordar que eu tente conversar com ela, não é? Ou será que vai?

Esta história, é melhor que seja sem você.

E sem você também, Noa.

Não tire tudo de mim.

Tudo. O que é tudo? Não há nada.

Na esquina, num local onde a luz do poste não alcançava, estava um casal num abraço estático, como uma escultura, lábios unidos num beijo congelado que no escuro dava a impressão de uma respiração boca a boca. Ao passarmos, parecia que a fronteira entre os dois tinha sumido. Tive a fantasia de que a garota era uma das minhas Tális da décima segunda série, e esperei estar enganada, sem saber por quê. Mas não pude evitar espiar como se estivesse querendo identificá-la. Por algum motivo, enrubesci no escuro.

De uma janela do segundo andar vinha um choro, não era um

choro amargo, era regular, equilibrado, o choro de um bebê satisfeito que viria a ser um menino tranquilo. Teo abraçou meus ombros e por um instante tive a sensação de que seu olho esquerdo caído estava planejando alguma coisa na escuridão. Duas ruas adiante a cidade subitamente terminava como um navio encalhado com o casco afundado nas areias da praia. E começava o deserto. Teo na frente, descemos em direção ao *wadi*. Eu estava tão grudada nele que a sua sombra cobria a mim e a minha sombra. Rochedos negros projetavam formas cônicas escuras que pareciam cortadas à faca por causa da aguda claridade prateada do luar. Entre as pedras espalhavam-se aqui e ali ossos esbranquiçados. Lá debaixo, do *wadi*, vinha um cheiro de espinhos secos. Era como se as rochas pálidas, a encosta, os morros a leste, até mesmo a luz das estrelas estivessem todos esperando uma mudança. Que viria de repente, daqui a um instante, e aí tudo ficaria claro. Mas qual era essa mudança iminente, ou o que precisava ficar claro, disso eu não tinha a mínima ideia.

Teo disse: Aqui também é noite.

Imaginei ouvir uma ligeira hesitação na sua voz calma, profunda, como se duvidasse da sua capacidade de me convencer de que aqui também era noite, como se não estivesse seguro de que eu era capaz de entender.

Quando este verão acabar, eu disse, veremos o que será depois.

Teo disse: O que será depois?

Não sei. Vamos esperar para ver.

Numa reentrância do *wadi* uma sombra encobre o caminho: uma rocha que rolou e caiu. Não, não é uma rocha. É uma carcaça. Um carro abandonado.

Não estava abandonado. Era um jipe. Silencioso. Luzes apagadas. De perto pudemos ver a sombra de alguém, uma cabeça tombada sobre o volante. Um homem sozinho, curvado, encolhido, o colarinho do casaco virado para cima, emitindo risadas histéricas em intervalos de tempo irregulares. Teo estendeu o braço à minha frente para me fazer parar. Em três passos chegou ao jipe e se debruçou sobre o homem encolhido. Deve ter perguntado se podia ajudar. O homem ergueu a cabeça e olhou, não para o Teo mas para mim, sem se mover, e em seguida mergulhou de novo lentamente a cabeça no volante. Teo ficou parado um momento, as costas escuras ocultando de mim o que quer que estivesse perguntando ou fazendo, depois pegou a minha mão e puxou-nos para a frente rumo ao flamboyant solitário. O que houve, perguntei, e Teo não respondeu. Só quando passamos o flamboyant, como se tivesse investido profunda reflexão na resposta, declarou:

Não houve nada. Ele estava chorando.

Será que não deveríamos ter ficado um pouco? Ou talvez...

É permitido chorar.

Havíamos chegado ao topo do morro chamado morro da Hiena. Amareladas, esparsas, espalhadas na escuridão, as luzes da cidade piscavam como se estivessem tentando em vão dar uma resposta às estrelas na própria linguagem delas. No horizonte sul uma luz ofuscante brilhou no alto e depois sucumbiu numa explosão. Olhe, eu disse, fogos de artifício. Logo haverá música também. Teo disse:

Um disparo. Não eram fogos, Noa, foi um disparo. De avião. Treinamento noturno. Estão atingindo alvos imaginários.

E de repente, talvez por causa das palavras alvos imaginários, lembrei-me com um rasgo de dor do poeta Ezra Zussman, e do abalado pai, Avraham, do sorriso tímido de ambos, fenecendo em um instante, sorriso sutil, melancólico, como nuvens de outono. Os olhos baixos do rapaz atrás dos longos cílios, e o rosto sulcado do pai com traços de afeto contido, como um metalúrgico exausto aposentado. O que lhe restava agora? Em Lagos? Esperar o retorno do chipanzé que abandonara numa clareira da floresta? O que o mantinha lá, e o que queria de mim, na verdade, bem lá no fundo? Por meio de que encanto estaria esse homem humilde conseguindo me transmitir o seu tênue desejo através das noites prateadas de verão que se estendiam entre Tel Keidar e Lagos, atravessando desertos e planícies, e milhares de montanhas enluaradas e picos e vales e extensões de areia, vagando de um lado a outro? Um quarto de hora, ou talvez mais, ficamos parados no topo do morro da Hiena, e mal pude senti-lo pegar a minha mão e afagá-la com a outra palma. Vimos nesgas de uma névoa leitosa se formando e se juntando no fundo do *wadi* e se movendo em direção ao jipe de luzes apagadas. A tristeza da escuridão e da desolação, o homem ali sentado encolhido sobre o volante do jipe no meio da neblina, o policial no cruzamento de Ashquelon com sangue escorrendo do nariz, suor escorrendo pelo rosto e pelo pescoço cheios de poeira, tudo isso está em mim. Mas por que em mim? O que tenho eu a ver com o sofrimento de estranhos que encontrei por mero acaso ou de estranhos que nunca encontrei ou encontrarei? E se for preciso que seja justamente eu, como posso destilar de dentro de mim a combinação essencial, a combinação de envolvimento e distanciamento? Como manter controle sobre o desastre, como fez o guarda: não com o coração em prantos, e sim com mão cirúrgica. "E onde devemos brilhar, e a quem nosso brilho se faz necessário?"

Noa.

O quê?

Venha.

Aonde? Estou aqui.

Chegue mais perto.

Sim. O que é?

Escute. Sexta-feira passada, quando eu estava esperando você no Café Califórnia, um cortejo fúnebre atravessou a praça com o cadáver envolto num *talit* e estudantes com uma caixa de Caridade Salva da Morte. O velho caduco tio do químico Schatzberg tinha morrido. Eliahu. Só que o nome dele não era Eliahu. Esqueci qual era. Não importa. Enterraram o homem junto à esposa e ao bebê do Bozo, no meio dos pinheiros, perto do seu aluno e da tia dele. Devo continuar? Você não está com frio?

Não entendo o que você está querendo dizer.
Nada. Vamos viajar. Vamos nos casar. Vamos decorar o apartamento. Ou comprar um aparelho de CD. Uma única vez, diga-me o que você realmente quer.
Casar para quê?
Para quê? Para você. Você não está bem.
E logo em seguida:
Na verdade, eu não sei.
Eu disse:
Vamos para casa. Estou com um pouco de frio. O rapaz que morreu, a clínica, a casa Alharizi, o pai enlutado, não sei como tudo isso entrou dentro de mim. Alguma coisa vai acontecer, Teo. Você também não tem essa sensação de que a introdução terminou?
Começamos a voltar. E resolvemos não voltar pelo caminho do jipe e do *wadi*, mas fazer um desvio pelo cemitério aos pés do rochedo que esconde o vale proibido. Cigarras e escuridão e o cheiro de uma fogueira na brisa. Por um momento senti o vago desejo de virar as costas para as luzes esparsas no alto do morro, sair da estrada, caminhar em direção ao sul, rumo à verdadeira região desértica, ultrapassar uma fronteira e ir embora. O que o poeta estava tentando dizer? E aquilo que se fala, é realmente uma armadilha? Se é verdade, por que ele não recorreu ao silêncio? De repente, era como se uma montanha tivesse se mexido, e eu me lembrei num lampejo de iluminação do lápis que Imanuel de fato ganhou de mim num dia de inverno, durante um corte de energia elétrica, quando fui até a enfermaria pegar um calmante e a enfermeira não estava, mas como uma sombra lá estava ele sentado junto à cama, olhando para mim com os olhos baixos e seus cílios femininos. E, ainda assim, ele parecia sentir pena de mim. Por algum motivo falei com ele de forma áspera, como se fosse minha função discipliná-lo ali mesmo. Perguntei-lhe rispidamente o que estava exatamente procurando e quem lhe dera permissão de entrar no recinto sem a enfermeira presente. Naquele momento fui arrogante e agres-

siva, irritadiça como o meu pai na sua cadeira de rodas no terraço do telhado durante dias a fio, enquanto a vida passava como uma procissão diante das lentes da sua luneta. O rapaz assentiu com a cabeça, quase com tristeza, como se pudesse ler o meu pensamento e estivesse tentando reduzir o embaraço que estava me causando, e perguntou se por acaso eu tinha comigo algo para escrever. Teria piscado? Ou teria eu imaginado? Com movimentos bruscos, de costas para ele, abri gaveta por gaveta do armário branco da enfermaria até encontrar um toco de lápis com a ponta quebrada. Antes de sair, ou melhor, de fugir, ainda rosnei sarcasticamente: Receio que você tenha que procurar um apontador sozinho. Ele tinha talento para a literatura, dissera Avraham Orvieto, talvez estivesse planejando até mesmo se tornar escritor, se tinha ou não habilidade para escrever só você pode julgar, só com você ele via algum sentido em estudar, e até me contou na carta sobre o lápis que você lhe deu, e me disse que estava escrevendo a carta com aquele lápis. Não pude crer no que estava ouvindo. Como uma mulher escutando por engano uma declaração de amor destinada a outra pessoa. Se não tivéssemos resolvido voltar pelo caminho mais longo, se tivéssemos voltado pelo caminho do *wadi* passando pelo jipe de luzes apagadas, e descoberto que o homem desaparecera, eu poderia ter me sentado no banco do motorista, com a cabeça apoiada no braço sobre o volante, e chorado pela criança que perdi, e jamais terei outra. Ela mergulhou no seu próprio leito. Quando chegamos em casa, trancamos a porta do terraço, preparamos um chá de ervas e ligamos a TV para ver se por acaso havia algo para assistir, e, de fato, havia um programa com trechos do último concerto regido por Arthur Rubinstein antes de morrer. Depois fui tomar um chuveiro e Teo se fechou no seu quarto para escutar as notícias da transmissão internacional de Londres.

Deus existe! vibrou Muki Peleg, nas suas bermudas largas e camisa azul-celeste, lenço de seda no pescoço, ao abrir a porta do seu novo Fiat para Noa. Venha ver com seus próprios olhos o que caiu do céu para nós, como disse o carpinteiro para sua esposa virgem. Noa colocou a bolsa de palha no chão junto aos pés, depois mudou de ideia e pôs a bolsa no colo. E partiram para o bairro de Yoseftal à procura do apartamento que pertencera à tia de Imanuel Orvieto. Ron Arbel, do escritório de advocacia Cherniak, Refidim e Arbel, havia recebido instruções num telegrama de Lagos para esvaziar o imóvel da falecida. Esta manhã ele informara por telefone que seu cliente autorizava a imobiliária de Muki Peleg a vender o apartamento da tia e todo o seu conteúdo, e utilizar o dinheiro para pagar a Teo parte do empréstimo que adiantara para a Fundação do Memorial Imanuel Orvieto por receio de que se perdesse a oportunidade de comprar a casa.

No caminho, contou a Noa acerca de uma nova esteticista ruiva que, tinha cem por cento de certeza, estava atraída por ele, aliás, mais do que atraída, louca por ele, e pediu a Noa seu conselho sobre qual das quatro abordagens possíveis deveria adotar de modo a encurtar o caminho da moça para a sua cama. Noa sugeriu tentar, por exemplo, o método número três. Por que não? E a mesma abordagem funcionaria, digamos, também com ela própria? Noa respondeu é claro. E aí ele começou a descrever as táticas empregadas, e passou a contar acerca dos onze mil dólares que acabara de investir numa nova sociedade para importar gravatas de Taiwan, gravatas eróticas fosforescentes que brilham no escuro como olhos de gato. Enquanto ele falava, Noa foi se desligando e procurou visualizar como é estar morto: um não existir escuro em que olhos que não existem mais não enxergam mais nada e não conseguem enxergar nem mesmo a escuridão porque não existem mais, e a pele que não existe mais não sente mais o frio e a umidade porque também ela não mais existe. Mas o máximo que conseguiu visualizar foi um sentimento de frio e silêncio na escuridão, sensações, e sensações, afinal, são vida. Então isso também some. Mergulha no seu próprio leito.

O apartamento de Elazara Orvieto estivera fechado e trancado desde a morte dela. Foram recebidos por um leve cheiro de livros empoeirados e tecidos não arejados. As venezianas estavam fechadas de modo que tiveram que acender a luz. Na sala de estar havia um sofá e uma mesinha de centro e duas cadeiras de vime, tudo no estilo dos anos de austeridade, e a reprodução de uma paisagem da Galileia pintada por Reuven. Num vaso de vidro azul um maço de flores já havia apodrecido e começava a se desintegrar, e ao lado, aberto e virado para baixo, um livro sobre os últimos dez dias dos judeus em Bialystok. Sobre o livro estava um par de óculos marrons, e ao lado uma xícara vazia, também marrom. Na estante havia uma Bíblia completa e comentada, alguns romances e livros de poesia e fotografias, entre os quais se via uma estatueta de porcelana representando um jovem pioneiro segurando um minúsculo instrumento de cordas que, Noa não tinha certeza, parecia uma lira. O seu lugar de trabalho no banco era à esquerda, no corredor interno, atrás do último guichê, uma mulher na casa dos cinquenta, eficiente, ressequida, sardenta, sempre de salto baixo, cabelo curto preso rente à cabeça por meio de uma fivela de plástico em forma de lua. Quando falava, quando falavam com ela, costumava tampar a boca e o nariz com os dedos, como se tivesse medo de algum odor. E costumava encerrar toda conversa com a mesma frase feita: Cem por cento em ordem. Noa quase podia ouvir a sua voz linear pronunciando essas palavras.

No dormitório de teto baixo havia uma cama de ferro coberta com uma colcha simples e um armário escuro do tipo que, Noa se recordava da infância, chamavam de cômoda. Espinhos secos do deserto estavam ficando acinzentados num vaso de barro feito por beduínos que ficava num canto do quarto. Numa banqueta ao lado da cama outra xícara vazia marrom e um pequeno pote de pílulas, uma revista sobre a religião Ba'hai com uma foto do templo e uma vista parcial da baía de Haifa.

Do quarto foram para o terraço, que havia sido fechado e coberto de modo a formar um quartinho, pouco maior que um cubículo. Aqui havia apenas uma cama de ferro, uma estante, um mapa do sul de Israel na parede e uma grande caixa de madeira, aberta na lateral, onde estavam, cuidadosamente dobradas, as roupas de Imanuel: quatro camisas, duas calças, uma cáqui e outra de veludo, roupas de baixo, lenços e meias. E também uma novíssima jaqueta de couro cheia de zíperes e tachas metálicas, que Noa não se recordava de ter visto. Na parte superior da caixa, que aparentemente também servia de escrivaninha, havia diversos livros e cadernos, uma caneta esferográfica e uma pequena lâmpada elétrica com uma cúpula azul. Edições de bolso de alguns romances traduzidos, um dicionário, um galho de pinheiro seco num copo cuja água tinha evaporado, e alguns livros de poesia. O pulôver verde do qual Noa se lembrava do último inverno estava sobre a cama. E aos pés da mesma, um cobertor velho e roto. Noa ficou olhando para ele até perceber que era o lugar onde o estranho cão costumava dormir. Era aqui que ambos dormiam. Era aqui que ficavam recolhidos nos dias de inverno. Ergueu a veneziana, abriu a janela e viu à sua frente apenas uma parede cinza de concreto, opressivamente próxima, quase podendo ser tocada, a parede do prédio de apartamentos vizinho. Quase chorou. Muki Peleg hesitante pôs a mão na sua nuca, sem bem afagá-la, suas narinas tremendo com o leve perfume de madressilva, e disse delicadamente: Noa?

Ela ergueu a mão para afastar a mão dele mas mudou de ideia no meio do caminho, cerrando o punho. Por um momento, encostou-se nele de olhos fechados. Como se liberando uma delicadeza reprimida que lutava por manter sob controle, Muki Peleg sussurrou:

Tudo bem. Temos tempo. Espero você no outro quarto.

Tocou os cabelos dela e saiu.

Ela se curvou, pegou o pulôver e apertou-o contra o peito para poder dobrá-lo corretamente. Não conseguiu, de modo que o estendeu sobre a cama e o dobrou como se fosse uma toalha. A seguir levou-o lentamente para a caixa e o colocou no meio das outras roupas. Então fechou a veneziana e a janela, e estava prestes a sair, porém sentou-se alguns minutos na cama, exausta. Fechou os olhos e esperou pelas lágrimas. Elas se recusaram a vir. Ela só sentia que era muito tarde. Levantou-se, tocou a parte superior da caixa de roupas com as costas da mão, alisou a colcha sobre a cama, arrumou o travesseiro, puxou a cortina e saiu. No quarto ao lado encontrou Muki, sentado numa cadeira de vime, de óculos, esperando por ela, silenciosamente lendo o livro sobre o fim dos judeus de Bialystok. Ele se levantou e lhe trouxe meio copo de água da cozinha. Depois, no seu Fiat, disse por quanto esperava vender o apartamento: obviamente nem sonhava em tirar uma comissão nessa venda, mas o fato era que o dinheiro do apartamento não seria suficiente para saldar a dívida com Teo, e além disso ainda precisamos fazer o que queremos na casa Alharizi, embora isso dependa daquilo que realmente queremos, e, na verdade, nunca discutimos o que vamos fazer, como disse Catarina, a imperatriz, para o seu cossaco de estimação.

Noa disse: Muito bem. Escute. É o seguinte. Leve em conta que se esta herança não for suficiente, eu mesma tive uma tia, e pode haver outra herança, dela, minha, que foi para um primo ultraortodoxo em Bruxelas e eu desisti dela, mas não deveria ter desistido e cometi um erro. Talvez ainda seja possível brigar por ela. Agora me leve ao Califórnia e me convide para café com sorvete. Café com sorvete, Muki, isso é o que eu quero agora.

No final de 71 ou início de 72 Finkel foi designado chefe do Departamento. Como prêmio de consolação ou com o objetivo de suavizar o golpe, o Gabinete Central ofereceu a Teo a possibilidade de viajar ao México representando a Secretaria de Planejamento e servir como conselheiro especial para assuntos de planejamento ambiental. Afinal, você é solteiro, tem mais mobilidade do que um homem de família. Uma mudança de ares lhe fará bem, você conhecerá o mundo, digamos por uns dois anos, talvez três, você já ouviu falar das mulheres latinas, e há as negras, mulatas, crioulas, índias. E do ponto de vista profissional é provável que encontre um vasto campo de atuação. Você poderá revolucionar muita coisa. Introduzir métodos modernos. Quando você enjoar, volte para casa. Nesse ínterim talvez haja alguma nova estrutura administrativa. Em princípio, tudo está em aberto e qualquer coisa pode acontecer.

Em duas semanas e meia ele desmontou o apartamento de solteiro na rua Hircanus, perto do rio Yarkon. Achou a expressão "vasto campo de atuação" ligeiramente excitante. E também a palavra *mobi-*

lidade. Talvez tenha sido esta a razão que o levou a viajar com apenas uma mala e uma sacola de mão. Seu contrato foi sendo prorrogado ano após ano, o trabalho se estendeu do estado de Vera Cruz até Sonora e Tabasco, e depois também para outros países. Em poucos meses os laços superficiais com seu círculo de conhecidos em Tel Aviv foram dissolvidos. Duas ou três mulheres lhe escreveram cartas que foram enviadas pelo gabinete, e ele não se deu ao trabalho de responder, nem sequer um cartão-postal. Não via razão para usufruir do seu direito de férias em casa a cada seis meses. Abriu mão dos jornais israelenses. Após algum tempo percebeu que não tinha a menor ideia de quem era, por exemplo, o ministro do Interior em Israel, ou em que datas caíam as festas judaicas. Assim de longe parecia que todas as guerras, e a retórica entre uma guerra e outra, constituíam um ciclo vicioso de radicalismo e histeria: chutar tudo o que se encontra pelo caminho e ao mesmo tempo implorar compaixão e exigir amor a todo custo. Uma pegajosa mistura de determinação, arrogância e autocompaixão, era assim que Israel lhe parecia do seu posto de observação privilegiado numa cabana de palha numa aldeia de pescadores na costa do Pacífico. Embora não deixasse de se perguntar se tudo isso não seria simplesmente porque aquele desprezível Nimrod Finkel havia sido escolhido para chefe do Departamento. E a resposta que dava a si próprio, de vez em quando, era que a escolha havia sido a gota d'água.

O desejo de não retornar instalou-se dentro dele. Dedicava-se ao trabalho com uma devoção tranquila. Conseguiu projetar alguns modelos de áreas rurais adequados ao clima tropical e que não entravam em choque com o modo de vida já existente. Após o terremoto na Nicarágua, dois bairros foram reconstruídos segundo os moldes por ele sugeridos. Novos convites chegavam. Em 1974 escreveu para a Secretaria de Planejamento pedindo férias sem prazo definido. Nimrod Finkel concedeu imediatamente.

Ano após ano vagou entre hotéis e pensões no interior, entre escritórios com ar-condicionado e povoados indígenas ou vilarejos de calor infernal, carregando tudo que precisava numa modesta mochila, e aprendeu a falar espanhol de seis maneiras diferentes. Governos subiam e caíam, mas ele conseguiu passar incólume porque se abstinha de criar amizades. Quando se deparava com crueldade, corrupção, barbárie ou pobreza extrema, evitava fazer julgamentos e só se concentrava no seu trabalho: não viera para cá para combater injustiças, e sim, na medida do possível, atingir uma realização profissional e dessa maneira diminuir as desgraças, e mesmo assim com alcance microscópico. A honra, o desatino e a morte deixavam aqui sua marca em tudo, e a própria vida às vezes explodia como fogos de artifício ou salvas de tiros no ar: rude, amarga, ruidosa, barata.

Era fácil achar mulheres, da mesma forma que comida, ou uma choupana para passar a noite, era bem recebido em quase todo lugar, por curiosidade ou hospitalidade. Seus anfitriões esperavam que ele participasse de conversas até tarde da noite, sob o céu estrelado, nas pensões rústicas, nos acampamentos das empresas de desenvolvimento, no pátio de alguma fazenda isolada, em companhia de estranhos ou de conhecidos casuais. E, mais uma vez, como fizera nos acampamentos do movimento juvenil e no exército, chegava perto do fogo e escutava. Também aqui se falava noite adentro sobre assuntos como a inexorabilidade do tempo, a família, a honra, as voltas do destino, a hipocrisia da sociedade, as maldades que as pessoas infligem a si próprias e aos outros por causa de voracidade excessiva ou, ao contrário, por excesso de indiferença. Teo bebia pouco e dificilmente se envolvia nas conversas. Só raramente contribuía com um breve episódio de alguma das guerras israelenses, ou com alguma citação bíblica que lhe parecia apropriada ao assunto. Quando, perto do amanhecer, os homens se dispersavam e ele mergulhava na escuridão, quase sempre havia uma mulher desejosa de ficar com ele.

E havia ocasiões em que se misturava na multidão e de dentro assistia a noite inteira às sensuais festividades carnavalescas, à Festa da Nossa Senhora de Guadalupe, à festa do general Saragossa, à festa do grito, com máscaras e fantasias horrorosas e sedutoras, e salvas de tiros e fogos no ar rescendente a suor, e o bater dos tambores acompanhando uma música desesperada que ia se contraindo num desejo horrendo e violento até o amanhecer.

Enviava a maior parte do salário para um banco em Toronto, pois suas despesas eram mínimas. Como um artesão andarilho viajou naqueles anos de um lugar ermo a outro ainda mais remoto. Ficou em aldeias miseráveis aos pés de vulcões extintos e uma vez presenciou a erupção de um deles. Às vezes viajava sob densas cúpulas de trepadeiras e samambaias através de selvas sensuais. De quando em quando cuidava por algum tempo de um rio desolado ou de uma montanha íngreme que a floresta parecia estar invadindo com as garras selvagens de suas raízes. Aqui e ali parava uma ou duas semanas e se rendia ao ócio total, deitado numa choupana o dia inteiro observando as aves de rapina nas profundezas do céu vazio. Uma mulher, jovem ou madura, vinha à noite partilhar sua choupana, trazendo gigantescas canecas de barro cheias de café para ambos. Nessas noites, passado e futuro lhe pareciam duas doenças comuns, pragas lentas e destrutivas que infectam a maior parte da humanidade e vão provocando gradualmente em suas vítimas toda espécie de delírios estranhos. E se alegrava por não estar infectado, e se considerava imune.

Até mesmo o tempo presente, ou seja, o dado momento em que se está, aqui e agora, viajando, cochilando, fazendo sexo, ou o momento à sua volta quando você está sentado encolhido, desperto e quieto, com a sua jaqueta de couro surrada, ao lado da janela num longo voo noturno num avião quase vazio, até mesmo o momento presente parece não exigir de você nada além do que estar presente e receptivo, na medida do possível, àquilo que estão lhe dizendo ou fazendo. Como água escorrendo lentamente para dentro das pálpebras fechadas de cansaço.

Vez ou outra sentia medo, ou melhor, não medo e sim um vago receio, de que talvez na ausência de sofrimento estivesse perdendo algo que não voltaria jamais. Sem ter a menor ideia do que estava sendo perdido, se é que havia algo. Às vezes tinha a sensação de que se esquecera de alguma coisa da qual deveria se lembrar, mas ao organizar seus pensamentos descobria ter esquecido o que julgava ter esquecido. Uma noite em Trujillo, no Peru, rabiscou no bloco de notas do hotel cinco ou seis perguntas em hebraico: Será que isto é uma contração das forças vitais? Aridez? Atrofia? Exílio? Depois de uma ou duas horas escreveu sob as perguntas uma resposta: Mesmo supondo que seja de fato atrofia etcétera, por que não? Que mal há nisso?

E assim voltou a mergulhar no seu repouso tropical.

Mas no seu trabalho era mais atento que um ladrão num cofre de banco. Por exemplo, quando acontecia de passar três ou quatro dias seguidos num quarto espremido de pensão num vilarejo distante, ou às vezes num escritório luxuoso colocado à sua disposição pela empresa, desenhava, escrevia, projetava, calculava com precisão eletrônica, sem precisar de sono nem companhia, sem erguer os olhos do papel nem mesmo quando uma gatinha entrava com café e uma bandeja de comida e ficava olhando para ele por um instante, esperando, tensa, como se estivesse sentindo as faíscas da sua energia nos bicos de seus seios, até que desistia e ia embora. E às vezes, durante uma reunião, ao apresentar suas propostas para as autoridades responsáveis pela decisão, um raio interior, firme e gelado, irradiava dele fazendo os outros se curvarem à sua vontade. Nessas ocasiões sentia um acesso, potente e delicioso, de prazer profissional: a força da criatividade e da perfeição brilhava intensamente como filamento de uma poderosa lâmpada. Como se nas profundezas da floresta, num local ermo e isolado, jorrasse intermitentemente uma fonte de existência própria, que de tempos em tempos extravasa e se recolhe, extravasa e se recolhe de novo, num curso predeterminado, incontrolável, regido por leis incompreensíveis em cujo poder nos encontramos totalmente.

E partia outra vez em longas viagens para recantos longínquos nas montanhas ou no litoral do Caribe, estudava a região, supervisionava o estágio de construção, improvisava as modificações necessárias conforme a inspiração do momento. Às vezes era acometido subitamente por um cansaço avassalador e ficava deitado dias e dias numa rede atrás da choupana. Às vezes acordava no meio da noite e caminhava descalço para se juntar a uma conversa em volta do fogo, sobre amor, traição e as vicissitudes da vida. E assim, no quintal de um botequim miserável, na frente de copos de licor caseiro, na companhia de trabalhadores, técnicos, vendedores e moças consoladoras, sob um céu noturno estranho que podia ficar subitamente iluminado pelo brilho momentâneo de estrelas cadentes, foi aprendendo mais e mais acerca de fatos cheios de prazer e desespero. Como se estes dois formassem uma dupla de músicos ambulantes apresentando-se noite após noite diante de uma audiência reunida em bares e pátios de pensões distantes, sem se cansar de repetir interminavelmente o mesmo número, a paixão, ao qual Teo assistia sempre de novo sem enjoar, mas também sem ficar especialmente interessado.

Na cama, ou na rede, quando estava transando com uma mulher que o havia escolhido, geralmente vinte ou trinta anos mais nova, fazia amor de forma lenta e precisa, prolongando o prazer com perícia, como um guia conhecedor dos meandros da floresta, e ocasionalmente no meio do êxtase sentia despertar repentinamente um poderoso anseio pela paternidade. E mostrava à moça um lado amoroso inadequado para o sexo ocasional, e incomum entre estrangeiros: um lado paternal. A moça, ao captar de repente este lado paternal em meio ao êxtase, tinha no início uma reação de susto e temor, mas aí se abandonava totalmente como se uma corrente percorresse o caminho secreto até o âmago do seu ser. Aí seus corpos viajavam por lugares que o mero prazer não pode alcançar, até que o rio parecia não estar mais passando do outro lado da choupana, e sim correndo através dos dois. Mas ao amanhecer voltava a ser outra vez correto e distante. Educado, respeitoso, desligado. E obrigado a prosseguir no seu caminho.

Em fevereiro de 1981 passei na embaixada em Caracas para pegar um envelope com material que eu havia solicitado ao escritório em Israel. Mas o envelope, conforme a nova recepcionista me explicou com especial consideração e delicadeza, como se estivesse querendo acalmar um paciente prestes a receber o resultado de um exame, estava trancado no cofre do encarregado da segurança, que só chegaria daí a meia hora, ou uma hora talvez. Entrementes, fez com que eu me sentasse numa cadeira de vime, trouxe-me café que eu não pedi, um café forte, penetrante, parecendo bebida alcoólica, e em poucos instantes conseguiu fazer com que eu sentisse tê-la deixado encantada. Não senti a menor sombra de inibição quando ela me disse na sua voz infantil, dez minutos depois de eu ter entrado: Fique um pouco. Você é interessante.

Mulher de altura mediana, movia-se pela sala como se cada movimento do seu corpo lhe desse prazer; sua franja loira se agitava levemente sobre a testa, e trajava um colorido vestido estampado. Ao se levantar para pegar café o vestido girou em torno das suas pernas e eu pude notar na sua postura algo de atlético, e ao mesmo tempo tranquilo e relaxado. Ela insinuava, sem insinuar de fato, que era eu que despertava a vibração feminina que emanava dela, você é atraente, eu me sinto atraída, por que haveria de esconder, e eu descobri, para minha surpresa, que quase inconscientemente comecei a responder aos seus sinais. Todos esses anos evitei a companhia de israelenses, e principalmente dessas moças liberais, progressistas, de Tel Aviv, donas de opiniões a favor ou contra tudo no mundo. Nos meus anos vagando por aí fui atraído por uma feminilidade tropical hipnótica que às vezes parecia aprisionada como uma chama escura numa jaula de arrogância hispânica. No entanto, aí estava essa mulher de cabelos bonitos, olhos verdes, cheia de energia, com uma voz ressonante, face brilhando abertamente com o prazer que eu estava lhe proporcionando, explodindo em generosa vitalidade. Com um movimento de ombros e quadris que parecia dizer, Dê uma olhada, isso é que é corpo, ela despertou em mim algo que quase fazia lembrar a aberta franqueza que às vezes surge num encontro de amigos de infância. Também senti uma súbita necessidade de impressioná-la. Porém durante anos e anos eu não tinha feito esforço nenhum para impressionar uma mulher, nunca precisei fazer.

Em dez minutos já fiquei sabendo que ela é professora de literatura, que nasceu e viveu até poucos anos atrás num povoado na extremidade oriental do vale Hefer, que despertou para a vida demasiadamente tarde, nas palavras dela, porque tinha carregado o fardo de um pai aleijado, infantilizado e violento, que quase não tem parentes, que o nome dela é Noa, Você é o Teo, ouvi falar de você, contam lendas a seu respeito, em suma, tive uma crise nervosa em Tel Aviv, mas não vamos entrar nisso, alguns amigos me conseguiram este trabalho, parte do tempo como recepcionista na embaixada e a outra parte como professora para a pequena comunidade israelense. É isso mesmo, como foi que você adivinhou, o café que fiz é mesmo radiativo. Coloquei uma coisa indígena, uma raiz forte, não, não é exatamente como o cardamomo que os iemenitas usam, é mais energética, e além disso coloquei também meio cálice de conhaque francês. Pronto, já lhe revelei quase todos os meus segredos. É claro que não lhe perguntei se podia colocar essas coisas no café. Por que haveria de perguntar? Vamos, tome mais uma xícara. Você não me parece um homem capaz de ficar bêbado ou perder o controle. Ao contrário. Está sempre no controle. Quando o agente de segurança chegou, entregou-me o envelope. Agradeci a ele, e também a ela, e preparei-me para sair. Mas ela não cogitava em me deixar ir embora: Espere, Teo. Dizem que você vive entre os índios há dez anos. Você não quer me levar? Pode valer a pena, pois se você me levar eu posso lhe ensinar a controlar a dor regulando a respiração.

Supus que ela pertencesse a um desses grupos místicos tão populares em Tel Aviv. Estava determinado a sumir o mais depressa possível da frente daquela professora astuta com seus truques para regular a respiração. Apesar disso concordei em ir com ela naquela noite a um concerto da orquestra e coro de Berlim, ela tinha um ingresso para casal, e não queria ir sozinha, não é fácil uma mulher sair à noite sozinha aqui, e assegurou que o programa incluía A Missa em Si Bemol Maior de Schubert. Fiquei anos sem ouvir Schubert, a não ser com os fones de ouvido do meu pequeno gravador cassete que carregava para todo lado.

Naquela noite ficou claro que não havia exercício respiratório nenhum: ela tinha gostado de mim e não queria que eu sumisse. Se eu insistisse em cobrar o nosso trato, ela faria um curso de controle de respiração por correspondência e pagaria a dívida quando o curso estivesse completo. E não era bem que ela tinha gostado de mim. A expressão correta era que eu havia lhe dado a impressão de ser prisioneiro numa cela dentro de mim mesmo, e despertado nela a vontade de se chegar para que eu não congelasse na escuridão. Agora já não conseguia se expressar como desejava, prisioneiro, cela, é culpa sua, Teo, é por sua causa que eu estou falando por metáforas e não sai nada direito. É ridículo? Então assuma a responsabilidade. Veja o que você fez comigo. É culpa sua eu estar sendo ridícula. E é também por sua culpa que estou ficando vermelha. Olhe.

Depois do concerto convidou-me para comer vitela assada num restaurante que, conforme ouvira dizer, era considerado um dos melhores do hemisfério ocidental. O restaurante estava vazio, com exceção de nós dois, e era decorado com temas folclóricos e garçons vestidos de gaúchos. Não passava de um engana-turistas. A carne estava crua e o vinho não tinha gosto. A vela sobre a mesa tinha um repugnante cheiro de gordura. Quanto à orquestra de Berlim, tocaram sim a Missa de Schubert, mas não na nossa noite, na noite anterior. Nós fomos agraciados com Hindemith e Béla Bartók. Para coroar a noite, quando estávamos saindo do concerto, ela quebrou o salto do sapato esquerdo, e ao sairmos do táxi seu relógio raspou na minha testa deixando um corte transversal. Estraguei tudo, disse ela, com um sorriso tristonho sob a luz do poste perto do seu apartamento. Perdi a minha aldeia indígena.

No primeiro domingo depois daquela noite, com o salto do sapato mal colado por um sapateiro inepto, levei-a para passear pelas estradas de terra no jipe da companhia de desenvolvimento; fomos ver uma aldeia indígena não muito longe de Calabozo. Foram cinco horas de ida e cinco de volta. Assistimos a uma cerimônia de casamento, meio católica meio pagã: num ritual extático, sombrio, ao som de estranhos cantos que às vezes pareciam uivos, uma bela viúva foi dada como esposa a um jovem semientorpecido, talvez o tivessem drogado, que parecia não ter mais do que quinze anos. No dia seguinte tomei o avião de volta para o México. Continuamos a nos encontrar toda vez que eu passava por Caracas, a cada tantas semanas, e eu trazia uma garrafa de conhaque Napoleon para que ela tivesse os ingredientes para preparar o seu café mágico, juntamente com a sua poderosa raiz nativa. Em vez do segredo de controlar a respiração que ela tinha inventado no primeiro dia para que eu não fosse embora, descobri nela outro segredo que me fascinou: sempre que ela encontrava uma pessoa estranha, até mesmo por acaso, era capaz de detectar imediatamente qualquer sinal de maldade. Ou hipocrisia. Ou generosidade. Até mesmo pessoas que eu próprio considerava complicadas, enigmáticas, bem protegidas por uma imagem polida ou dissimuladas por uma conduta impecável, ela aparentemente conseguia identificar de imediato quem era bom e quem era mau: maldoso, ingênuo, generoso, medíocre, era assim que ela classificava todo mundo. E também como quente ou frio. Na verdade não era bem que classificava, e sim que atribuía a pessoas, lugares e opiniões uma graduação, como se fosse um termômetro. Como se estivesse dando notas a trabalhos de alunos, de quarenta a noventa. Mas o que é isso, eu disse, uma corte marcial? Um tribunal popular? E Noa respondeu: É fácil, qualquer pessoa que queira ver o que é bom e o que é ruim sabe distinguir. Se você não sabe é porque não quer saber. Eu acho você atraente. Parece que você também me acha. Mas decididamente você não precisa responder.

Será que os seus julgamentos relâmpagos eram sempre acertados? A maioria das vezes? Ocasionalmente? Não consegui essa resposta porque com o tempo fui começando a enxergar as pessoas com os olhos dela: geladas, calorosas, mornas, generosas, maldosas, solidárias. E eu? Eu sou quente ou frio, Noa? Ou seria melhor não perguntar? E ela respondeu imediatamente, sem hesitar: Você é quente, mas está esfriando. Não faz mal, eu vou aquecer você. E acrescentou: Nada mau. Um pouco dominador. Você guia o jipe muito bem. Guiar não é bem o termo. Parece mais um rodeio.

E algumas vezes olhava para mim de novo exatamente da mesma maneira que na primeira vez em que nos encontramos, na embaixada, uma professora israelense, enérgica, generosa, decidida. Sua beleza parecia estar escrita nela com letras maiúsculas. À sua volta um perfume leve porém inconfundível de madressilva. Mas eu não achava nada de desagradável nisso. Ao contrário, havia momentos em que a sua presença me enchia de excitação infantil, como um bicho que foi trazido para dentro de casa e que de agora em diante será cuidado. Aos poucos descobri como eram finas e flexíveis as fronteiras na sua escala emocional, maternal num dado momento, menina no momento seguinte, ou sedutora, e na maior parte do tempo, irmã. E mais, revelou um senso de humor infantil: "O cavalo é o principal herói da história dos povos latinos", um humor que despertava em mim a vontade de cobrir cuidadosamente os seus ombros. Mesmo sem estar frio. De fato, o primeiro presente que eu lhe dei foi um xale de lã feito no Caribe. Quando o coloquei sobre seus ombros, tão brancos e delicados com uma pequena marca de nascença perto da nuca, houve um momento de mistério e alegria: como se não fosse eu cobrindo os ombros dela, e sim ela de repente me cobrindo inteiro.

Uma vez quando visitávamos as ruínas de uma igreja sombria da época dos primeiros colonizadores, e eu como sempre fazia a minha explanação histórica, ela interrompeu com as palavras Perceba você mesmo, Teo, como neste momento você está leve.

Tais palavras me fizeram tremer como um rapaz a quem uma mulher experiente revela, do alto do seu conhecimento, talvez em tom de brincadeira, que ele parece ser dotado de um talento específico, que fará com que, na devida hora, as mulheres o desejem. Eu me curvei e a beijei. Por enquanto, nos cabelos. Ela não retribuiu o beijo, mas corou e caiu na gargalhada, Olha que engraçado, Teo, o seu bigode autoritário começou a tremer. E quando Noa e eu nos conhecemos em Caracas, eu estava com cinquenta e dois anos, tinha amado vários tipos de mulheres ao longo dos últimos trinta, e era, na minha própria opinião, um perito no assunto, conhecia uma variedade de prazeres que ela não podia imaginar nem nas suas fantasias mais ousadas, se é que ela tinha fantasias ousadas. Eu achava que não. Apesar disso, as palavras que ela me disse nas ruínas daquela igreja, Perceba você mesmo, Teo, como neste momento você está leve, me comoveram de forma tão profunda que tive que me esforçar para lembrar que interrompera a explicação no século XVIII e ainda faltava contar como a igreja e toda a cidade sucumbiram no grande terremoto de 1812, e discorrer sobre o elemento cíclico constante e efetivamente subjacente às modificações nas alianças de poder entre a Igreja, o serviço secreto, os maoistas, o exército, os liberais e a Guarda Republicana. Recomecei a minha palestra e prossegui apaixonadamente, abordei cada detalhe, divaguei, me entusiasmei, envolvi-me com os mitos de Borges, até que ela disse, Chega por hoje, Teo, não consigo absorver mais.

Durante os quatro meses seguintes encontramo-nos apenas sete ou oito vezes, fomos juntos a concertos e galerias de arte, a restaurantes que, após o seu deslize inicial na primeira noite, concordamos que não seria ela a indicada a escolher, e às vezes aos domingos viajávamos algumas horas de jipe para as montanhas da Cordillera del Litoral. Ela sabia apenas umas poucas centenas de palavras em espanhol, mas mesmo assim, ao escutar uma breve conversa minha com um técnico da administração ou com um atendente de posto de gasolina, afirmava sem a menor hesitação que o homem era um mentiroso enquanto o outro, o gordo, na verdade gostava das pessoas mas tinha vergonha e por isso era tão grosseiro. O que foi que você engoliu, Noa? Um sismógrafo? Um detector de mentiras? Ela não se apressava em responder a essas perguntas. Quando finalmente respondia, eu não conseguia enxergar a ligação: Eu cresci, dizia ela, com um pai paralítico e uma tia enlouquecida pelo seu próprio idealismo. Fui obrigada a manter os olhos abertos.

No final da noite eu a acompanhava para o seu apartamento alugado pela embaixada, no andar térreo de uma casa pertencente a judeus ricos. Nós nos despedíamos no portão com um beijo de boa-noite na face ou nos cabelos, ela tinha que ficar na ponta dos pés enquanto eu praticamente me curvava para ela, absorvendo a minha dose do perfume de madressilva. Aos poucos fui percebendo que as minhas viagens me traziam para Caracas com mais e mais frequência. Comprei para ela um par de meias de lã e um xale feito de lã de lhama. Ela me comprou um pote de mel. Então, numa noite de primavera, durante uma tempestade houve um longo corte de energia elétrica, e ela resolveu que dessa vez eu podia ficar para dormir: no sofá-cama. Fez com que eu me sentasse na sua cama, a chuva batia nas vidraças como pedras, ela acendeu um aquecedor a querosene, serviu-me um copo do meu próprio conhaque, trouxe algumas frutas e guardanapos de papel, e de repente mudou de ideia, apagou a vela com um sopro, sentou-se ao meu lado e disse, O namoro terminou, vamos transar. E começou a desabotoar a minha camisa. Naquele instante senti uma onda quente não só de desejo, mas de vontade de protegê-la. Sua sensualidade se mostrou direta, aberta, e ainda assim curiosa, com uma determinação resoluta de me estudar ali mesmo, detalhadamente, deixar de lado os enfeites e travar logo um conhecimento rápido e meticuloso, estabelecer naquela própria noite uma base sólida em mim.

Logo depois do amor, ela adormeceu de bruços como um bebê, com o rosto apoiado na reentrância do meu ombro.

De manhã ela disse: Você adorou. Parecia um garanhão. Eu também.

Após a noite da tempestade e as noites seguintes, eu ainda estava seguro de que não era uma relação de laços permanentes. Ainda me via sozinho até o fim da vida. Mas entre nós dois não podia haver um acordo do tipo que eu tivera todos esses anos com mulheres passageiras em hotéis, povoados, redes, pensões, acampamentos, o acordo de duas cláusulas: prazer gostoso e adeus. Ao contrário: a nossa amizade ficou mais aberta e divertida depois da tempestade. Ambos passamos a nos sentir melhor e mais à vontade. Era uma experiência estranha, porque até então eu jamais acreditara em amizade, e certamente não na amizade entre um homem e uma mulher. Intimidade, isto sim, e paixão, e jogos gostosos, e afeição passageira, e prazer por prazer, dar e receber, tudo isso eu tinha conhecido ao longo dos anos, e sempre sob a sombra da inevitável combinação entre prazer e inibição. Com os limites estabelecidos de antemão. Mas amizade, uma ligação como a que existe entre os dedos e a mão, um relacionamento sem inibições, sem limites, não julgava possível entre mim e uma mulher. Na verdade, não julgava possível entre duas pessoas, quaisquer que fossem. Então veio Noa, com seus vestidos de verão coloridos que rodavam em torno das suas pernas, com fileiras de botões enormes presos com laços de cima a baixo, ao longo de todo o seu pequeno corpo, provocante, às vezes batendo no meu ombro num gesto de franca camaradagem, sua sexualidade simples e profunda como um pão preto saído do forno, o jeito que ela gostava de tirar nossas roupas em plena luz do dia, às margens de um riacho ou numa clareira na floresta, livre de qualquer vergonha, corpo, dinheiro ou sentimentos, e também como ela tinha decidido me desatar e me colocar em liberdade.

Uma vez fiquei com ela três dias e três noites. Quando chegou a hora de ir para o aeroporto eu disse, Olhe, sem discussão, estou deixando aqui na prateleira quatrocentos dólares, é o que eu teria gasto de qualquer jeito num hotel. E você está levando uma vida apertada. Noa disse: Ótimo. Tudo bem. Obrigada. Um instante depois mudou de opinião, tinha calculado que os meus três dias com ela não tinham lhe custado mais do que cem dólares. E daí, eu disse, você fez por merecer o resto, pode usar para comprar uma televisão, um presente meu, quem sabe se você assistir um pouco à noite talvez acabe finalmente aprendendo a falar espanhol. Noa disse, Uma televisão, é claro que sim, mas aqui uma televisão custa pelo menos seiscentos e eu não tenho como cobrir a diferença. Também gostei disso. E gostava como ela era capaz de, de repente, virar as costas para mim durante duas horas, indiferente aos meus pedidos e súplicas, concentrando-se na correção de algumas provas de alunos que havia prometido entregar na manhã seguinte. Mesmo que só tivéssemos uma noite para ficar juntos. Uma vez ergueu subitamente os olhos da correção e disse em tom absorto, sem sorrir: Você é um homem de conclusões. Só que não conclua nada de mim.

Em abril ambos ficamos doentes, primeiro eu, com uma febre baixa e intermitente. Possivelmente, num dos nossos passeios de domingo, pegamos algum parasita ou virose. Ela me pôs na cama, num camisolão de flanela, e enrolou um turbante de lã azul na minha cabeça, de modo que fiquei parecendo um bebê indiano com a testa e as orelhas cobertas, jogou quatro cobertores por cima de mim, quase me afogou com um chá fervendo que a sua tia maluca lhe ensinara a preparar com folhas de cactos, tirou alguns dias de licença na embaixada e na classe israelense, para cuidar de mim, e ela própria se meteu num grosso roupão com jeito de avó, marrom, e ficou sentada ao meu lado e me contou, numa voz suave e embalante, tudo sobre o seu pai o lutador paralítico e a sua tia adepta de Tolstói e Yoshku, o judeu que retornou arrependido, e um bobão xereta chamado Golovoy ou Gorovoy. A história foi ficando cada vez mais complicada, mais nebulosa, até que adormeci, e dormi três dias e acordei curado e cancelei o meu voo para Vera Cruz porque Noa adoeceu. Ela era uma enferma exigente. Enfiou os dois punhos no meio das minhas mãos, como dentro de um envelope, e não me deixou abri-las durante algumas horas, era o único jeito de se manter aquecida apesar dos quatro cobertores e da minha jaqueta de couro que enrolei bem apertada em volta das suas pernas fechando o zíper. Quando ambos nos recuperamos, havia uma intimidade tão profunda entre nós que Noa me incumbiu de comprar um creme alemão para inflamação vaginal numa farmácia na Cidade do México. Em Pessach, levei-a para conhecer o local onde estavam construindo uma cidade moderna, cercada por um anel de seis novos povoados, tudo conforme projetos que eu havia feito, tudo em fase inicial de construção no sul do estado de Tabasco. Noa disse: é espetacular; não, não é espetacular, é humano, se lá em Israel conseguissem perceber, enquanto é tempo, que é possível construir desse jeito. Eu disse: Talvez em Israel não haja necessidade de construir desse jeito, e muito menos as construções com cara de quartel que fazem por lá. Em Israel o horizonte é diferente. Pelo menos, costumava ser. Aliás, falando nisso, o que faz você pensar que espetacular é o oposto de humano?

Noa disse, sem qualquer ligação: Veja só, um par de professores sem filhos, corrigindo um ao outro o dia inteiro, não vai ser fácil, mas com certeza não vai ser chato.

Em junho, no encerramento do ano letivo, ela subitamente disse: Para mim aqui acabou. Vou voltar para Tel Aviv. Você vem? Veja, eu disse, não é assim. Tenho um contrato até dezembro, e projetos não terminados em Tabasco e Vera Cruz, e não há nada me esperando em Israel. Noa disse: Também não tenho nada me esperando. Você vem ou fica?

Chegamos a Tel Aviv em julho, numa semana de calor sufocante. A cidade fervia e me despertou repulsa à primeira vista. Depois de dez anos, parecia mais feia do que nunca: uma mistura de subúrbios fuliginosos sem um centro definido. Guerras, retórica, mesquinhez, entremeadas de humor maldoso e da mesma mistura pegajosa de determinação, arrogância e desânimo. Alugamos um apartamento mobiliado de dois quartos na rua Praga, atrás da garagem central de ônibus, e começamos a nos instalar. Nos fins de tarde saíamos para longas caminhadas à beira-mar. À noite experimentávamos restaurantes. Então, em agosto, ela participou de uma excursão para professores, um dia no Neguev, e quando voltou naquela noite disse, Vamos morar em Tel Keidar, é o fim do mundo, o deserto parece um mar, e tudo é espaço aberto. Você vem?

Hesitei quase uma semana. Lembrava-me de Tel Keidar antes de ser Tel Keidar. No final dos anos sessenta trabalhei ali algumas semanas, num acampamento de barracas cercado de arame farpado que uma vez por dia recebia a visita de um carro blindado do exército que nos trazia água e os jornais de Beersheva. Durante três semanas fiquei torrando ao sol, vagando do amanhecer ao anoitecer de um lado a outro daquele descampado que se estendia até os pés do precipício. À noite, sob a luz de um lampião, ficava sentado na barraca da administração esboçando ideias preliminares, rudimentares ainda, para um plano piloto destinado a fugir da abordagem israelense tradicional e criar uma compacta cidade no deserto, autossuficiente, inspirada nas fotos de cidades no deserto no norte da África. Nimrod Finkel olhava os esboços e encolhia os ombros, O mesmo velho Teo, imerso em fantasias, é brilhante, é original, criativo, só que, como sempre, você não levou em conta uma coisa: afinal os israelenses almejam levar um estilo de vida israelense. Deserto ou não deserto. Me diga, por favor, Teo, quem é que você acha que gostaria de ser transportado de repente para o norte da África? Os poloneses? Os romenos? Os marroquinos? Os marroquinos menos do que todos. E meta na cabeça, amigo: aqui não será uma vila de artistas.

Este foi mais ou menos o fim da minha contribuição para a construção desta cidade no meio do deserto, Tel Keidar. Nunca senti a menor vontade de voltar e ver o que tinha saído, imaginava que teriam levantado filas e filas de apartamentos pré-fabricados idênticos, com o primeiro andar apoiado em pilares de concreto aparente e venezianas de correr nos terraços. Os pilares logicamente serviriam para afixar todo tipo de quadros de avisos, caixas de correio, compartimentos para jornais velhos a serem doados para o Comitê de Apoio aos Soldados. E filas de latas de lixo diante de cada edifício.

Depois de uma semana eu disse a Noa, Tudo bem, por que não? Vamos experimentar. Alguma coisa dentro de mim respondeu positivamente e quis ir com ela para o deserto. Ou para qualquer lugar. Transferi metade das minhas economias do banco em Toronto, investi uma parte em letras do governo com rendimento pré-fixado, e a outra parte em ações e fundos de pensão, comprei este apartamento, adquiri o imóvel em Herzliya que me dá uma renda de mil dólares por mês. Noa conseguiu imediatamente um emprego de professora de literatura na escola de segundo grau. Eu abri uma pequena firma de planejamento. Sete anos se passaram, e ainda estamos aqui, como um casal que ultrapassou as batalhas de criação dos filhos e vive uma rotina tranquila, cuidando das plantas para passar o tempo enquanto espera a visita dos netos. Mobiliamos a sala de estar com um conjunto branco de três peças e um tapete que combina. Noa geralmente convida algumas pessoas na noite de Shabat, professoras com seus maridos militares de carreira, o regente do coro municipal, um casal de médicos da minha idade, vindos da Holanda, um engenheiro hidráulico, um pintor neocubista de princípios naturalistas, que se opõe a sapatos de couro, a instrutora do grupo de teatro. Conversamos sobre segurança nacional e territórios ocupados. Fazemos piadas sobre os ministros do governo. Lamentamos como a cidade estagnou e deixou de crescer, os melhores habitantes estão indo embora e no seu lugar estão vindo pessoas mais ou menos. Quem sabe a imigração da Rússia nos traga algum progresso. Se bem que, pensando bem, o que viriam fazer aqui? Secar ao sol, como nós. Noa serve frutas e biscoitos e café sul-americano, embriagante com suas especiarias e conhaque. Se uma das pessoas que está falando faz uma pausa, hesita, procura uma palavra, Noa tem o hábito constante de entrar imediatamente no vazio, fornecendo a palavra que falta ou completando a ideia inacabada. Não é que ela controle a conversa, mas parece uma "lanterninha" cuja função é ficar num determinado ponto da entrada e conduzir delicadamente os retardatários após o apagar das luzes, evitando que tropecem em algum degrau.

À medida que a noite avança, a conversa se divide, os homens discutem o tema da deterioração dos padrões da vida pública, e as mulheres trocam impressões sobre uma nova peça ou romance que esteja gerando polêmica nos jornais. Ocasionalmente voltam a se juntar de novo em torno de traições e escândalos nos círculos artísticos de Tel Aviv ou de algum novo programa de televisão, e às vezes até mesmo algum assunto local, graças a Muki Peleg. Por exemplo, o artista diz: Anteontem fui ver uma exposição de jovens minimalistas em Rishon LeTzion, e depois fizeram uma apresentação de multimídia contemporânea. A arte está correndo à nossa frente, a cultura está explodindo, e nós aqui estamos secando lentamente ao sol. Em Rishon LeTzion existe agora uma rua só de pedestres, com galerias de arte, clubes culturais, restaurantes, as ruas em geral estão superiluminadas e cheias de vida, as pessoas voltam à meia-noite de um programa em Tel Aviv e lotam os cafés, conversam sobre os novos rumos do teatro, e aqui toda noite é jogar gamão, depois assistir à TV e ir dormir com as galinhas. A professora de aeróbica diz: Se pelo menos instalassem a TV a cabo, como todo mundo. E o marido, um tenente-coronel, acrescenta com amargura: Você pode ter certeza de uma coisa, querida, que os colonos nos territórios ocupados vão ter TV a cabo bem antes de nós, somos os últimos da fila, se é que estamos na fila. Noa diz: Podemos trazer para cá essa apresentação. Podemos conseguir refletores e transformar o saguão da Casa dos Fundadores em galeria de arte. E por que não convidamos de vez em quando um conferencista de Beersheva para falar sobre história da arte?

Eu, pelo meu lado, fico andando pela sala servindo as bebidas num gesto de democrática polidez, esvazio os cinzeiros, e vez ou outra contribuo com algum episódio pitoresco das ilhas do Caribe ou algum exemplo de humor indígena. A maior parte do tempo fico simplesmente sentado escutando. Tentando adivinhar que tipo de julgamento Noa fará depois que as visitas forem embora: bom e mau, quente e frio, desanimado. E ela ainda diz para mim, Você é um homem de conclusões, não tire conclusões, apenas observe.

À meia-noite, meia-noite e meia, os convidados se dispersam com a promessa de nos encontrarmos novamente na sexta-feira que vem. Noa e eu recolhemos tudo, lavamos a louça e ficamos mais meia hora sentados com um copo de vinho quente no inverno ou café com sorvete no verão. O cabelo loiro esconde o rosto dela, mas o vestido estampado deixa os ombros à mostra e são ombros delicados e frágeis, como folhas amarelando no outono, nos lugares onde há outono. Em momentos como esse, quando trocamos opiniões sobre os conhecidos que acabaram de sair, ainda sinto um impulso de pegar um xale e cobrir-lhe os ombros, com a sua pequena marca de nascença perto da nuca macia. Começo a imitá-la com meu jeito engraçado. Atraído pelo perfume de madressilva. Às vezes ficamos na mesa da cozinha falando até as duas e meia sobre a vista maravilhosa que costumávamos ter nos nossos passeios de domingo pela Cordillera del Litoral. Até que Noa me interrompe no meio de uma frase e diz, Já falamos demais, vamos transar, e aí ela abre o meu cinto, tira nossas roupas e deita a cabeça na reentrância do meu ombro e põe meus dedos nos seus lábios. Nossa vida é calma e equilibrada. O tapete da sala é branco e as poltronas também são claras. Entre elas há uma luminária comum de metal preto. Plantas no canto da sala. Temos quartos separados porque os nossos sonos são diferentes.

Nos sábados de tempo bonito às vezes eu a acordo às seis e meia da manhã, vestimo-nos, tomamos café, calçamos tênis e saímos para descobrir o que há de novo no deserto, descemos por um *wadi* durante uma ou duas horas e retornamos por outro. Na volta, tiramos alguma coisa da geladeira e comemos em pé mesmo, e aí voltamos a dormir até de tarde, quando ela costuma ficar sentada na mesa da cozinha, distante, curvada, concentrada, preparando alguma aula ou corrigindo provas, enquanto eu fico observando a caneta vermelha entre os seus dedos que envelheceram precocemente, como que traindo o corpo cheio de juventude. Um dia vou lhe fazer uma surpresa e comprar uma pequena escrivaninha que caiba no canto do seu quarto. Por enquanto, prefiro adiar mais um pouco para poder continuar observando o seu trabalho na mesa da cozinha. Enquanto ela termina a correção, preparo alguma comida leve para nós e ligo a televisão, e nós assistimos ao filme francês da sessão da tarde de sábado. Sábado à noite às vezes saímos para um café ou para o Cine Paris. Passeamos pela praça por mais meia hora no ar noturno. Aí voltamos para casa e escutamos alguma música calma sentados junto à mesa da cozinha. No dia seguinte começa outra semana. Já são sete anos evitando cuidadosamente aquela trupe de atores ambulantes que repetem sempre de novo, como se fosse uma maldição, o velho enredo da paixão: desatino, tormento, perdição. Até que um aluno dela, um aluno esquisito, morreu num acidente quando estava drogado, talvez tenha sido suicídio, não há como saber, e em vez de publicar algumas páginas de recordação, ela se dispôs a ajudar a construir uma clínica de reabilitação em memória do rapaz. O pai prometeu uma doação financeira, e, por algum motivo que não está muito claro para mim, decidiu escolher justamente ela para centralizar uma espécie de comissão pública. E já que Noa não tem a menor ideia de como lidar com comissões e assuntos públicos, tudo isso pode provocar decepções e constrangimentos que eu gostaria de lhe poupar, embora não saiba como. No começo, tentei adverti-la delicadamente, e ela reagiu com uma ira sarcástica que eu nunca tinha visto. Depois, procurei ajudar com várias sugestões simples e me deparei com um ressentimento agudo. Só o dinheiro do empréstimo ela aceitou de mim, de forma quase displicente, sem enxergar nessa minha atitude qualquer armadilha ou meio de controle.

A única maneira de ajudá-la é evitar qualquer tentativa de ajuda. Tenho que me conter, como se quisesse aliviar uma dor controlando a respiração, e não tenho a menor dificuldade nisso. O estranho projeto está ficando importante para ela, "a luz dos seus olhos", como diz Shlomo Benizri.

Como se ela tivesse arranjado um amante.

E eu? Que vim com ela para cá, para este fim de mundo, porque só queria estar com ela? Em vez do sossego do deserto, tenho a sensação de perigo se aproximando. Que não sei como impedir porque não tenho ideia de onde vem. Uma vez, antes disso tudo, me apresentei como voluntário para servir seis meses numa pequena expedição de reconhecimento no deserto, que viajava em dois jipes pelos arredores do monte Ramon. Eu havia recusado o comando de uma divisão de engenharia. Foi antes de construírem a estrada, nem sequer havia estrada de terra. Às vezes divisávamos ao longe a silhueta de uma hiena sob o luar, ou um grupo de cabritos que pareciam congelados no contorno dos morros à primeira luz do dia. Em geral, cochilávamos a maior parte do dia em fendas nas rochas, e saíamos à noite para perseguir ou preparar emboscadas para as caravanas de contrabandistas que cruzavam as montanhas do Neguev no caminho do Sinai para a Jordânia. Foi em 51, ou talvez 52. Tínhamos um rastreador beduíno, um homem ranzinza, taciturno, não muito jovem, que vestia um surrado uniforme da Polícia de Fronteira Britânica, e sabia ler pegadas até mesmo em solo rochoso. Era capaz de farejar as fezes de um jumento ou de um camelo endurecidas pelo sol e dizer quem tinha passado por ali, quando, com carga pesada ou leve, e até mesmo a que tribo pertencia. Era capaz de dizer pelas secas o que os animais haviam comido e onde, e dessa maneira deduzir de onde vinham e para onde iam, e se levavam contrabando ou não. Era um homem miúdo e esquálido, e o seu rosto cheio de sulcos não era bronzeado, e sim preto acinzentado, da cor das cinzas frias de uma fogueira nômade apagada. Diziam que sua mulher e sua filha tinham sido assassinadas numa vingança entre tribos. Diziam que amava, sem esperanças de ser correspondido, uma jovem aleijada em Ashquelon. Até mesmo nas noites em que as nuvens escondiam as estrelas e os topos das montanhas, era capaz de se agachar, pegar uma cápsula de bala vazia, uma fivela de metal desbotada, uma crosta de pão esmigalhada, traços de excrementos humanos solidificados em negras cavidades, um osso em decomposição jogado em alguma fenda, e decifrar o significado com a ponta dos dedos. Nunca lhe demos uma arma, talvez porque estivesse sempre acordado enquanto nós dormíamos. Só quando estávamos todos totalmente despertos, dando partida nos jipes e excitados com a perseguição, fazendo os *wadis* ecoarem com os roncos seguidos das nossas salvas de tiros de metralhadora, ele se desligava de nós e cochilava sentado no chão na parte de trás de um dos jipes, com o queixo entre os joelhos, olhos apenas semifechados, esperando o silêncio retornar e cobrir tudo com um véu de poeira cinzenta. Acordava sem fazer ruído e saía descalço, agachado e curvado, como se quisesse lamber o chão, afastando-se de nós para farejar uma gruta ou buraco cuja abertura nem sequer tínhamos percebido. Aatef, era o seu nome, mas nas suas costas o apelidamos Noite, porque para ele a noite era clara como se tivesse as características de uma criatura noturna. Mas tínhamos o cuidado de jamais usar esse apelido na frente dele, porque nos lembramos de que em árabe noite, *laila*, é uma palavra feminina, um nome de mulher.

Arranquei Muki Peleg de um ruidoso grupo de motoristas de táxi no Café Califórnia, em torno da mesa que eles chamam de Conselho dos Sábios da Torá: ele esquecera que tínhamos combinado uma reunião do comitê esta noite na casa da Linda. Vejam só, rapazes, podem arregalar os olhos, tomem nota de quem veio me buscar, disse ele aos amigos, com o sorriso largo de alguém que tira uma foto junto com o presidente.

Caminhando para oeste, rumo ao crepúsculo, atravessamos a praça na altura do farol. No Cine Paris estavam passando um filme de suspense; quer dizer que a comédia inglesa não tinha sido exatamente um sucesso. Uma comédia de esquerda, disse Muki, a Linda me arrastou para assistir, mas eu a convenci de sair no intervalo. Fomos para minha casa escutar música, criar um clima, sabe o que eu quero dizer.

Eu disse que sabia.

Aí me contou que investira trinta e três mil dólares na compra da terça parte de uma agência de viagens rústicas, especializada em mandar grupos de jovens aéreos para excursões pela América Latina, quem sabe Teo quisesse se associar também, ele entende de sombreros, eu entrei e eles já estavam arriando as calças, literalmente minutos antes de a falência ser decretada, na verdade a minha terça parte vale pelo menos quarenta ou cinquenta mil, e se o Teo entrar com mais trinta, em um ano podemos facilmente lucrar uns cem mil.

Na praça reinava uma calma vespertina. Soprava uma brisa ocidental, como se quisesse trazer o mar para cá. Esporadicamente um carro passava pela fileira de carros estacionados. Um bando de pardais voava num vai e vem entre os postes de luz, súbito vão para o leste, e de repente mudam de ideia, voltam e pousam nos fios elétricos. Gosto desta praça que não pretende ser aquilo que jamais será. As lojas, escritórios, bares e restaurantes, as vitrines simples, tudo é feito com modéstia. O Monumento aos Caídos e a fonte à sua frente combinam entre si e ambos combinam com o centro de Tel Keidar. E a própria praça está correta, assim como roupas do dia a dia são para o dia a dia. Quando, há sete anos, Teo sugeriu que deveriam colocar uma fonte de basalto negro cercada de tamareiras e rochas pretas, achei a ideia muito fria. Mas não vi sentido em lhe dizer isso, e, além do mais, a sugestão não foi aceita e não havia a menor possibilidade de se aceitar uma ideia dessas. O problema não é que ele não tenha ideias, segundo comentam por aqui, mas é que ele vive com a cabeça nas nuvens, o sombrero é dois ou três números maior do que a nossa cidadezinha. E também já faz tempo que não dizem isso porque Teo há muito deixou de dar sugestões.

Muki Peleg disse:

Que tarde bonita! E você também.

Eu disse:

Obrigada. Gostei da expressão que você usou, "jovens aéreos". Aliás, falando em escutar música para criar clima, procure não magoar a Linda. Ela não é tão forte assim.

É só amor, exclamou Muki colocando a mão sobre o peito num gesto de alguém que sente a sua honestidade questionada. Amor e só amor, é o que ela recebe de mim. E eu tenho amor de sobra para dar, se por acaso você estiver precisando... já sabe onde procurar. Comigo você também vai se sentir aérea. A maioria das lojas já estava fechada. As vitrines, mal iluminadas. Pessoas caminhavam sem pressa de um lado a outro da praça, casais, pais e filhos, mães com carrinhos de bebê, e quatro turistas em trajes relaxados, tostados pelo sol do deserto. A bela Limor Gilboa, de calças vermelhas e salto alto, andava entre dois admiradores que falavam com ela ao mesmo tempo. Anat e Ohad, o jovem casal, ela foi minha aluna há não muito tempo, estão cochichando parados na frente da loja de sapatos do Bozo. Pini Bozo pendurou na vitrine uma foto da esposa e do bebê numa moldura preta enfeitada de coral. Num acesso de amor não correspondido, um jovem soldado de dezessete anos e meio disparou a sua submetralhadora, matando os dois e todo mundo que estava na loja, refugiou-se atrás das prateleiras de sapatos, ameaçando também se suicidar. Um atirador da polícia se instalou no Vídeo Elite que fica bem em frente, e de lá conseguiu acertar bem no meio da testa do rapaz, exatamente no ponto entre os olhos. Algumas pessoas idosas estavam sentadas nos bancos públicos próximo aos leitos de petúnias, conversando em voz baixa. Entre elas pude ver o cego Lupo, que tinha sido, segundo dizem, oficial na polícia secreta da Bulgária e aqui trabalha à noite na central telefônica. Lupo estava sentado na ponta do banco, cercado como sempre de um bando de pombos, que não tinham medo de pousar nos seus joelhos, nos seus ombros, e comer grãos de milho da sua mão estendida. O seu cão pastor cochilava aos seus pés, alheio à confusão dos pombos. O pé do cego atingiu o corpo do cachorro e ele apressadamente pediu desculpas. Enquanto isso, a cada minuto as luzes do farol mudavam de cor, embora não houvesse carros circulando. Diante da Butique Êxtase, de roupas íntimas femininas, está parado, estarrecido e boquiaberto, um jovem etíope oficial do exército usando uma boina da brigada Guivati.

Ao atravessarmos a avenida Ben Gurion as luzes da rua se acenderam. Ainda não havia necessidade, porque a claridade do dia ia desaparecendo muito lentamente. Metade de céu iluminada por um brilho vermelho entrecortado por nuvens esparsas. Por trás dos sons usuais do entardecer, uma mãe chamando o filho para entrar imediatamente, música sentimental vinda do Palermo, o murmúrio das placas metálicas balançadas pela brisa ocidental, havia um silêncio amplo e profundo. No ponto onde termina a avenida Ben Gurion e começa o descampado cinzento, estavam estacionadas duas escavadeiras, uma delas gigantesca, e ao lado o vigia noturno tinha acendido uma pequena e fumacenta fogueira de arbustos; ele e os seus três cães estavam imóveis sentados no chão e olhando o fogo. No alto, um corvo planando tinge com uma mancha preta a luminosidade avermelhada do crepúsculo. E mais um corvo. E mais dois.

Vinte anos atrás ainda havia aqui um planalto aberto espremido entre colinas cinzentas. Era atravessado apenas por uma péssima estrada de terra que levava às instalações militares no vale atrás do precipício. Agora há nove mil habitantes, uma cidade rudimentar, plana, não inteiramente clara para si mesma, já começando a se expandir ao longo do planalto. Há cerca de quinze ruas, todas paralelas e perpendiculares entre si, e todas elas levam ao deserto. Pessoas de trinta países diferentes vivem em cinco bairros simétricos, vão ao trabalho ou ao café, colocam seu dinheiro na poupança, trocam as fraldas dos bebês, mudam de cortinas ou aquecedores solares, erguem uma parede no terraço dos fundos para ter mais um quarto. Como se tivesse sempre existido. E há posto de saúde, biblioteca, hotel, algumas pequenas fábricas, e agora há também um quarteto de cordas que chegou há apenas duas semanas de Kiev. Um milagre, disse Avraham Orvieto a primeira vez que veio após a desgraça, às vezes, por um instante, pode-se presenciar um milagre, ao menos um pequeno milagre. E acrescentou: Imanuel amava Tel Keidar. Era o seu lugar.

A terra para os pequenos jardins fora trazida de muito longe pelos próprios habitantes, em caminhões, e com ela cobriram a superfície de poeira cinzenta, como se estivessem tratando uma ferida. A poeira está constantemente se revolvendo e retornando impiedosa da planície aberta, lutando para reconquistar o seu território original. E ainda assim os jardins sobrevivem e se recusam a ser expulsos. Em alguns pontos a copa das árvores já está mais alta que os telhados. Pardais vindos de longe encontraram seu caminho para cá, e habitam essas copas. Tranquila, familiar, quase suave, esta é a impressão que me dá a rua Presidente Shazar às sete da noite, numa hora em que o dia ainda está indo embora e o céu ainda está avermelhado. Em todos os canteiros de flores as duchas começam a funcionar exatamente no mesmo instante, ativadas por um minúsculo impulso elétrico originário no computador municipal de irrigação. Com o descer do sol as duchas começam a girar no pequeno parque e a fachada da Casa dos Fundadores é iluminada por feixes de luz vindos de refletores ocultos entre os hibiscos.

Num dos terraços vimos um cartaz escrito à mão: "VENDE-SE OU ALUGA-SE". Esses aí são os novos corretores, os tais Irmãos Bargeloni, disse Muki, são uns débeis mentais, é um milagre que tenham escrito certo. Eu disse que na verdade gostava de viver num lugar vinte e cinco anos mais novo do que eu, um lugar jovem, onde se podia ver a vida evoluindo. Muki disse rindo: Zero em aritmética, Noa, que história é essa de vinte e cinco anos, você parece ter no máximo trinta e três e meio, nem um dia a mais, e está cada vez mais jovem, a continuar desse jeito daqui a pouco você vai estar com dez. O quê, ficou corada outra vez? Ou é impressão minha? Um minuto depois, após absorver o que eu tinha dito, acrescentou num tom diferente: Escute, um dia desses ainda vou resolver o assunto, e construir com os meus próprios onze dedos algum dispositivo para esconder ou disfarçar esses horríveis aquecedores solares e as antenas de TV. Que as coisas comecem a ficar um pouco mais simpáticas por aqui.

Eu disse: Os ciprestes vão crescer ainda mais, e vamos ter uma linha bem bonita de árvores, com as montanhas e os penhascos ao fundo.

Muki disse: E aí vão construir aqui a Notre Dame e a Torre Eiffel, vão nos arranjar um rio passando no meio da cidade, com barcos, pescadores e tudo, eu me encarrego dos contratos de serviço e administração das obras para você, com a condição de que você me beije à noite em cima da ponte.

Quase dei um beijo nele ali mesmo, na rua Presidente Shazar, naquele garoto agitado e estabanado. Eu me contive, e apenas disse: Mesmo do jeito que está, a cidade quase chega a ser bonita. Quer dizer, contanto que a gente se lembre de quando começou e como era antes. Um acampamento militar cercado de arame farpado no meio do nada. Começou com areia e fantasias, onde foi que ouvi isso?

Começou com dificuldade, disse Muki, e agora não consegue mais parar, como disse o hussardo da imperatriz quando lhe perguntaram por que estava tão magro. Desculpe. Escapou. Não fique zangada.

E qual foi o tipo de música gostosa que ele e Linda escutaram quando saíram no meio do filme e voltaram ao seu apartamento?

Música para a alma. A Dança das Espadas. O Bolero. Ele tem montes de fitas cassete que foi ganhando de presente das moças ao longo dos anos. Se eu for, ele vai me deixar escolher a fita e preparar para mim um coquetel do outro mundo, uma loucura. Alguns dias atrás Linda o arrastou para um concerto numa casa particular, do dr. Dresdner. O quarteto russo tocou alguma coisa muito triste e depois colocaram um disco ainda mais deprimente, o canto das crianças que morreram. Eu disse, Deve ter sido o *Kindertotenlieder*, de Mahler. Uma das canções, chamada "Quando a sua mãe querida", me dá arrepios toda vez que eu ouço, às vezes só de pensar. Muki disse, Olha, eu não entendo muito disso, Mahler, Alemanha, filosofias, mas a verdade é que anteontem eu quase tive vontade de chorar por causa da música das crianças mortas. Parece que ela entra dentro de você, através da sua pele e não dos seus ouvidos. Até através dos cabelos. Se há realmente uma coisa ruim no mundo, mais do que ruim, terrível, é a morte de crianças. Eu sou contra a morte de crianças. É só por causa disso que estou no comitê. Ou você acha que é por algum outro motivo? E é só por causa disso que estou indo para essa reunião agora.

Linda serviu café em pequenas xícaras gregas decoradas. Um jardim zoológico inteiro feito de vidro delicado ocupava três prateleiras: delicados tigres, girafas transparentes, elefantes azuis reluzentes, elegantes leões que captavam e refletiam a luz das lâmpadas, um minúsculo aquário iluminado com um único peixe dourado e uma coleção de vasos em miniatura, também feitos de vidro, onde pequenas gotas de ar ficam presas para sempre, como lágrimas. Quatro anos atrás fora abandonada pelo marido, o corretor de seguros, porque ele se apaixonara pela irmã dela. Durante quatro anos tinha trabalhado como secretária na pequena fábrica de máquinas de lavar. Ela toca piano nos ensaios do coral municipal. Inscreve-se em toda excursão organizada pelo Conselho dos Trabalhadores, participa em atividades voluntárias para o Comitê de Absorção de Novos Imigrantes, em grupos de arte e artesanato, na comissão para o progresso da galeria de arte, no grupo de apoio para o centro de convivência de idosos. Uma mulher tímida, asmática, na casa dos quarenta, uma trança fora de moda enrolada em volta da cabeça, voz sussurrada, corpo magro e anguloso de uma adolescente. Nas nossas reuniões ela serve bebidas e nozes, e depois se encolhe num canto do sofá como se a testa estivesse sendo atraída pelos joelhos.

No início da reunião pedimos a Ludmir que escrevesse a ata. Ludmir é um homem alto, bronzeado, de setenta anos, magro, comprido e ligeiramente curvado; sua figura lembra um pouco um camelo ornamental de proporções estranhas feito de ferro e ráfia, pernas longas, bronzeadas, com veias salientes, de bermudas cáqui e sandálias surradíssimas; a impressão que se tem é de que as suas pernas estão ligadas diretamente ao peito. A cabeça ostenta uma cabeleira profética no estilo do poeta Schlonsky. Mãos vazias, fisionomia amarga e irada, ano após ano ele sempre vive combatendo algum dragão: Sozinho, ele constitui a Frente pelo Fechamento das Pedreiras e a Liga de Combate à Discriminação, e despeja a sua fúria nas páginas do jornal local: *Kol Koré Bamidbar* — Uma Voz no Deserto, esse é o nome da sua coluna semanal, que brada contra a exploração dos beduínos e contra o flagelo das discotecas, contra o estacionamento novo e contra o Conselho dos Trabalhadores, contra a religião e o Estado, contra a direita e a esquerda. Toda vez que nos encontramos ele tem a sua saudação fixa "Noa voa no ar". Desde que se mudaram para Tel Keidar, nos dias do acampamento piloto, ele e a esposa, Gusta, moram num pequeno e impecável chalé, escondido pela vegetação entrelaçada, atrás da Casa dos Fundadores. Gusta Ludmir, uma mulher alta, séria, de óculos, com tranças grisalhas em torno da cabeça como se fossem cordas, dá aulas particulares de matemática. Nos seus vestidos antiquados, presos no pescoço com um esquisito broche de prata, ela às vezes me faz lembrar uma viúva aristocrata inglesa dos tempos antigos. Uma vez, há quatro ou cinco anos, pouco depois de se aposentar da companhia de eletricidade, Ludmir me contou que a sua única neta, uma garota de dezesseis anos, que ele e a mulher estavam criando, de repente resolveu sair de casa e ir morar sozinha num quarto alugado em Tel Aviv, para poder estudar dança numa escola especial. Ludmir insistiu que eu conversasse com ela "e a impedisse de desperdiçar a sua vida tão nova no turbilhão da cidade grande, onde tudo que uma jovem como ela pode esperar são o horror e a depravação disfarçados no encanto de uma carreira brilhante". Então convidei Lailach Ludmir, uma moça nervosa, desconfiada, com olhos de uma gazela perseguida, cabeça enfiada nos ombros como se tivesse sido encaixada ali para sempre, para tomar um chocolate no Café Califórnia. E tentei compreender os seus sonhos. Mas quando apoiei a minha mão por um instante nos seus ombros tensos, ela se assustou, empalideceu e fugiu de mim. Foi assim que aprendi a ter cuidado e não tocar as crianças. Ludmir parou de falar comigo, pois chegara à conclusão de que eu tinha estragado tudo e que era eu a culpada pelo seu triste futuro, ou seja, morrer solitário. Dois anos depois, ele me perdoou, tendo chegado a uma conclusão diferente, isto é, de que em última análise nós somos todos condenados à solidão. Noa voa no ar foram as palavras que ele usou para dar fim ao rompimento. Mas de tempos em tempos ele me lança um olhar longo, magoado, com seus olhos azuis infantis que de repente se enchem de dor.

Linda foi até a cozinha preparar outra rodada de café e pegar algumas frutas e biscoitos. Disse-nos para começar a reunião sem ela, com a porta aberta podia escutar tudo da cozinha. Saí para lhe dar uma ajuda e quando voltamos Ludmir havia explodido e berrava furiosamente com Muki Peleg, como tínhamos ousado comprar aquela ruína nojenta por nossa própria iniciativa, sem convocar uma reunião da comissão, aquele prostíbulo, aquele ninho de criminosos drogados, sem nos preocuparmos em perguntar quais seriam as consequências públicas do nosso ato. "Não se destina a mim a mensagem da redenção, se da boca de leprosos ela provém", citou ele, atribuindo o verso a Lea Goldberg. Quando corrigi e mostrei que era na verdade de Rachel, o rio de lava mudou de curso, desviando de Muki Peleg e vindo na minha direção, essa condescendência, esse pedantismo arrogante, o que é que nós somos, estamos aqui para salvar vidas jovens ou para fazer um seminário acadêmico? Somos uma equipe de resgate ou meros figurantes de um drama provinciano onde uma senhora entediada trama arranjar um novo pai na forma de um sombrio traficante de armas, que por sua vez será reduzido a um mero brinquedo para diversão dela?

Dizendo isso, jogou o livro de atas sobre a mesa e saiu, batendo a porta atrás de si. Estava renunciando. Indo embora desapontado. Abandonando Sodoma e Gomorra à sua própria sorte. Dois minutos depois tocou a campainha e voltou. Pegou o livro de atas num silêncio ressentido e sentou-se o resto da noite de costas para nós no canto perto do aquário. Mais tarde, descobrimos que ele fizera um registro fiel e acurado de todo o andamento da reunião, restringindo-se a acrescentar em alguns pontos da ata o termo *"sic"* entre colchetes, acompanhado de um ponto de exclamação. Espalhando sobre a mesa à minha frente as anotações que havia preparado com antecedência, coloquei os óculos e fui passando de um ponto a outro. Havia diversas maneiras de apaziguar as suspeitas que estavam se levantando na cidade. Por exemplo, podíamos nos oferecer para tratar, inteiramente de graça, os jovens locais que virassem viciados. Podíamos oferecer à Secretaria da Educação, aos professores e diretores da escola, participação permanente na diretoria da clínica. Ou melhor, não uma clínica e sim uma comunidade terapêutica. Valia a pena ressaltar nossa intenção de oferecer bolsas a alguns dos mais renomados especialistas nos campos de juventude e drogas, de modo que Tel Keidar se tornasse aos poucos um prestigioso centro de pesquisas, atraindo estudiosos de todos os cantos do país. Fazia sentido enfatizar o caráter pioneiro do empreendimento e a ideia de envolvimento da comunidade. Devíamos frisar a criação de núcleos de emprego para equipes de educadores, psicólogos, assistentes sociais, pessoas capazes de trazer contribuições efetivas para a vida da cidade como um todo. Em relação ao tratamento em si, a opinião científica se divide entre duas abordagens: uma biológica e outra psicológica. Aqui seria possível combinar as duas. E por que não haveríamos de tentar envolver também o chefe da polícia municipal, que poderia emitir uma declaração recomendando lidar abertamente com o problema dos jovens drogados, em vez de fingir que o problema não existe? Seria muito vantajoso se justamente o chefe da polícia explicasse ao público que a criação de um instituto fechado contribuiria para reduzir, e não aumentar, o índice de criminalidade local. Acima de tudo, devemos enfatizar como motivação a cidadania, o orgulho cívico, uma iniciativa que faria de Tel Keidar um exemplo e modelo para outras cidades.

    Ludmir quebrou por um momento o seu silêncio emburrado: Enfatizar como motivação, vocês ouviram isso?

E ao olhar para mim, mais uma vez a dor reprimida se concentrou em seus olhos.

Entrementes, Muki Peleg cochilava no sofá, sua cabeça cacheada com um corte de cabelo boêmio afundada no colo de Linda, deixando-a completamente sem graça. Ele havia tirado os sapatos e colocado os pés nos meus joelhos, formando uma ponte entre o corpo dela e o meu. Murmurou no sono alguma coisa sobre a necessidade de uma abordagem pessoal. Ludmir interrompeu de novo, sua voz rachada fazendo vibrar a coleção de peças de vidro e de vasinhos de cristal.

A hipocrisia não passará!

Percebi que era hora de encerrar a reunião. Propus que voltássemos a nos encontrar daí a uma semana, depois da minha conversa com o chefe de polícia. Enquanto nos levantávamos, Linda perguntou timidamente se podíamos ficar mais alguns minutos, ela queria nos mostrar um pequeno trecho ao piano, nada de especial, não devíamos esperar muita coisa, era mesmo bem curtinho. Sentou-se ao piano com a cabeça curvada, como se quisesse encostar a testa nas teclas. No meio da apresentação, teve um ataque de asma e começou a tossir tão forte que não conseguia mais respirar e teve que interromper. Muki Peleg trouxe a bombinha de asma do quarto; então, diante dos nossos olhos, colocou uma colherzinha de chá no bolso de sua camisa cor-de-rosa, e, um instante depois, tirou-a às gargalhadas do meio do cabelo de Ludmir. Foi o único a rir. Desculpando-se, afagou Linda, que ainda tossia, com uma mão, e com a outra me fez um carinho.

Linda disse, quase sem voz: Hoje não progredimos muito.

E Ludmir: Estamos indo de mal a pior.

Amanhã à noite vou conversar com o chefe de polícia na casa dele. Se eu conseguir fazer com que ele venha para o nosso lado, vou tentar marcar uma reunião especial com a Comissão de Pais e com os membros da Secretaria da Educação, e vou convidar a Batsheva também. E logo logo vamos ter que aproveitar um fim de semana para marcar um dia de estudos aberto a professores, figuras públicas, artistas, vamos convidar um grupo de personalidades de Jerusalém e Tel Aviv. A promessa de um fim de semana no Hotel Keidar certamente vai incentivá-los a vir, e, por outro lado, a promessa da vinda de pessoas importantes fará com que o Hotel Keidar cobre apenas um preço simbólico pela hospedagem. Vou preparar um folheto explicativo para o dia de estudos. Se o clima entre a população mudar, talvez possamos ao menos — ao menos o quê? O que é que há com você, Noa?

Será que devo pedir ao Teo para bater um papo com Batsheva?

Na verdade, não existe em Tel Keidar ninguém mais adequado que o Teo para conduzir essa iniciativa, acalmar temores, influenciar a opinião pública. Afinal, ao longo de anos na América Latina conseguira planejar e construir vastos centros populacionais, zonas industriais, áreas novas para planos de habitação, assentamentos inteiros muitas vezes maiores do que Tel Keidar. Dois anos e meio atrás ele educadamente dispensou uma comissão de professores, engenheiros e médicos que vieram, num Shabat de inverno, pedir-lhe que se candidatasse para as eleições municipais encabeçando uma lista independente: suas qualificações, sua história, sua figura que inspirava confiança, sua competência profissional, sua imagem. Mas Teo os interrompeu rapidamente com as palavras: Não é o que eu quero. E fechou ainda mais seu olho esquerdo, como se piscasse disfarçadamente para mim. Obrigado, ele disse, e levantou-se, foi muito gentil da parte de vocês.

Amargo e duro. A luz de um olho cego. Ou será que ele está simplesmente confinado a uma cadeira de rodas invisível?

E eu? Uma professora entediada começando um capítulo novo? Procurando testar a si mesma? Ou será que quero apenas provocá-lo, armando uma pequena confusão para obrigá-lo a acordar, se é que se pode dizer isso de um homem que sofre de insônia.

Na saída, Muki Peleg me disse que Linda tinha visivelmente insistido para que ele passasse a noite lá. Talvez tivesse esperança de que eu ficasse com ciúmes. Acompanhei Ludmir de volta ao seu imaculado chalé coberto de passiflora, atrás da Casa dos Fundadores. No caminho, o velho disse: Esse Muki não passa de um palhaço mal--educado, e aquela Linda é uma tola sentimental. Era uma vez uma aldeia aos pés dos Cárpatos, uma aldeia com trinta casebres e só dois relógios. Um pertencia a Starosta, o ancião da aldeia, e o outro pertencia ao vigário. Um dia, um dos relógios parou e o outro se perdeu. Ou talvez tenha sido o contrário. A aldeia inteira ficou sem tempo. Então enviaram um rapaz, esperto, sabia ler e escrever, para o outro lado da montanha, para a cidade de Nadvornaya, para trazer de volta o tempo e acertar o relógio que havia parado. Bem, o rapaz cavalgou um dia e meio, ou mais, chegou a Nadvornaya, viu o relógio na estação, anotou cuidadosamente a hora correta num pedaço de papel, dobrou a preciosa folha, escondeu-a no cinto e voltou para sua aldeia. Por favor, me desculpe se eu ofendi você, Noa. Sinto muito. Não pude me conter e ficar quieto com toda a nossa fútil baboseira.

E imediatamente, assustado, emendou uma série de desculpas por usar o adjetivo "fútil": havia tentado corrigir e acabara piorando ainda mais as coisas, quisera fazer as pazes e terminara metendo o dedo na ferida. Fogo e lava estão desabando sobre nós, Noa, porque a própria compaixão está tingida de arrogância. Se você conseguir, por favor me perdoe. Eu não posso me perdoar, mas você ainda é jovem e é a Noa que voa no ar. Boa noite. Que Deus tenha pena de nós.

Cheguei em casa às dez. Encontrei Teo deitado no tapete branco na sala, de camiseta e bermudas como sempre, descalço, sem ler, sem assistir à televisão, devia estar cochilando de olhos abertos. Deu-me um beijo no rosto, e perguntou como tinha sido; retribuí com um beijo no seu cabelo grisalho com corte militar e disse: Foi terrível. O Ludmir é maluco, o Muki é um bebê e aquela Linda é patética. Provavelmente eu também. Não há ninguém com quem trabalhar. Praticamente zero. Isso não vai dar em nada.

Enquanto eu tomava um chuveiro gelado, ele preparou um jantar para nós, uma salada geométrica com rabanetes descascados em forma de botões de rosa, vários queijos e um pão integral cortado sobre uma tábua de madeira, a frigideira esperando no fogão já com um cubo de manteiga, dois ovos e uma faca ao lado, prontos para fazer a omelete. É um ritual com suas próprias regras imutáveis. Servi um pouco de água mineral para nós dois. Sentamos frente a frente. Seus ombros pesados e nus se apoiaram na lateral da geladeira. Eu olhava para ele e para a janela atrás dele, cheia de estrelas do deserto. Teo me disse que também havia saído, fora se encontrar com Batsheva, tinha a sensação de que eu ia lhe pedir para falar com ela.

Ainda não lhe pedi nada. E muito menos que você fique por aí abrindo portas para mim.

É verdade, mas apesar de tudo é bom você prestar atenção: tenho a impressão de que, sob determinadas condições, nós temos chance de fazer passar o projeto.

Nós?

Tudo bem. Você. Desculpe. Mesmo assim é bom prestar atenção.

Levantei-me no meio do jantar e me tranquei no quarto. Um momento depois ele bateu na porta. Noa, sinto muito, escute...

Eu desculpei. Voltei para a mesa. A omelete estava fria. Então Teo se levantou, amarrou um pano de cozinha na cintura como se fosse avental, e começou a preparar outra. Disse-lhe para parar, não precisa, não estou com fome, vamos tomar um chá de ervas e ver se há alguma coisa decente na televisão. Ligamos a TV, e desligamos quase em seguida, porque estavam transmitindo uma entrevista com o ministro da Energia, que ainda conseguiu dizer, Claro que é impensável.... antes de nós o silenciarmos. Teo colocou um disco e ficamos sentados escutando sem conversar. Talvez naquele momento realmente fôssemos parecidos, como Muki dissera certa vez referindo-se a casais sem filhos que vivem muitos anos juntos. De repente, levantei-me e fui até ele, sentei-me no seu colo, afundei o rosto nos seus ombros e cochichei, Não diga nada. Lembrei-me da Tíki, a datilógrafa religiosa de Beer-sheva que eu nunca tinha visto, aquela que tinha se apaixonado por um jogador de basquete e tivera um filho "mongólico" que ele se recusara a reconhecer. Um bebê vivo, pensei, e daí que é deficiente? ele está vivo, e justamente por ser deficiente precisa de muito mais amor. O que Imanuel estava fazendo sozinho na enfermaria escura naquela cinzenta manhã de inverno? Como e por que chegara ali? Estaria doente? Ou, ao contrário, tinha ido sorrateiramente pegar alguma coisa no armário, alguma coisa sem a qual não podia passar? Como eu sabia pouco. E mesmo agora ainda não sei nada. Se eu encontrasse um toxicômano agora, a um metro de distância, como seria capaz de dizer se ele estava drogado ou com sono ou simplesmente gripado e abatido pela febre? Quando Imanuel subitamente falou e me perguntou, com a sua voz tímida cruzando o vale de silêncio naquela sala, se eu tinha algo com que escrever, o que ele queria de fato? O que tinha em mente? Escrever? Ou apenas tentava se comunicar? E eu o afastei. Eu me fechei. Não captei que era um pedido de ajuda.

Teo. Escute um momento. Kushner, o encadernador de livros, quer nos dar um filhote de duas semanas. Não se preocupe. Eu disse a ele que você não gosta de cachorros em casa. Espere. Ainda não responda nada. Escute outra coisa, escute uma coisa engraçada, a Linda está apaixonada pelo Muki Peleg, parece que os dois já estão dormindo juntos, e ele ainda está ligado em mim, e eu ainda amo você. E você?

Eu, disse Teo, bem, é o seguinte, e em vez de continuar ele subitamente ergueu a camiseta e apertou a minha cabeça contra o seu peito peludo, como se estivesse grávido de mim.

Durante o noticiário das seis preparei uma salada de frutas. Cheirei a embalagem de leite na geladeira, suspeitando do leite e do meu olfato. Depois comecei a arrumar as prateleiras da cozinha, da direita para a esquerda. Esperava que ela voltasse cedo. Pouco antes das sete saí para o terraço para ver o dia sumindo. Um cão cinzento, estranho, atravessou lentamente o pátio e desapareceu atrás do canteiro de buganvílias, vagaroso, trôpego, como se algo o tivesse atingido. Há um escuro muro de pedras entre o pátio e o deserto. No muro nota--se o contorno de uma fresta que foi tampada por uma fileira de pedras um pouco mais claras. Atrás do muro crescem dois ciprestes que vão ficando negros com o cair da noite. Mais ao longe, os morros vazios, como se não fossem morros, e sim sons graves. Na verdade, os sons graves são a melodia que vem do apartamento ao lado, não uma melodia completa mas escalas simples que se repetem sem nenhuma variação. Seis vezes o elevador passou pelo nosso andar sem parar. Lembro-me de que esta noite ela tinha uma reunião no apartamento da Linda do Muki. Resolvi sair. Descer e ver o que há no *wadi*, ou talvez, ao contrário, ir até a praça e dar uma olhada no filhote alsaciano que o Kushner, o encadernador, quer nos dar de presente. Final de junho. Os dias estão muito compridos. As noites secas e frias. Na entrada do prédio alguns jovens, sentados sobre uma mureta de pedras, cochicham durante a minha passagem, como se tivessem percebido algo engraçado. A única viatura de polícia em Tel Keidar passa por mim e reduz a velocidade sem ligar os faróis. O policial acena para mim e sorri, Boa noite, Sombrero, por que você anda tão sumido? E um súbito vento sopra do final da rua acompanhado de um assobio grave. Dei a partida no Chevrolet e fui direto para o lugar de onde vinha o assobio. Há apenas nove prédios na rua e, logo depois do último, o asfalto se transforma numa estrada de terra malcuidada que continua, para quem quiser seguir adiante, rumo ao sul, e depois sudeste, até a entrada das pedreiras. Quando me vi no planalto vazio, percebi que o vento era muito mais forte do que parecia em meio aos prédios: não era uma brisa delicada mas rajadas intensas, cortantes, cujo rugido eu ouvia mais forte do que o som dos pneus no cascalho. Foi difícil identificar o caminho através da poeira que se revolvia diante dos faróis e à minha volta. Parecia uma tempestade de neve. Tarde demais lembrei--me de fechar as janelas do carro. Consegui seguir adiante, em ritmo de lesma, tentando adivinhar através das nuvens de poeira onde estava a encosta do morro da Hiena e onde, à minha direita, ficava a borda do *wadi*. Todo o meu campo de visão estava tomado por milhões de grãos de areia fina, até que a própria linha do horizonte dividindo o céu e o deserto desapareceu. Era como cruzar uma floresta virgem no meio da noite. Supus que a mancha escura à minha esquerda fossem as encostas mais baixas da cadeia de montanhas, e segui bem devagar costeando a mancha, enquanto o vento ocidental, à minha direita, fustigava as janelas com areia. As luzes dos faróis eram bloqueadas pela poeira e refletidas ofuscando meus olhos, como se eu estivesse guiando no meio de uma neblina densa. O carro jogava de um lado a outro, e eu percebi que tinha perdido a estrada de terra para as pedreiras e que de agora em diante teria que me manter num curso paralelo a ela no plano ao pé da encosta. A escuridão aumentava. Tentei guiar com farol alto, baixo, só lanternas, mas a poeira continuava bloqueando as luzes e refletindo-as de volta para mim, mergulhado na areia turva. Resolvi que era melhor não prosseguir. Desliguei o motor, saí do carro, e fiquei esperando que a nuvem erguida pelos pneus se assentasse, mas depois de algum tempo eu ainda me via cercado pelo ar grosso e viscoso. Eu tinha me perdido. No entanto, pareceu-me poder identificar vagamente a linha das encostas à esquerda. Liguei o motor e decidi me aproximar um pouco, e seguir grudado nela até chegar à cerca eletrônica que o exército havia montado na entrada do vale proibido, e ela certamente me conduziria até o desvio que leva às pedreiras. Uma nuvem de poeira baixa, ou uma coluna de poeira alta, impedia-me de ver o céu. Fui tomado de uma estranha sensação, como se estivesse me movendo não para a frente, mas para cima e para baixo, rodopiando numa caixa fechada no meio do oceano. Curti essa sensação até meus olhos quase se fecharem, na verdade podiam estar totalmente fechados já que eu não conseguia enxergar nada a não ser a dança convulsiva da parede de areia diante dos meus faróis. Por um momento refleti se não seria melhor parar aqui, ficar deitado no chão e esperar. Num segundo momento, porém, não vi mudança que pudesse justificar tal espera. Considerei os riscos envolvidos em prosseguir, pois havia algumas fendas bastante profundas cortando o planalto, mas respondi para mim mesmo, Não faz mal, posso avançar devagar e com firmeza. De modo que segui adiante em primeira marcha, a dez quilômetros por hora ou menos. Lascas de pedra e cascalho cediam e eram esmagadas sob o peso das rodas em movimento. Será que inadvertidamente eu já teria ultrapassado as pedreiras? Ou teria descido para o vale proibido? Nada me impedia de virar o carro e tentar voltar. Mas não havia sentido em dar meia-volta sem ter para onde ir, pois a trilha do carro era imediatamente apagada pelas rajadas de areia. Melhor continuar seguindo rumo ao sul, até meus pneus sentirem as águas do oceano Índico ou pelo menos até eu conseguir finalmente adormecer, e mergulhar nas profundezas daquele sono que me abandonara, mas que ainda continuava me chamando como um sussurro no meio da neblina.

Então, através do escuro véu, notei uma luz pálida e trêmula, a barreira na entrada das pedreiras. Pisquei os faróis para o guarda, para não assustá-lo, mas um instante depois percebi que não era o portão das pedreiras: eu tinha dado uma volta à direita pelo sul da cidade, e estava entrando de novo pelo lado oeste, pela rua Ben-Tzvi, no elegante bairro residencial. Agora havia uma superfície pavimentada sob os pneus, uma fileira de postes de luz, e o muro de poeira tinha se dissolvido. Pude ver telhados e árvores escuras nos jardins. O lúgubre som do vento cortante assobiando também havia desaparecido. A grande área plana prateada e o tapete de cinzas também sumiram. Senti um impulso momentâneo de dar a volta e entrar de novo na neblina de onde eu viera. Mas para quê? De modo que passei por quatro casas idênticas que pareciam inspiradas na ilustração de um antigo livro infantil: casas simples, quadradas, com telhados vermelhos e lareiras feitas de tijolos vermelhos, e duas janelas simétricas de cada lado da porta. Estacionei o Chevrolet diante da quarta casa, atrás do maltratado Subaru de Batsheva. Saí e, sem me preocupar em trancar o carro, toquei a campainha. Toquei três vezes, espaçadamente, mas não veio resposta, mesmo havendo uma luzinha amigável na janela da esquerda, e imaginei ouvir um leve som de música vindo de dentro da casa.

Em vez de desistir, contornei a casa por um caminho escuro cimentado e quase totalmente coberto por uma cúpula de oleandros silvestres. Finalmente me deparei com Batsheva no jardim nos fundos da casa. Ela e sua mãe estavam sentadas aproveitando a paz da noite sob a luz amarelada de uma lâmpada presa entre os galhos de uma figueira. A velha senhora, que me pareceu esquelética, estava sentada ereta, imóvel, quase rígida num banquinho sem encosto, lenço na cabeça e os braços ressecados estendidos à sua frente e apoiados sobre os joelhos. Batsheva tocava uma gaita, e este era o som melancólico que eu tinha ouvido ao tocar a campainha. Estava sentada à vontade numa velha poltrona de cor vinho e pés largos, que um dia certamente fizera parte de uma sala estilo oriental. Agora que o forro estava gasto e o estofo saindo em diversos lugares, a poltrona fora destinada ao jardim, lembrando um magnífico transatlântico encalhado num banco de areia. As cabeças de ambas estavam cercadas de uma aura brilhante, e eu sabia que se colocasse a minha sob aquela luz, ela também ficaria rodeada por um halo similar.

Batsheva Dinur, a prefeita, uma mulher da minha idade, forte, face rosada, cabelos curtos prateados, uma figura sólida, de proporções estranhas, afundada na cadeira parecia um cadeia de montanhas com protuberâncias em todas as direções, como se tivesse mais do que quatro membros. Seus largos óculos de tartaruga haviam deslizado nariz abaixo. Seus sólidos braços vermelhos pareciam rudes, como velhas capas de livros. Ela sempre me faz lembrar uma avó holandesa, ou uma governanta dirigindo com mão de ferro tudo e todos à sua volta.

Quando me viu, parou de tocar. Lançou um olhar de incredulidade sobre os óculos, como se pudesse ler o meu pensamento antes de eu dizer qualquer palavra. E disse:

Veja só quem veio nos visitar. Venha cá, pegue uma cadeira da varanda e traga aqui. Aí não. Aqui.

Peguei um banquinho igual ao da velha, sentada rija e imóvel. Lembrei-me de dizer, Boa noite.

Batsheva disse: Quieto, Teo. Deixe-me terminar.

E voltou a tocar na gaita uma música que não consegui identificar, mas que me pareceu familiar, e até mesmo comovente.

Tocou uns dez minutos, e de repente se cansou, parou de tocar e soltou uma espécie de relincho, como uma mula sem fôlego. Deixou cair a gaita no meio das dobras da sua saia, entre os seus grossos joelhos.

Nunca sai direito, disse ela, sempre tento tocar isso com espírito geométrico, despindo todo o sentimento, senão fica melado como geleia de ameixas, que aliás eu detesto. Você está com uma aparência péssima.

Ficou me observando por algum tempo, sempre por cima dos óculos, com curiosidade, meticulosamente, sem nenhum constrangimento, uma mulher resoluta que nenhum adversário conseguia superar. E, apesar disso, generosa, vigorosa, ocasionalmente piscava os olhos, como se alguém tivesse acabado de lhe cochichar alguma obscenidade e ela estivesse saboreando o que ouvira, demorando para engolir, deliberadamente prolongando o prazer.

Eu disse:

Escute, Batsheva, desculpe-me passar aqui fora de hora. É o seguinte: Estou com um problema que não posso conversar com você durante o trabalho.

A velha mãe disse:

Aí vem o pobre Seriodja. Apaixonado. Procurando a sua Anyushka.

Batsheva disse:

Um problema. Sim. Já ouvi. A sua esposa. A clínica dela.

Ressaltei que Noa e eu não somos casados.

Não. Por que não? Vocês deviam se casar. Noa é um doce.

Disse isso e piscou, alegremente, seu rosto largo iluminado por afeto e malícia.

Me dê dois minutos para explicar.

Eu sei, eu sei. Você comprou as ruínas do Alharizi e agora está encalhado com essa situação. Você veio aqui me pedir um acordo. Esqueça.

A velha comentou com tristeza:

Amor. Eles não comem. Eles não bebem. Fuu, e o juízo se vai.

Batsheva disse:

Ah, obrigada por me lembrar. Já vou esquentar água e fazer um chá para todos nós.

Mas não se moveu da poltrona.

Eu disse:
Não é preciso. Não se levante. Só vou ficar alguns minutos.
Batsheva disse:
Está bem. Por favor. Fale. Não o deixamos dizer uma palavra e ficamos repetindo Fale, fale. Por favor. Fale agora.

O marido de Batsheva Dinur foi morto em Jerusalém na Guerra dos Seis Dias. Ela criou os quatro filhos sozinha, trabalhando como engenheira elétrica especializada em transformadores. Nove anos atrás, pouco antes de virmos para Tel Keidar, candidatou-se para dirigir a fábrica de máquinas de lavar. Há dois anos foi eleita prefeita, e desde então, com braço forte, tem lutado sem trégua para, nas suas palavras, pôr fim a essa bagunça. Seus filhos cresceram e se casaram. Ela tem netos por todo o país. Todo sábado à noite ela sai com a sua velha mãe para passear na praça. Ou ambas se sentam no Café Califórnia durante mais ou menos uma hora, e uma fila de gente pedindo favores se forma ao lado da sua mesa. É uma mulher infatigável, objetiva, sempre munida de um arsenal de provérbios práticos e espirituosos. Seus inimigos a odeiam e os amigos são capazes de fazer qualquer coisa por ela. Aquele Velho e Duro Caminhão, é assim que se referem a ela na cidade.

Veja. Eu acho que com uma preparação adequada da opinião pública e nas condições que você determinar, uma pequena clínica médica, pioneira, experimental, com todas as exigências de fiscalização satisfeitas, pode ser uma coisa positiva. Trazer pesquisadores. Agir como foco para atividades comunitárias. A imprensa será favorável. E, na verdade, é justamente o gancho que você está procurando há tanto tempo para nos trazer uma extensão da universidade ou um núcleo hospitalar. Pense nisso.

A velha acrescentou:
No inverno o termômetro cai a quarenta graus negativos, o lobo uiva na porta da cabana, aaaaúúúúú, como um bebê abandonado.
Batsheva disse:

Esqueça, Teo. Nunca vai acontecer. Mas vou lhe dizer uma coisa, há chá de menta gelado na geladeira. Por que você não se serve, e traz um pouco para nós? Os copos estão no secador de louça.

Batsheva. Espere. Procure enxergar da seguinte maneira: um pai abalado aparece entre nós, compromete-se a doar setenta mil dólares e se dispõe a doar ainda mais. Forma uma comissão. É direito dele. Uma comissão esquisita, é verdade. Esta comissão adquire uma propriedade abandonada que a cidade tem entalada na garganta. Criam uma fundação. As pessoas envolvidas demonstram entusiasmo. Dedicação. Obviamente existem dúvidas na cidade. Algumas delas justificadas. É compreensível. Mas com você ao nosso lado as dúvidas serão dissipadas.

Quem precisa disso, Teo? Por favor. Um ninho de drogados. E além disso, até agora ele não lhe devolveu um único centavo. Venha, faça um favorzinho, passe a sua cadeira para o outro lado. Isso mesmo. Agora posso ver você sem a luz me ofuscando. Você realmente está com uma aparência péssima.

A velha interveio:

Sobre o fogão camponeses suados, exaustos, dormem vestidos, e do lado de fora o lobo aaúúúú. E a misericórdia? Sumiu? Desapareceu?

Eu não disse clínica de drogas.

Ah. Alguma outra coisa? Decididamente. Quem sabe vocês possam erguer o memorial na forma de, digamos, um ateliê de pintura do deserto. As rochas são por minha conta. Grátis.

Mas tem que estar relacionado com os problemas dos jovens, eu disse. É em memória de um estudante morto.

E Seriodja congela a noite inteira. Todos adormeceram e ele não.

Jovens. Por favor. Computadores. Basta convencer o seu benemérito doador. Digamos, por exemplo, um centro para jovens gênios do computador. Só não podemos é dar esse nome. Não é verdade, mamãe? Ou talvez um núcleo para jovens pesquisadores sobre assuntos relativos a alta tecnologia? Neste caso, vocês terão que conseguir pelo menos mais cento e cinquenta mil dólares para equipamentos

e custos operacionais, e isso sem pensar num fundo para bolsas de estudo. Se vocês conseguirem um patrocínio na área acadêmica podemos começar a conversar. Por que não?
 Não é essa a intenção do doador.
 Então dê um jeito para que seja. Ou arranje algum outro pai que tenha perdido um filho.
 Não creio que a Noa aceite isso. Nem o doador. É difícil saber. Cuide disso, Teo. Com discernimento. Depois volte a falar comigo. Mamãe, você já falou muito. E o copo de chá gelado?
 Para mim não, obrigado. Estou indo. Vou tentar conversar com a Noa. Não vai ser fácil.
 Seriodja ficará doente.
 Não quer ficar mais um pouco, Teo? Descansar um pouco? Só não me atrapalhe enquanto eu toco. Fique aí sentado quieto, não, por quê? Você não incomoda, não é mesmo, mamãe? Que ele não incomoda? Ao contrário, você é boa companhia. Fique.
 Que tal um meio-termo, Batsheva? Jovens com talento para computação que se envolveram um pouco com drogas?
 Ela não respondeu. Simplesmente inchou as bochechas, como um bebê disposto a se divertir de qualquer maneira, e soprou a gaita. Tocou uma música que eu me lembrava dos anos cinquenta: "Ele não sabia o nome dela, mas a trança foi com ele ao longo de todo o caminho..."
 Quando me levantei para ir embora, na ponta dos pés para não perturbar, ela parou de tocar e disse:
 Mais uma coisa, Teo. Você é que tem que se responsabilizar. O filho é seu. Silêncio, mamãe. Guie com cuidado. E lembre-se: Não lhe prometi nada.

Nesse meio-tempo o verão vai ficando mais forte. A luz do dia nos oprime, turva e angustiante, e, mesmo com as janelas bem fechadas, os grãos de poeira me incomodam até mesmo no meio dos lençóis. O asfalto das ruas derrete com o calor infernal, e à noite as paredes liberam os resíduos do calor. Um vento sul vindo dos morros traz um odor de lixo queimando no depósito municipal, um cheiro acre, azedo, como uma lufada de ar ruim. Do terraço às vezes posso ver um pastor beduíno deitado na encosta mais próxima, uma figura preta entre cabras pretas, e o débil som da sua flauta que chega em frases melódicas entrecortadas gera uma paz e um equilíbrio de espírito. O que estará sonhando, ali deitado imóvel horas a fio na sombra de uma imensa massa rochosa? Algum dia vou até lá perguntar. Vou segui-lo pelas grutas nas montanhas, até o lugar que dizem ser a rota noturna dos contrabandistas entre o Sinai e a Jordânia.

    Meus alunos da última série já começaram a se dispersar. Alguns anteciparam o seu alistamento militar, outros circulam pela cidade, correndo com os carros dos pais pelas ruas desertas. Ou vagueiam de um lado a outro pela praça, em grupos. Cinco deles foram até o escritório do Teo pedir conselhos, não por causa da sua capacitação profissional, e sim em relação a planos de viagem pela América Latina com mochila nas costas. Corre pela cidade uma história de que ele teria vivido sozinho entre os índios na selva por dez anos. Algumas pessoas o chamam de Sombrero pelas costas. Embora todos aqui mantenham uma distância respeitosa.

A bateria e a bomba de óleo do nosso decrépito Chevrolet azul pifaram com dois dias de diferença entre uma e outra. Jacques Ben Lúlu, na Oficina Ben Elul, disse, É isso aí, acho que chegou a hora de se livrar desse carro. Teo contraiu ainda mais o olho esquerdo, com um sorriso maroto no bigode cinzento, e retrucou: O que é que há? Qual é a pressa? Ele ainda vive mais um pouco.

Uma daquelas moças de nome Táli veio me visitar uma manhã dessas para me mostrar alguns poemas que tinha escrito. Não sabia se devia me chamar de professora ou de Noa. Fiquei surpresa porque não imaginava que ela e as amigas ainda fossem capazes de escrever poemas. Os poemas em si me pareceram frágeis, sem energia, e fiquei procurando um jeito de dizer isso a ela sem magoar. Depois, decidi que não havia nenhum motivo para desencorajá-la. Que ela escrevesse. Não havia nada de mau. Quem sabe. E se Imanuel também tivesse escrito um pouco de poesia? Ela não sabe. Não lhe parece. Ou talvez sim, antes de ele se apaixonar por aquela drogada de Eilat, aquela que o ensinou a cheirar, ele era perdidamente apaixonado por você, então talvez tenha escrito poemas para você. Por mim? Apaixonado? Como? De onde você tirou essa ideia, Táli? Escute, em primeiro lugar não é Táli, é Tal. Em segundo lugar, todo mundo sabia. Sabia? Sabia o quê? Sabia como? E com um sorriso constrangido, talvez incrédulo, nos lábios: É fácil, estava na cara, todo mundo via. A classe inteira sabia. Quer dizer que você realmente não percebia, Noa? Sério? Não sentia o amor dele?

Eu disse que não. E vi que ela não acreditou. Depois que ela se foi, lembrei-me da parede dos prédios pré-fabricados, tão perto da janela de um terraço transformado em dormitório, um dormitório minúsculo no apartamento da tia Elazara; uma parede cinzenta, empoeirada, oprimente. E me lembrei da caneca marrom. E das roupas dele. Dobrando o pulôver. O cobertor rasgado aos pés da cama, onde o cachorro mudo dormia à noite. E um livro aberto virado para baixo contando o fim dos judeus de Bialystok.

Dois dias depois ela apareceu de novo, tímida porém excitada, trazendo um novo poema, e dessa vez concordou em tomar uma Coca gelada no terraço, e também comer algumas uvas. Havia escrito o poema sob a inspiração que recebera de mim anteontem. Sinceramente espera não estar me incomodando. É meio difícil essa história de poesia, ela não tem a quem mostrar, e por outro lado, é meio estranho escrever e escrever sem nunca mostrar para ninguém e aqui ela não tem para quem mostrar. Quer dizer, com exceção de mim. Ela espera que não seja pesado demais. Será que é a única da classe que tenta escrever? Não sei, penso que sim. Nunca conversamos muito na classe. Quer dizer, conversamos muita coisa, mas não sobre isso. De jeito nenhum. Sobre o que vocês conversam? Falamos de tudo, é difícil dizer. Um pouco sobre o exército, sobre viajar para fora, roupas e dinheiro, fofocas, nada de especial, sei lá o quê, papo comum. É isso. Às vezes na sexta-feira à noite, depois da discoteca, sai um papo sobre a razão de viver, alguma coisa sobre o Oriente, mas só algumas de nós. A maioria não. Os rapazes geralmente se preocupam em como conseguir entrar nas unidades militares mais combativas, e o que é mais emocionante. Mesmo que no íntimo estejam morrendo de medo do exército, e qual é o lugar mais ferrado, nos territórios ou no sul do Líbano, coisas assim. E também a questão da AIDS. Também falamos sobre isso. E sobre computadores. E motocicletas.

Perguntei-lhe acerca de drogas. Tal disse que na verdade o pessoal era a favor desse projeto, o centro de reabilitação, que Muki Peleg e eu estávamos querendo trazer para cá. Vai ser um verdadeiro monumento para que as pessoas se lembrem de Imanuel, não como uma simples coluna de pedra com uma placa. Para nós a ideia é muito boa. Mas a maioria dos pais fica irritada, preocupada com a imagem da cidade, desvalorização dos imóveis e coisas assim. Perguntei-lhe se, na opinião dela, havia efetivamente um problema de drogas na nossa escola. Bem, é o seguinte. Os viciados mesmo não são muitos, mas há alguns que dão uma fumada às sextas-feiras à noite, sim, ela já tinha experimentado, de leve, mas até agora não conseguiu sentir realmente o barato, porque sempre fica com dor de cabeça. Viciados pesados não há muitos. Pelo menos, não nos lugares que ela frequenta. Talvez lá embaixo, em Joseftal, o pessoal cheire um pouco. Difícil saber. E Imanuel? Bem, é mais ou menos o seguinte: No começo era aquela coisa de viajar para Eilat durante o feriado de Chanuká, ia todo mundo. Depois, ele foi algumas vezes sozinho, mas ninguém sabe o que aconteceu mesmo com aquela garota, a Marta. Só fofocas. Isso sim. Eu não sei o que aconteceu realmente, e acho que ninguém sabe porque Imanuel era muito retraído. E foi ficando mais retraído ainda depois que se apaixonou por você. Talvez alguém saiba mais do que eu, mas sabe o que é, hoje em dia eu não tenho certeza de que alguém realmente saiba alguma coisa sobre outra pessoa. Em geral. No mundo inteiro. Como se pode saber? Cada um vive na sua própria ilha. Há muita fofoca. Isso sim. Inclusive sobre você. E sobre o Teo e o Muki. E a Linda. Você deve ter ouvido. As pessoas falam. Não, não, não quero entrar nisso agora. É irritante. Quer dizer mesmo que você nunca percebeu nada, Noa? Você não viu que ele amava você? Nada nada? Não faz diferença. Ninguém sabe nada sobre ninguém. Principalmente quando tem a ver com amor. Segundo ela, o amor é realmente uma situação destrutiva. Dois estranhos que de repente se veem, ou na verdade não se veem, se cheiram, e numa fração de segundo ficam mais ligados do que irmão e irmã... Começam a dormir juntos na mesma cama mesmo não sendo da mesma família. E muitas vezes nem mesmo são amigos, nem mesmo se conhecem, simplesmente estão amarrados um ao outro, e o resto do mundo que se dane. Veja só que estrago! Talvez morra muito mais gente de amor do que de drogas. Talvez também seja preciso uma clínica de reabilitação. Toda vez que ela pensa sobre como ninguém sabe nada de ninguém, começa a rir e a chorar. E o mais estranho é que é impossível modificar isto. Não importa quanto você investe numa pessoa, investe durante cem anos, dia e noite sem parar, dorme com ela na mesma cama, não faz diferença, no fim você não sabe nada sobre ela. Se ela tiver mais poemas, pode continuar vindo? Não incomoda mesmo? E além disso, dentro de uns dias a Nira vai ter a sua primeira ninhada, Nira, a sua gata, ruiva, bem infantil, engraçada, tem jeito de nobre, mas tão fofinha, todo mundo brinca com ela, afaga, agarra, e ela nem liga, com listras finas como uma tigresa, tão linda, sonhadora, e às vezes parece mesmo que ela sorri, um sorriso de superioridade. E não quer nem imaginar a desgraça de deixar os pais darem os filhotes, por isso pensou em talvez nos dar um gatinho de presente, afinal vocês não têm filhos, quem sabe o seu marido concorda?

Eu lhe disse que o Teo não é o meu marido, quer dizer, não somos realmente casados. Tal disse, ouvi as pessoas falando, não tem importância, as pessoas falam de tudo, bobagens, em todo caso tenho vontade de lhe dar um gatinho de presente. Bom, estou indo, tchau. Em relação ao Teo, eu queria mesmo lhe fazer uma pergunta, não sei, na verdade não tem importância.

O que é que há com o Teo?

Nada. Não tem importância.

O que você queria dizer sobre ele?

Não tem importância. É uma pessoa especial.

Especial como, Tal?

É difícil de explicar. Ele dá um pouco de medo na gente.

Deixou o poema e foi embora.

Teo passou a noite inteira consertando a velha máquina de escrever, uma Baby Hermes de quarenta anos que encontrei numa das gavetas do meu pai depois do segundo acidente. Nunca o vi usando a máquina. Minha tia às vezes a usava para datilografar ríspidas cartas para o jornal, combatendo a violência, a crueldade e o hábito de comer carne. Quando desmontamos a casa levei a máquina comigo. Ele ficou acordado quase até meia-noite, desmontou, lubrificou as partes e montou de novo com os minúsculos parafusos que prendem as hastes do teclado aos suportes das teclas. Durante o conserto, botou os meus óculos de leitura para enxergar melhor, e por um instante me fez recordar um caprichoso relojoeiro judeu de uma geração mais antiga: a cabeça ligeiramente inclinada, o olho parcialmente fechado que parecia maior através da lente dos meus óculos, os lábios cerrados sob o bigode grisalho, o cabelo cinzento com corte militar, o conjunto de ombros largos sustentando o forte pescoço, tudo testemunhava a favor da imensa concentração que dedicava ao trabalho. Fiquei parada alguns instantes atrás dele, quieta, fascinada com a habilidade dos seus dedos. Como se gerações de violinistas e escribas tivessem ali se reunido.

Quando ele terminou o conserto da máquina, preparei um pouco de chá de ervas para nós. Teo disse que se lembrava do café maroto que eu usava para seduzir os homens em Caracas. Maroto? Seduzir? Bem, ele estava se referindo ao conhaque e às especiarias indígenas que eu punha no café para enfeitiçar os homens e fazer com que não resistissem a mim. E a essência de cacto que usei para curar a febre de nós dois. Escute, Teo, para variar podíamos ir até a Galileia neste verão. Por que a Galileia? Para a Escandinávia. Podíamos alugar um carro conversível e viajar pelos fiordes. Ou trocar de carro? Ou adotar um gatinho?

Ele tirou os óculos, inclinou a cabeça e lentamente coçou o pescoço. Olhou para mim meio de lado, como se tivesse que decifrar um perigoso enigma. Após um silêncio meditativo, declarou que tinha na cabeça uma lista de compras. Primeiro, uma pequena escrivaninha para ficar no canto do meu quarto. Segundo, uma lâmpada de leitura potente. E terceiro, por que não um processador de texto em vez da máquina de escrever caindo aos pedaços que certamente vai quebrar de novo logo, logo, porque seu prazo de validade já venceu há muito tempo. Apesar de que, no fundo, talvez ela ainda tenha algo para dar. Aliás, o que foi que Benizri disse a vocês quando foram se encontrar com ele ontem? A mesma coisa que da outra vez? Ou concordou em tentar chegar um pouco mais perto do que vocês querem? Desculpe. Desconsidere a pergunta.

Eu o abracei por trás e desfrutei o calor dos seus ombros contra os meus seios, e tive prazer em arrepiar os pelos na sua nuca. Para sua informação, eu disse em tom desafiador, o Benizri está começando a amolecer. Se a Batsheva Dinur der sinal verde ele está disposto a recomendar que se crie um grupo de coleta de dados. No lugar de vocês, disse Teo, agarrando a minha cintura, eu tentaria um acordo. Talvez optasse por um conceito modular, um período inicial discreto, digamos com sete ou oito pacientes no primeiro ano, não mais que isso, adotando o modelo de um estabelecimento fechado, bem cercado, e, pelo menos na primeira fase, deixaria a clínica quase sem nenhum contato com a comunidade. Assim a oposição cederia. E outra coisa: eu, no lugar de vocês, administraria o centro como realmente um negócio, pelo menos mil dólares mensais por paciente, começando com filhos de lares ricos, e, para deixar a cidade feliz, aceitaríamos um ou dois jovens de famílias locais, com um desconto de oitenta por cento. E tudo deve passar por uma rigorosa fiscalização pública, com uma licença comercial que pode acompanhar um compromisso legal entre a fundação e a Câmara Municipal. Eu incluiria nesse acordo que a Câmara se reserva o direito, em nome do interesse público, de não renovar a licença ao final do primeiro ano. E mais, estaria disposto a renunciar a priori, por escrito, a qualquer ação legal caso a licença não seja renovada. Esta posição me parece a única chance de avançar no projeto. Digamos que se trata de conquistar uma cabeça de ponte. No seu lugar eu apresentaria a proposta nestes termos. E mesmo assim, ainda é bem duvidoso.

Mas, Teo, você não está no meu lugar, eu disse.
Teo respondeu: Sim. Não.
Sim e não?
Eu quis dizer sim, Noa, não estou no seu lugar.
Hoje uma garota me disse que na opinião dela ninguém pode saber nada sobre outra pessoa.
Saber. Mas o que é saber?
A água ainda estava fervendo. Venha, vamos tomar mais um pouco de chá. Saber significa sair de si mesmo. Pelo menos tentar. De vez em quando.

Você se lembra, uma vez, em Caracas, você me disse algo mais ou menos assim, que um casal de professores sem filhos passa o tempo todo corrigindo um ao outro. E você também disse que não seria fácil, mas também não seria chato. Foi isto que você disse, Noa. Mesmo assim, há momentos em que eu estou sim no seu lugar e quero que você esteja no meu.

Chega de falar. Vamos transar.
Aqui? Na cozinha?
Vem. Agora.

Apaguei a luz e abri o seu enorme cinto que cheirava a couro velho e suor, e me agarrei no seu peito peludo. Meus dedos tentaram fazer com ele a mesma coisa que os dele tinham feito ao consertar a minha máquina. Depois, ficamos no terraço, no escuro, e vimos o rastro prateado que a lua deixava no céu sobre os morros até a linha do horizonte. Estávamos lado a lado sem nos tocar e sem conversar, e assim ficamos sorvendo lentamente o nosso chá de ervas e escutando o som de uma ave noturna que não conseguimos identificar.

E uma vez ela me contou sobre um jovem viajante da Irlanda a quem dera carona quando ia ao congresso de professores de literatura no centro de conferências perto de Tiv'on. Eram quatro da tarde num dia chuvoso de dezembro um ano e meio atrás. Por causa da neblina e do dia tão curto ela foi obrigada a acender os faróis bem cedo. Nesse exato instante os faróis iluminaram uma figura de cabelos compridos, de longe parecia uma moça, em pé ao lado da estrada, curvada pelo peso de uma imensa mochila, acenando com a mão de uma maneira não muito comum em Israel. Quando o rapaz entrou no carro ela percebeu que as suas botas estavam cheias de água. Eram botas enormes, grosseiras, que lembravam as botas de trabalho que a tia Chuma usava para fazer faxina na casa ou colher ervas medicinais nas encostas do monte Carmel. Quando o rapaz se sentou ao seu lado com a mochila no colo, ela notou uma faixa de pano costurada, contendo as palavras "All you need is love". Tanto o rapaz quanto a mochila estavam ensopados.

Na tarde anterior tinha saído da sua casa em Galway e durante a noite atravessara a Irlanda de carona, voara de Dublin a Birmingham, e chegara duas horas atrás num voo charter. Agora estava começando a procurar uma moça chamada Daphne, que pelo jeito trabalhava como voluntária em algum kibutz na Galileia. Ele não sabia o sobrenome dela, nem o nome do kibutz. Daphne. Ela era de Liverpool. Recentemente tinham passado uma noite juntos. Ao se despedirem, ela disse que em breve viajaria para a Galileia. Desde então não a tinha visto mais. Ela gosta de carneiros e espaços abertos. O sonho dela é ser pastora. Ele nunca esteve em Israel, mas possui um mapa e pelo mapa pode-se ver que a Galileia não é uma área muito grande. Pode-se ir de kibutz em kibutz até encontrá-la. Tempo não lhe falta. E na verdade, segundo ele, falta de tempo é uma atitude derrotista e se opõe ao segredo da vida. Se o dinheiro acabar, ele pode tentar um trabalho temporário aqui e ali, o que aparecer, não importa, na sua terra ele é auxiliar de carpinteiro, em Portugal instalara linhas telefônicas, em Copenhague tinha se apresentado uma vez num cabaré cantando músicas folclóricas irlandesas. Quem tem um pouco de boa vontade encontra boa vontade em qualquer lugar. Foi isto que ele disse. E Noa percebeu de repente que ele estava enfermo. Tremia de febre, febre alta. Quando parava de falar seus dentes rangiam apesar de Noa ter ligado o aquecimento. Há dois anos o aquecimento do Chevrolet ainda funcionava. Desculpe-me, disse ela severamente, como se estivesse repreendendo um aluno preguiçoso, por acaso você tem alguma ideia de quantos kibutzim existem aqui na Galileia? A partir de onde exatamente você pensou em começar a procurar a sua Daphne? Ele não respondeu. Pode ser que nem tivesse escutado. O movimento do limpador de para-brisa talvez o tivesse hipnotizado e feito dormir. Fazia um dia inteiro que saíra de casa, e certamente não tinha dormido toda a noite; ontem ficara ensopado na Irlanda e, mal tinha secado, já estava molhado outra vez. E parecia estar ardendo de febre. Sua cabeça se apoiava na mochila e o longo cabelo cobria o seu rosto. Noa achou de novo que ele parecia uma garota.

Na entrada de Kiryat Tiv'on ela parou o carro. Acordou o rapaz e contou, por algum motivo, que bem na extremidade norte da Galileia existe um kibutz chamado Dafna, e mostrou no mapa onde ficava. Depois pediu que descesse, com sua mochila que parecia um rochedo molhado. Um momento depois parou e olhou pelo retrovisor, mas foi ofuscada pelos faróis de um caminhão que vinha no sentido contrário, e só conseguiu enxergar uma cabine telefônica às escuras na chuva.

Depois de fazer sua inscrição, deixou as coisas no quarto, onde já haviam se instalado outras duas professoras cerca de vinte anos mais novas, uma delas muito bonita. Em seguida foi para a palestra de abertura, cujo tema era se existe uma literatura de mulheres ou literatura feminina, e, se existe, quais são as suas características. Passados quinze minutos, levantou-se de repente e foi até o estacionamento na chuva, deu partida no carro, e saiu para procurar o viajante no lugar onde o tinha deixado, bem na entrada de Kiryat Tiv'on, pois sentia que precisava levá-lo a um médico. Talvez também quisesse esclarecer como a falta de tempo é uma atitude derrotista e o que significava que quem tem boa vontade encontra boa vontade em qualquer lugar. Mas quando chegou ao local não encontrou o rapaz, apenas a cabine telefônica às escuras na lama junto à estrada.

Em vez de retornar ao congresso virou para o norte no primeiro entroncamento e conduziu o carro no meio da espessa neblina por caminhos que mal conhecia, até perceber que estava quase sem gasolina, e entrou num posto perto da aldeia de Majd el-Kurum. O posto estava fechado, mas havia dois rapazes sentados no interior sob uma forte luz de neon, aparentemente fechando o caixa do dia. Quando viram a sua figura através da porta, hesitaram e cochicharam entre si, aí um deles se levantou e abriu a porta, dizendo em tom de brincadeira que a tinham tomado por uma assaltante, e em seguida encheu o tanque. Seu companheiro ofereceu um pouco de café e disse, Não é a primeira visita desta noite, senhora, olhe só o que temos aqui. Num canto do escritório, sobre o piso cheio de óleo, encolhido como um feto e enrolado num cobertor imundo, ela viu a mecha de cabelo dourado, acordou o rapaz e disse, Vamos procurar um médico. Ele a seguiu até o carro, trôpego, quieto, tremendo de febre, e não surpreso por vê-la: era como se não tivesse dúvida de que ela estava destinada a vir pegá-lo ainda essa noite. Mais uma vez, sentou-se ao lado dela, dentes rangendo, a mochila com a inscrição de amor pingando sobre o colo, e em dois minutos estava dormindo. Talvez nem tivesse acordado direito quando ela o tirou do posto de gasolina. Sua cabeça tombou sobre o ombro dela e os cabelos escorreram sobre o peito. Através do pulôver, ela pôde sentir a febre dele até seus ombros e pescoço ficarem molhados. No entroncamento de Majd el-Kurum, virou à direita pois decidira voltar ao centro de conferências, acordar um médico ou enfermeiro, e na manhã seguinte sentar-se ao lado do telefone e tentar um kibutz atrás do outro até achar a tal da Daphne, ou pelo menos até localizar um lugar que o aceitasse e lhe desse trabalho. Mas errou o caminho, a neblina e a chuva do lado de fora se misturaram com as janelas embaçadas pelo calor de dentro, e perto da meia-noite ela passou pelo kibutz Matzuva e notou um luminoso indicando um albergue a alguns quilômetros. Decidiu alugar um quarto para passar o resto da noite. Após alguns desvios, de repente o motor morreu. Ela estacionou numa clareira asfaltada sob os eucaliptos açoitados pelo vento, e ficou sentada esperando o amanhecer. A esta altura a cabeça já estava no colo dela. Puxou o cobertor do banco traseiro e o abriu sobre ambos, para que ele não ficasse congelado. Aí adormeceu também. Quando foi despertada pela cinzenta luz da aurora, descobriu que a chuva tinha parado e o caronista sumira com a sua imensa mochila. Por um instante, temeu pela sua bolsa, que continha todos os seus documentos, chaves e dinheiro, mas uma rápida busca revelou que estava no vão entre o assento e a porta. Às seis e meia apareceu um carro de polícia. Um policial árabe de meia-idade sorriu para ela com seus dentes de ouro, repreendendo-a pelo risco que correra, e conseguiu fazer o motor funcionar. Às oito horas estava de volta no centro de conferências, telefonou para mim e me contou a história, pedindo que eu localizasse o seu passageiro doente. Quem sabe não havia uma moça de Liverpool chamada Daphne trabalhando com ovelhas na lista de voluntários em kibutzim? Ou quem sabe o Ministério do Interior não tinha os dados de um jovem irlandês de Galway que havia chegado no dia anterior? Julguei as chances muito remotas, mas alguma coisa na sua voz ao telefone me fez prometer que tentaria. Passei a manhã toda discando para tudo que é lugar, até mesmo localizei dois conhecidos em cargos importantes que não via havia mais de vinte anos e liguei para eles, mas obviamente foi inútil. O máximo que consegui do outro lado da linha foi perplexidade ou estupefação, disfarçadas educadamente na forma de delicada surpresa. Ela chegou em casa naquela mesma noite, havia abandonado o congresso, surpreendeu-me na cozinha, despenteada, febril, trêmula, agarrou-me, escondeu o rosto no meu ombro e começou a chorar. Peguei entre os meus dedos as suas mãos geladas, idosas, cheias de veias, e procurei aquecê-las. Em seguida preparei um banho quente, tirei suas roupas e joguei-as direto na cesta de roupa suja, ensaboei e esfreguei o seu corpo, e depois a enxuguei com uma toalha grossa e a vesti com um roupão bem quente. Quase a carreguei para a cama. Preparei um chaleira de chá e servi uma xícara, deixando o restante sobre um aquecedor junto à sua cabeceira. Então telefonei para o médico. Noa dormiu dezesseis horas seguidas. Quando acordou ficou me observando com olhar vazio durante dez minutos, com ar distante e perdido. Servi-lhe um pouco de chá de ervas com mel e limão. Ela só tomou um gole, e aí estourou de repente num acesso de raiva em relação a mim, com um ódio explosivo que jamais tinha demonstrado antes, exceto talvez nas raras ocasiões em que tentava me divertir imitando os ataques de fúria do pai, e tudo porque eu tinha misturado no chá uma colher de xarope contra tosse que o médico receitara e que ela insistia em não tomar. Ergueu a voz e berrou dolorosamente que eu estava de novo tratando-a como bebê, que eu era um peso morto na sua vida, que eu a oprimia e deprimia, que por minha causa ela ia envelhecer cedo, que este apartamento era uma gaiola, que Tel Keidar era uma prisão, e que eu não devia ficar surpreso se um dia acordasse e me visse sozinho como um cachorro velho, e quem sabe não era exatamente isso o que eu queria.

Na manhã seguinte já se sentia melhor. A febre tinha baixado e as articulações estavam menos doloridas. Pediu desculpas. Pediu que a perdoasse. Sentou-se diante do espelho e se arrumou cuidadosamente, muito mais que o habitual, e, ainda de frente para o espelho e de costas para mim, contou-me acerca do viajante irlandês que tinha sumido. Depois, vestiu um conjunto verde, calça e casaco, que lhe ficava muito bem e preparou-se para ir até a escola para não perder uma prova. Eu tive a intenção de impedi-la, pois o médico tinha recomendado vários dias de repouso, mas refletindo cuidadosamente decidi não dizer nada. Mesmo assim, quando ela estava na porta prestes a sair, não pude me conter e disse, quase num sussurro, Talvez seja melhor você não ir. Por um instante ela me olhou, com ar divertido, e rapidamente disse, sem raiva, Não se preocupe, vou voltar para você. Você cuidou de mim magnificamente.

Desde aquela manhã de dezembro um ano e meio atrás ela nunca mais disse uma palavra sobre o seu viajante. E eu também não o mencionei mais. Uma semana depois de se recuperar, um dia ela me telefonou no trabalho e me pediu para chegar mais tarde em casa, às sete em vez de às cinco. Cheguei às sete e quinze e descobri que ela tinha preparado um magnífico jantar de três pratos com vinho espumante e sobremesa. Mas ainda assim eu precisava botar o carro no conserto, um conserto bastante grande. Jacques Ben Lúlu, da oficina Ben Elul, disse, Escute, o carro está muito danificado, alguém andou guiando em cima de pedras e rochas, e depois ficou atolado na lama, e além disso entortou aqui, aqui também, porque não rebocaram direito. Não é da minha conta o que houve, Teo, mas pode acreditar em mim, coisa boa não foi.

À uma ou duas da manhã, sozinho no terraço diante do planalto silencioso, às vezes ainda imagino o seu viajante solitário vagando entre as colinas vazias da Galileia. Procurando a sua Daphne entre os rebanhos, ou talvez tenha abandonado a busca e segue viajando vagarosamente, sem rumo, pelas estradas desertas. Quem tem um pouco de boa vontade encontra boa vontade em qualquer lugar. Ainda não tenho a menor ideia do que isso quer dizer, mas a melodia das palavras me agrada cada vez mais. E agora ele está adormecendo, respiração leve e regular, ele parece uma moça bonita, com a cabeça encostada na pesada mochila, e o cabelo dourado escorrendo como um véu sobre a sua face que eu nunca vi, sozinho sob a luz noturna num lugar desabitado, num vale longínquo e agradável onde há pássaros e bosques e fontes. Ou então não é o aprendiz de carpinteiro da Irlanda, e sim eu quem está ali, ao pé das árvores, dormindo na brisa suave entre sombras calmas num vale onde não há nada além de uma fonte e um bosque e um pássaro, e por que eu haveria de querer acordar?

De manhã quando ele saiu para o escritório voltei para a cozinha e continuei lendo *Jovens na armadilha*. Grifei vários detalhes que pretendia continuar estudando. Há três centros públicos de reabilitação em Tel Aviv: um no distrito de Hatikva, outro em Jaffa e o terceiro em Neveh Eliezer. Nenhum dos três é na verdade um centro fechado. A maior parte do haxixe e do ópio é trazida do Líbano. Recentemente tem se difundido o uso do crack, uma cocaína impura. A droga pesada mais fácil de ser encontrada no mercado é a cocaína persa. A maioria dos usuários necessita de uma dose pela amanhã e outra à noite, e a vantagem é que seus efeitos duram algumas horas e o viciado pode continuar desempenhando suas funções de forma aparentemente normal. Pelo menos até certo ponto. Quanto à reabilitação, alguns conseguem na prisão enquanto outros travam o seu primeiro contato com as drogas exatamente enquanto estão cumprindo pena. A tentativa de manter pessoas em tratamento na companhia das que já estão recuperadas, e isoladas do seu ambiente habitual, apresenta prós e contras. A fase dramática do processo é a "síndrome de abstinência", que dura em média dez dias, mas que pode demorar apenas uma semana ou às vezes se estender por três semanas ou mais. A provação geralmente chega ao auge no segundo ou terceiro dia, e se caracteriza por dores, náuseas, convulsões e surtos de depressão ou agressão. Em casos extremos pode ocorrer suicídio. Tranquilizantes e analgésicos, bem como massagens relaxantes, podem aliviar mas nunca eliminar os sintomas da abstinência. Recomenda-se passar esse período dentro de casa, sob supervisão constante, com o envolvimento da família e de uma equipe especializada, e às vezes também de um grupo de apoio de ex-viciados que conseguiram abandonar o hábito. Com a condição de que o ambiente familiar possa constituir um fator de reforço, e não de agravamento da situação. Nesta última hipótese é preferível uma ruptura radical. A abstinência é seguida de um período de desintoxicação que dura de seis meses a um ano. Durante esse período é aconselhável acompanhar o progresso do paciente em recuperação por meio de testes de urina frequentes, embora seja possível falsificar os testes trazendo amostras de urina de outra pessoa.

É desejável não colocar na prisão jovens que tiveram apenas um pouco de contato com drogas, e sim mantê-los sob a supervisão de um profissional especializado, obrigando-os, bem como a suas famílias, a se submeter a um programa detalhado de recuperação. No capítulo seguinte li que o toxicômano pesado é alguém que vive num nível exclusivamente emocional, e é por isso que um abalo emocional intenso, mesmo muito tempo depois da recuperação, pode gerar uma recaída nos velhos hábitos. A expressão "recaída nos velhos hábitos" me pareceu errada e até mesmo ofensiva, ao passo que "nível exclusivamente emocional" me pareceu uma generalização grosseira.

Viajar amanhã para Eilat?
Procurar lá uma garota chamada Marta?
Investigar? Comparar depoimentos?
E o pai? Por que não foi para Eilat? Ou foi e não me contou? E por que teria que me contar?

E a tia? O que sabia ela? E quando soube? O que o jovem estava procurando na enfermaria? Por que foi até lá sorrateiramente? E por que eu me enrijeci toda quando ele pediu, hesitante, algo para escrever? Teria ele realmente baixado os olhos ou estarei eu imaginando isso agora por causa da história do Avraham? Você pode investir tudo durante cem anos. No final, não saberá nada. Em vez de tentar entender o bem, agir de forma boa. Ou, como aquele policial, trabalhar com o máximo possível de compaixão e objetividade: agir de forma boa com a precisão e persistência de um cirurgião que se apresenta voluntariamente para um período extra de trabalho porque percebe, ao deixar o estacionamento a caminho de casa após um longo dia de trabalho, que na última hora estão trazendo mais feridos. Ele dá meia-volta, estaciona, veste novamente o avental e a máscara, e retorna à sala de operações.

No final de julho chegou Avraham Orvieto, sozinho, desta vez sem Arbel, um homem frágil, envelhecido, ombros caídos, vestindo jeans bege e uma jaqueta tropical com bolsos largos. Com a sua voz baixa e triste prometeu ao Teo transferir vinte mil dólares dentro de duas ou três semanas por conta do empréstimo, e o restante viria logo em seguida. Teo disse, Qual é a pressa? E ficaram os dois conversando sobre alguma falha ou erro na época da Guerra da Independência. Avraham mal me dirigiu a palavra, a não ser para me agradecer o café, talvez porque Teo não o tenha largado um segundo. Desci até a mercearia e quando voltei descobri que ambos tinham chegado à mesma conclusão referente a uma decisão específica tomada por Ygal Alon e outro comandante famoso chamado Nahum Sarig, conhecido como Sergei. Ficou claro que ambos o conheciam muito bem e ambos eram contra as táticas dele, e eu nunca tinha ouvido falar nele, mas quando se prontificaram a me explicar para que eu também conhecesse a grandeza especial daquele legendário comandante, e qual tinha sido o seu erro tático, eu disse, Obrigada, mas não tenho interesse no assunto, e além disso falta-me base para entender melhor. Na verdade, estava confortável, quase gostoso, ficar ali sentada entre os dois, ouvindo-os conversar em voz baixa, como um par de conspiradores elaborando um plano secreto, como se a Guerra da Independência ainda estivesse sendo travada clandestinamente em algum ponto aqui no deserto do Neguev, e as falhas e oportunidades perdidas e estratégias alternativas só pudessem ser discutidas disfarçadamente, em linguagem codificada. Avraham Orvieto mencionou uma fortificação chamada Bir Aslug, e Teo discordou dizendo, Acho que você está enganado, que eu me lembre ficava um pouco mais ao sul, perto de Kadesh Barnea. Avraham disse, pensativo, Mesmo assim, o mérito do avanço pelos flancos, ao longo da antiga estrada romana, pertence a Pini Finkel. E Teo disse, Permita-me discordar de você nesse ponto, mas me parece que o mérito é justamente seu, Avraham. Pini Finkel foi insignificante, no final das contas ele foi morto só por causa da sua visão superficial, e, aliás, ele tem um filho chamado Nimrod, eu criei o garoto, morou comigo dois anos quando ainda era um jovem coitado, dei emprego a ele, empurrei o rapaz para cima na vida, e o resultado é que foi exatamente ele que me expulsou do Departamento de Desenvolvimento, não ele pessoalmente, mas quem estava por trás da encenação. Não faz mal. Foi há muito tempo.

Ele nunca tinha me contado isso. Eu nunca tinha perguntado.

Servi mais um pouco de café e os deixei sozinhos. Resolvi sair para buscar um par de sandálias no conserto.

Eu havia convocado uma reunião da comissão para as onze horas da manhã no nosso apartamento. Teo preparou pratos de frutas, copos para bebida gelada, nozes e amêndoas, fatias de pão preto cortadas fininho, uma variedade de queijos sobre a tábua, e arrumou tudo na mesinha central da sala. Ludmir chegou vinte e cinco minutos adiantado, bufando, de bermudas cáqui e sandálias quase sem sola, e após pronunciar o seu refrão, Noa voa no ar, acabou com as nozes e com quase todas as amêndoas. Os imigrantes da Etiópia, declarou, estão sendo tratados aqui como merda, não que os russos estejam recebendo leite e mel, mas as autoridades responsáveis pela absorção da imigração devem ser fuziladas, e as pedreiras dinamitadas antes que sejamos todos envenenados pela sua poeira. Com atraso de quinze minutos chegou Muki Peleg, parecendo o jovem intelectual da propaganda de conhaque, com seus cabelos encaracolados, um lenço de seda colorido no pescoço; contou algumas piadas, desculpou-se pela ausência de Linda, que estava numa excursão pelo vale do Jordão, perguntou a Avraham Orvieto sobre as moças lá no Congo, não é no Congo? É na Nigéria? É a mesma coisa, e disse, Vamos lá, Teo, comece a reunião e pronto.

Teo disse:

Permitam-me esboçar em poucas palavras quais são as dificuldades que devemos esperar. Primeiramente, Batsheva pode prolongar a discussão na Câmara Municipal durante o tempo que quiser. Pode fazer com que o assunto seja colocado no fim da pauta de discussões, sem nenhuma prioridade. Pode trabalhar contra nós nos órgãos governamentais, impedindo-nos de conseguir as licenças que precisamos. Pode colocar o assunto em pauta, mas adiá-lo indefinidamente com todos os tipos de subterfúgios técnicos e formais. Em segundo lugar, o público já está armado. O estabelecimento da clínica vai desvalorizar os imóveis, provocar aborrecimentos que vão desde barulho até crimes, expor os jovens locais ao contato com elementos duvidosos. As pessoas alegam que investiram dinheiro num apartamento em Tel Keidar para viver uma vida pacífica, e a clínica deve romper a paz e o sossego, com ambulâncias e sirenes durante a noite, viaturas de polícia patrulhando as ruas, incidentes violentos, criminosos em potencial no meio dos toxicômanos. E de modo geral, por um punhado de dólares não se transforma uma cidade quase sem crime num ninho de abelhas ou depósito de lixo das grandes cidades. Quem aqui precisa de viciados? Traficantes? Cafetões vagando perto da escola durante os intervalos? Piranhas cocainômanas de quinze anos de idade? Pequenos delinquentes assaltando casas e roubando carros e perturbando os velhos para juntar alguns centavos? E agulhas sujas nos nossos quintais, talvez infectadas com o vírus da AIDS? Já começaram a ir de casa em casa à cata de assinaturas para petições. Que história é essa de reabilitação, uma vez viciado sempre viciado, e certamente há alguém por trás disso que vai fazer uma fortuna com essa clínica, e por que justamente aqui, já não basta que nos entupiram com uma quantidade de imigrantes que nenhuma outra cidade quis receber? Logo estarão nos mandando as crianças da Intifada nos territórios, para se reabilitarem do hábito de jogar coquetéis Molotov. E quanto mais se multiplicarem as objeções, melhor para Batsheva, pois poderá lidar com cada objeção em separado, e o processo poderá se arrastar durante anos, e isso antes que os habitantes se organizem e comecem a tomar medidas legais. Além disso, a Câmara pode simplesmente se recusar a aprovar a mudança na utilização do imóvel em relação ao plano diretor existente. Xeque-mate. E isso apenas em nível local. Mas existem outros níveis também: a Secretaria do Bem-Estar Social, do Interior, da Educação, da Saúde, de Polícia, metade do governo. E nem sequer começamos a falar de custos. Querem mais?

Avraham Orvieto me lançou o seu sorriso calor-de-inverno, e disse, em tom pensativo:

E aí? Desistir? Contentar-se com um jardinzinho memorial com algumas gangorras?

Teo disse:

Concessões.

E Ludmir:

Concessões. Já começou a feder.

Então Muki Peleg relatou para a comissão a venda do apartamento que tinha pertencido à tia do rapaz, Elazara Orvieto, que de agora em diante o imóvel abrigaria uma clínica cirúrgica odontológica. O dinheiro a ser recebido em breve pela venda iria, com o consentimento do sr. Orvieto, diretamente para o caixa da fundação, e poderia ser usado para a reforma da casa Alharizi uma vez que o amor tivesse rompido as barreiras do preconceito, como disse o rabino para a freira.

Eu não falei.

Então ficou decidido que na semana seguinte Teo iria a Jerusalém junto com Avraham Orvieto, para tentar assegurar o apoio de um ministro que tinha servido com Teo numa unidade de engenharia de combate quarenta anos atrás, e conhecia bem Avraham da sua época de adido militar em Paris. Decidiu-se também tentar uma reunião com as autoridades da Universidade de Beersheva e os líderes da Campanha Antidrogas. E era necessário mudar a composição da nossa comissão.

Era imprescindível trazer um núcleo de cidadãos influentes e bem relacionados, professores, assistentes sociais, psicólogos, personalidades locais respeitadas, talvez um ou dois casais de pais de mentalidade progressista, ou cujos filhos estivessem sendo afligidos pelo problema, e o editor do jornal local, e talvez também um ou dois artistas.

Acontece, disse Ludmir secamente, que eu sou dispensável.

E Muki Peleg acrescentou:

Como disse o marido quando surpreendeu a esposa com o vizinho, pelo menos vão deixar a Linda ficar? Ela pode continuar servindo de datilógrafa?

Após a reunião, depois de Ludmir e Muki terem ido embora, Muki correndo na frente com seus sapatos azuis para chamar o elevador enquanto Ludmir trotava atrás com seu passo de camelo, Teo disse:

Vou deixar vocês sozinhos por uns quinze minutos, e vou correndo pegar uma pizza para nós na Palermo. Assim economizamos o tempo que iríamos perder fazendo o almoço. Quando eu voltar, nós comemos e descemos, para o Avraham conhecer um pouco o território.

Depois da pizza apresentamos Tel Keidar ao nosso visitante, já que Avraham Orvieto tinha pedido para "captar um pouco a sensação do lugar". Mais uma vez foi difícil fazer pegar o Chevrolet engasgado, apesar dos dois consertos recentes. No caminho, Teo assumiu a tarefa de explicar o plano errôneo que tinha orientado a construção da cidade, uma concepção condenada ao fracasso desde o início. Talvez tenham sido essas palavras que fizeram com que Avraham se virasse e lançasse outro sorriso, fugaz e secreto, como se eu estivesse sendo agraciada com um recanto agradável e acolhedor. Cujas venezianas se fecharam logo em seguida. Um homem frágil, de compleição delicada, cabelo branco e escasso, face marcada e enrugada pelo sol africano: a face de um veterano metalúrgico aposentado, que divide seu tempo entre ler e pensar. Falava só um pouco, numa voz calma e rouca, com hesitação premeditada, como se o próprio ato de falar fosse algo barulhento. "E onde devemos brilhar, e a quem o nosso brilho se faz necessário?", perguntei-lhe silenciosamente do banco de trás.

Passamos lentamente pelos conjuntos habitacionais e pelos bairros de casas mais elegantes, pelas palmeiras se agitando com o vento do deserto, gramados secando, e mudas irrigadas gota a gota, para evitar que morram.

É lindo, comovente, disse Avraham Orvieto, uma cidade totalmente nova, sem passado bíblico nem árabe, construída em escala humana, e não se veem bairros pobres nem sinais de negligência.

Talvez seja errado da nossa parte não dar valor a isso.

Teo disse:

Construção modesta não é necessariamente um elogio.

E Avraham:

Não necessariamente. Mas no caso é.

Na praça ao lado do farol ficamos parados alguns momentos diante do Monumento dos Caídos, onde estavam escritas, em letras metálicas, as palavras O FRUTO DE ISRAEL IMOLADO NO TEU SANTO LUG R, com a penúltima letra faltando. Nas mesmas letras, só em tamanho menor, estavam os nomes dos vinte e um caídos, de Aflalo Yosef até Shumin Giora Georg. O velho Kushner estava sentado, curvado, num banquinho na entrada do seu cubículo, lendo um grosso volume. Na vitrine da loja de sapatos, Pini Bozo tinha agora colocado uma miniatura da arca sagrada em madeira laqueada. Dentro da arca os transeuntes podiam ver a foto colorida de sua esposa segurando o bebê nos braços, encostando a testa do bebê na sua própria testa, sorrindo com seus dentes fortes e brilhantes, enquanto o bebê se curvava na sua direção com a boquinha sem dentes.

Tomamos um café na firma do Teo, a "Planejamento", no andar superior do prédio à esquerda da Prefeitura. Na parede havia vários mapas, paisagens, uma ampliação de Ben Gurion olhando resolutamente em direção às extensões desérticas. Teo mostrou ao visitante alguns projetos, ideias para desenvolvimento em condições de deserto, coerentes do ponto vista ambiental, esboços de ruas, praças, edifícios altos ligados entre si, cuidadosamente calculados para projetarem sombras e diminuírem a intensidade da luz ofuscante, formando alamedas ventiladas como se fossem vales. Estava claro que, mesmo falando pouco, o visitante despertava no Teo uma espécie de vibração elétrica. Depois da segunda xícara de café, Teo chegou a tirar uma pasta azul da gaveta e revelar três diferentes conjuntos de plantas para a reforma da casa Alharizi. Avraham Orvieto examinou-as por algum tempo, em silêncio, e não tirou os olhos delas nem quando fez à queima-roupa uma pergunta cautelosa, recebendo uma resposta sucinta. Não escutei a pergunta, e também perdi a resposta.

Fui até a janela. Pude ver uma pipa rasgada enrolada nos cabos elétricos, balançando de um lado a outro acima do decadente salão de bilhar onde também se vendiam bilhetes de loteria. O velho caduco tio de Schatzberg, o químico, aquele que tinha morrido recentemente, era chamado de Eliahu porque tinha a mania de perguntar educadamente a todo mundo quando Eliahu chegaria. Num anúncio de óbito já amarelando no quadro de avisos do outro lado da rua, fiquei sabendo que o seu nome verdadeiro não era Eliahu, e sim Gustav Marmorek. De repente me lembrei da expressão que Benizri de Beersheva tinha usado: praticamente zero. Resolvi ficar ali olhando pela janela, para não atrapalhar. Teo e o visitante pareciam estar criando laços de proximidade e simpatia que não deixavam espaço para mim. Notei que Teo fora premiado pelo menos duas vezes com o sorriso que deixava entrever a sala acolhedora atrás das venezianas. Eu gostaria de estar em outra parte. Talvez em Lagos, por exemplo.

Na reunião com Batsheva Dinur revelou-se que Avraham Orvieto havia comandado o batalhão de reservistas onde seu marido lutara e morrera na batalha por Jerusalém na Guerra dos Seis Dias. Avraham não tinha se esquecido dele, Didi, o rapaz alto e barbado que se deitara sobre o asfalto num beco enquanto esperavam, lendo uma partitura musical como se fosse um conto de suspense.

No final da conversa, Batsheva pediu a Teo que redigisse e lhe apresentasse um memorando detalhado. Preciso saber principalmente, disse ela, quão fechado e seguro pretende efetivamente ser o estabelecimento fechado e seguro de vocês. E se for de fato, que benefícios pode trazer para a comunidade como um todo? E a equipe? Será local? Trazida de fora? Se for trazida de fora, serão obrigados por contrato a morar entre nós, ou no final do expediente cada um pega o seu carro, deixa aqui um funcionário de plantão, e volta em comboio para a civilização? E mais, quanto dinheiro o sr. Orvieto, Avraham, está planejando investir no projeto, e qual será a sua contribuição, se é que haverá, para as despesas gerais? Se você não conseguir providenciar uma planilha de custos convincente, com previsões financeiras para pelo menos cinco anos, nem precisa se dar ao trabalho de voltar. Vamos deixar bem claro, tudo que eu disse aqui não é promessa de nada, só prometo um copo de água gelada e um biscoito da próxima vez que você vier me visitar, se vier. Aliás, um memorial, uma doação, ela realmente entende e aprecia, afinal todo nosso país é uma espécie de memorial, e entende também que este é um memorial relacionado com a juventude, sem juventude não há futuro, mesmo que sem futuro não pode haver juventude, mas por que não, digamos, um ginásio de esportes? Um clube? Ou uma piscina? Informatização do sistema de ensino? Centro de artes e artesanato? Laboratórios?

Cinemateca? E você, Noa, diga alguma coisa. Faça-os descer de volta para o chão. Afinal, você tem alguma influência sobre o Teo e, se não estou enganada, ela também já tem influência sobre você, sr. Orvieto, Avraham, estou certa? Não?

Avraham Orvieto disse que a sua vontade era salvar vidas jovens. E disse que o seu filho Imanuel amava Tel Keidar e que ele próprio estava começando a compreender quais eram os motivos interiores desse amor. E também disse que Imanuel gostava muito de Noa, e que agora ela e Teo tinham se tornado pessoas muito caras também para ele.

No final da tarde Teo levou o visitante a conhecer a casa abandonada.

Estou com dor de cabeça, eu disse. Vou ficar em casa.

Dez minutos depois eu realmente estava com dor de cabeça.

Tomei duas aspirinas e fui me sentar junto ao ar-condicionado na sala de leitura da biblioteca pública, que estava vazia. Achei um livro em inglês sobre a história da lei colonial em Lagos, e fiquei lendo umas duas horas, depois li sobre os chipanzés, até que veio alguém e me tocou delicadamente no ombro dizendo, Noa, sinto muito, é hora de fechar. Quando cheguei em casa descobri que Avraham Orvieto já tinha partido para Tel Aviv, pedindo a Teo para me transmitir suas despedidas e agradecimentos. Teo estava sentado numa das poltronas brancas, como sempre, esperando pacientemente que eu chegasse, esperando em silêncio porém com firmeza e determinação, seus pés descalços apoiados sobre a mesinha de centro e a camiseta deixando à mostra os seus ombros rudes, o largo cinto cheirando a couro que tinha absorvido suor masculino, mas desta vez não estava sentado no escuro, tinha acendido a luz para poder ler um livro sobre dependência de drogas que pegara sobre o meu criado-mudo chamado *Jovens na armadilha*. Quando entrei ele tirou os meus óculos que estava usando e me perguntou como eu estava, como vai a cabeça?

Muito, muito bem, respondi.

Cinco para uma da madrugada. Através da parede vem o ruído do elevador, que não para e segue adiante com os cabos rangendo até um dos andares mais acima. Noa está na cama, cabelo lavado, camiseta branca, óculos de leitura, sua cabeça envolta num halo formado pela luz da lâmpada de cabeceira, absorta na leitura do livro *Ascensão e queda da geração das flores*. Teo está deitado no seu quarto ouvindo as notícias de Londres sobre a expansão do Universo. A porta do terraço está aberta. Um vento seco do leste, vindo dos morros desertos, balança suavemente a cortina. A lua está ausente. A luz das estrelas é fria e cortante. As ruas da cidade há muito estão vazias e apagadas, mas o farol de trânsito na praça não cessa de mudar as cores, vermelho, amarelo, verde. Sozinho na central telefônica o cego Lupo, em expediente noturno, escuta o canto de uma cigarra. O cão dorme a seus pés, mas de tempo em tempo ergue as orelhas e um arrepio nervoso eriça o seu pelo. Quando virá Eliahu? O homem que costumava perguntar está morto, talvez agora ele saiba a resposta. Nos limites da audição, o cego escuta os ruídos da noite, porque sente que além da camada de silêncio, e subjacente à cigarra, agitam-se os uivos dos mortos, débeis e comoventes, como névoa através de névoa. O pranto dos recém-mortos que ainda têm dificuldade em aceitar soa frágil e inocente, como o choro de uma criança abandonada no deserto. Os que estão mortos há mais tempo soluçam num lamento contínuo, constante, como um pranto feminino na escuridão abafado por um cobertor de inverno. E os mortos de tempos antigos, esquecidos há muito, mulheres beduínas morrendo de fome nesses morros, nômades, pastores de épocas passadas, enviam das profundezas um uivo desolado e vazio, mais silencioso que o próprio silêncio: a manifestação do anseio da volta. Ainda mais ao fundo, ouve-se o grunhido dos camelos mortos, o balir do cabrito sacrificado nos dias de Abraão, as cinzas de uma velha fogueira, o chiado de uma árvore petrificada que algum dia pode ter florescido aqui no *wadi* na primavera, muitas eras atrás e cujas saudades ainda continuam sussurrando na escuridão do planalto.

Lupo se levanta, pisa no cachorro, pede desculpas, apalpa o caminho e fecha uma janela na central telefônica. Noa apaga a luz. Teo, descalço, vai verificar se a porta está trancada e volta para examinar a geladeira. O que está querendo? De novo, não tem a menor ideia. Talvez apenas a luz pálida filtrada pelos alimentos, ou a sensação de frio no interior. Ele desiste e volta para o quarto. Esquece de desligar o rádio e sai para se sentar mais um pouco no terraço defronte dos morros vazios.

Depois da reunião, Teo saiu para buscar uma pizza na Palermo, em vez de fazermos almoço, para economizar tempo. Ele tinha vontade de levar o nosso visitante para um passeio por Tel Keidar e também mostrar-lhe a casa Alharizi.

Quando a porta se fechou atrás dele, eu disse:

Não tenho muito para contribuir numa discussão sobre os combates no Neguev durante a Guerra da Independência. Vocês ganharam aquela guerra e todas as guerras, poucos contra muitos, com ou sem o movimento pelos flancos liderado por Pini Finkel ou qualquer outro. De modo que agora vou lhe trazer a correspondência, os recibos e as contas, para você poder ver o que fizemos com o dinheiro que você insiste em enviar todo mês.

Avraham Orvieto disse não haver necessidade. Em primeiro lugar, por enquanto a maior parte do investimento tinha vindo do Teo. Ele devolveria o dinheiro nas próximas semanas. Houvera um atraso em transformar os papéis em dinheiro vivo. E, em todo caso, está claro que temos muitos obstáculos pela frente, e talvez possa-se dizer que a aquisição do imóvel tenha sido um pouco precipitada, não?

Mas eu não desisti. Precisava lhe mostrar as contas e os recibos que tinha juntado, ainda não tenho tudo organizado, e mostrar também as petições e a troca de correspondência. Fora ele quem me incumbira da tarefa, e só a ele devo prestar contas. Já trago tudo que puder encontrar. Ou melhor, puxei-o pela mão, vamos até o meu quarto, é lá que estão os papéis e lá está um pouco mais fresco porque eu não abro as venezianas de manhã.

A única cadeira no quarto estava ocupada pelas roupas e lingeries que o Teo despira de mim na noite passada. Sentei Avraham na minha cama e me coloquei entre a cama e o criado-mudo, tentando esconder dele, com o meu corpo, o que havia sobre a cadeira. Botei os óculos e lhe passei os papéis, um por um. Avraham Orvieto espiou cada documento, seu rosto caloroso irradiava afeição, curiosidade e talvez uma ligeira surpresa, e foi empilhando os papéis no seu colo. Após um tempo, sentei-me ao seu lado na cama, porque me senti esquisita ali parada em pé, minha sombra sobre ele quase cobrindo a sua figura ascética, neste quarto onde a luz do meio-dia era filtrada e se tornava mais suave e distorcida pelas frestas da veneziana. Quando me sentei, achei ainda mais esquisito estar ali sentada, joelho contra joelho com o pai do rapaz, ali na cama onde Teo e eu tínhamos transado, desfrutando cada momento, segurando delicadamente um ao outro.

Eu disse, como se estivesse falando com um aluno desatento:

Você está verificando os papéis, Avraham? Ou só juntando as folhas? Sonhando?

Escute, ele disse, era só com você que ele gostava de estudar. E talvez tivesse alguma inclinação por literatura. Se você quiser, posso lhe contar um fato. No inverno passado, em dezembro, após a primeira viagem a Eilat, estive aqui dois dias e meio. Fiquei no Hotel Keidar. Na última noite, depois do crepúsculo, ele veio até o hotel para darmos um passeio. Toda vez que eu vinha visitá-lo costumávamos caminhar por uma ou duas horas, apesar de conversarmos muito pouco. Ele vestia calças quentes de veludo e uma jaqueta de couro marrom, uma jaqueta de piloto que eu tinha comprado para ele no caminho para cá, no aeroporto de Roma. Eu também estava de casaco. Caminhamos ombro a ombro, tínhamos mais ou menos a mesma altura. Era uma noite fria e um vento forte soprava dos morros. Se não estou enganado, demos uma volta pelo bairro chique, atravessamos aquele pequeno parque maltratado perto do ambulatório, e saímos ao lado da Casa dos Fundadores, que estava com a fachada iluminada por holofotes escondidos no meio dos arbustos. De repente começou a chover. Você não está à vontade, Noa. Por que não se recosta no travesseiro? Isso, assim mesmo. Chuva no deserto numa noite de inverno, sabe, há algo de triste nisso. Bem mais triste do que a chuva caindo na época certa em lugares que não são deserto: é aflitivo, como se fosse um insulto proposital. Eram nove e meia, e as ruas já estavam vazias, e por serem tão largas pareciam ainda mais vazias. Pelas luzes da rua podíamos ver como o vento castigava a chuva em diagonal, cada gota penetrante como uma agulha, e um cheiro de poeira molhada se erguia do chão. Em toda parte as venezianas fechadas, como se fosse uma cidade-fantasma. Dois ou três vultos, talvez beduínos, com sacos vazios protegendo a cabeça da chuva, correram pela praça. E desapareceram. Imanuel e eu nos abrigamos sob a cobertura enferrujada da bilheteria do Cine Paris. A cobertura gemia sob os golpes da chuva e do vento. Aí vimos um raio distante que iluminou as encostas dos morros desolados no leste. A chuva diagonal ficou mais forte e se transformou numa tempestade de raios e trovões. A praça parecia ter se tornado um rio escuro no nevoeiro diante dos nossos olhos, e os edifícios pareciam estar se afastando de nós. O rugido da enchente chegava até nós vindo da direção dos *wadis*, mas talvez pensando bem fosse apenas a cobertura enferrujada rangendo sobre as nossas cabeças. Por algum motivo, senti que esse dilúvio interferia com a minha percepção do deserto. Quando disse isto a Imanuel, ele repuxou os lábios num sorriso, embora fosse difícil afirmar isso debaixo daquela luz mortiça e molhada que não conseguia se libertar da débil lâmpada sobre a cabine da bilheteria. Eu nem mesmo sei se foi antes ou depois de ele ter sido pego com drogas, nem o quanto estava envolvido com as drogas naquela época. E nunca vou saber. Uma vez você me disse que ele era muito cuidadoso e econômico com as palavras, e você tinha razão, sempre foi assim, e foi assim que ele ficou ao meu lado dentro daquela gaiola de barras de ferro geladas sob o teto que rugia e rangia na chuva. Com aquela jaqueta adulta de piloto que escolhi para ele, com seus zíperes e bolsos e presilhas de metal, ele não parecia um aviador destemido, e sim um frágil menino refugiado, que alguém salvara de se afogar e que agora vestia a roupa do seu salvador. Ali estava ele, parado, de aparência frágil e inerte. Ao se apoiar contra a saída de emergência do cinema ela subitamente se escancarou devido ao seu peso. Pelo jeito, tinham esquecido de trancá-la por dentro naquela noite. A chuva estava ficando mais forte, de modo que, já molhados, nos refugiamos no salão vazio, totalmente às escuras a não ser pela luz que entrava tenuemente por trás do luminoso com a palavra SAÍDA junto às portas trancadas à direita e à esquerda. Um pouco mais para baixo, bem à nossa frente, estava a tela branca. Aqui dentro o som da chuva ficava mais fraco, como se estivesse muito distante, e o trovão parecia estar debaixo d'água. E lá estávamos nós no cinema, meu filho e eu lado a lado, como você e eu agora, numa das filas de trás. E descobrimos como estávamos molhados. E mesmo podendo sentir o calor do joelho dele no meu, de repente senti uma saudade forte, como se ele não estivesse ali ao meu lado, e sim, como posso dizer, além das montanhas da escuridão. Antigamente havia uma expressão assim. Apesar de que numa noite de chuva todas as montanhas são a própria escuridão. Imanuel, eu disse a ele, escute, agora que estamos aqui sentados, por que não tentamos conversar um pouco? Ele deu um sorriso irônico. E perguntou sobre o quê. Quem sabe sobre os seus estudos? Ou sobre a sua mãe? Ou talvez sobre o futuro? Um movimento de cabeça leve e indeterminado. E assim, da minha parte, mais duas ou três perguntas, e da parte dele apenas uma frase ou murmúrio. Você pode compreender isso, Noa? Ali estava eu, sozinho com o meu filho numa noite de inverno, num cinema frio e deserto, com os nossos ombros se tocando, ou mais precisamente, com os nossos casacos se tocando. E não se falou nada. E não se disse nada. Nada. E eu pertenço a uma geração, como posso dizer, uma geração verbal. Se bem que talvez durante os meus anos na África eu tenha esquecido o que devo dizer quando não se trata de assuntos práticos. E de repente ele pisca os olhos, como fazia quando era pequeno, respira fundo, como se dissesse espere só um pouco, e tira de um dos bolsos um jogo de damas magnético, um tabuleiro em miniatura que eu tinha comprado para ele em algum aeroporto. Naquela luz mortiça jogamos três partidas seguidas ao som dos pingos da chuva. Ganhei todas as três. Agora que estou lhe contando, parece-me que o erro foi esse. Eu não devia ter vencido as três. De que serviram essas vitórias? Por outro lado, de que teria adiantado eu deixar que ele ganhasse, sendo mentira e fingimento? O que você acha, Noa? Como professora? Como pessoa sensível? Não teria sido melhor deixá-lo vencer na nossa última noite juntos?

Em vez de responder às perguntas de Avraham pus o meu braço sobre o seu ombro. Tirei imediatamente, porque ele se virou e fixou seus cansados olhos azuis em mim e deu o seu sorriso largo revelando a sala acolhedora, um sorriso que se ilumina e rapidamente desaparece entre as encantadoras rugas, como uma cortina que se abre e num instante volta a se fechar. Então, disse ele, as mãos calejadas e movendo-se como se quisesse moldar numa bola um objeto que não queria ser moldado, a chuva amainou e meu filho se levantou e caminhamos todo o caminho de volta ao Hotel Keidar lado a lado. Na manhã seguinte peguei o avião de volta para Lagos. Pensei em lhe escrever mais uma carta. Mas aí está o Teo entrando; vamos voltar para a sala e comer a pizza que ele trouxe, depois sair e ver o que ele quiser nos mostrar, mesmo que, em última análise, eu tenha minhas dúvidas de que nos deixem construir a clínica aqui. Acho difícil acreditar que deixem, e na verdade que mal há se desistirmos e fizermos o memorial com alguma outra coisa boa? Desculpe por deixar você triste, Noa. Teria sido melhor se eu não tivesse falado. Foi você quem me disse que o meu filho considerava falar uma armadilha, e nós não tomamos cuidado. Pena.

Seis mil *shekels*, é quanto vai custar o conserto da cerca. E vale a pena colocar um portão, para evitar que as pessoas fiquem circulando por ali durante a noite. Ainda acho que aqui não vai haver nenhum centro de reabilitação, e mesmo assim fico tentando conseguir algum tipo de acordo. A troco de quê? Não sei. Batsheva Dinur ligou duas vezes perguntando onde estava o documento detalhado que prometi. À noite sento e leio os livros e revistas que Noa deixa espalhadas, abertas em cima da mesa da cozinha, na área de serviço, no sofá, na cadeira do terraço, no banheiro. Já aprendi uma ou duas coisas, mas a essência da questão ainda me escapa. E entrementes preciso proteger o imóvel da deterioração e das figuras duvidosas que aparentemente circulam por lá à noite. O imóvel em si está começando a me agradar. Todo dia passo cerca de meia hora ali, sozinho, com lápis e bloco de papel de desenho na mão. Anoto possibilidades para mim mesmo: a janela da face norte pode ser aqui ou ali, e é possível deixá-la três vezes maior. No centro da casa, no saguão de entrada, se o teto de gesso for removido, serão quase seis metros de pé-direito e é possível, por exemplo, construir um mezzanino suspenso, com uma escada em espiral e uma balaustrada de madeira em volta.

A Noa eu disse: Me dê só mais alguns dias. Não faz muito tempo ela me pediu, Não tire tudo de mim, Teo. Agora, de repente deixou de interferir. Como se tivesse perdido o interesse. Quando sugeri que viesse comigo para Jerusalém, ela disse, Estou com um pouco de febre, e a minha cabeça..., você consegue se virar sozinho. À noite, quando voltei e comecei a lhe contar o que tinha conseguido, ela disse: Pule os detalhes, Teo, realmente não me interessa quem exatamente ainda se lembra de você da época em que você era a luz dos olhos deles, ou quais foram os erros táticos durante a Guerra da Independência. Justo agora, quando parece que pelo menos uma pequena chance de dar certo começa a se desenhar, ela perdeu aquela radiante alegria que dá a impressão de vir diretamente do núcleo da própria vida. Ela perdeu o brilho que tinha nos olhos toda vez que declarava que o meu julgamento era quente ou frio, bom ou mau, ou falso, ou obscuro, como que classificando o mundo inteiro. Em vez da centelha de excitação há uma espécie de dispersão mental que nunca vi nela: sai de casa de manhã, volta na hora do almoço, pega alguma coisa para comer de pé na frente da geladeira aberta, deixa a louça para eu lavar e sai de novo. Aonde ela tem que ir agora que a escola está fechada, em férias de verão, e todos os professores foram para os seus cursos de atualização e seminários de estudo? Tomo o máximo cuidado de não perguntar. Ou então, o contrário: ela passa a manhã toda assistindo a programas infantis na televisão, e aí some até as onze da noite. Eu poderia achar que ela finalmente arranjou um amante, mas justamente nessas noites ela aparece no meu quarto, com suave perfume de madressilva, descalça e silenciosa, e se encosta em mim delicadamente com a sua camisola comum, que lhe dá a aparência de aluna de uma escola religiosa. Eu me levanto e beijo a marca de nascença sob a linha do cabelo. O meu corpo inteiro se esforça para dar atenção a ela, para captá-la, como um médico buscando um diagnóstico, ou como se fosse a minha filha enfrentando um problema desconhecido. Pego as suas mãos, que envelheceram antes dela, e sou inundado por um desejo que não é feito de desejo e sim de um doce afeto. Seguro os seus seios e corro os dedos pelo seu corpo até as coxas, como alguém procurando delicadamente localizar a origem da dor. Após o amor, ela adormece imediatamente, com a cabeça no meu ombro, um sono de bebê, e eu fico deitado metade da noite, desperto e atento, alerta, respirando levemente para não perturbar o seu sono. Embora ela durma profundamente.

Às vezes eu a encontro sentada na cozinha, ou no terraço, e uma vez até mesmo no Café Califórnia, com uma garota morena chamada Táli ou Tal, pelo jeito uma aluna ou ex-aluna. É uma moça magra, esguia, que parece uma pequena índia americana com seu jeans batido e remendado. Eu a teria vestido com uma saia vermelha. De longe, parecem estar imersas numa conversa animada, mas à medida que vou me aproximando elas param de falar como se esperassem eu me afastar e deixá-las a sós. Mas na verdade não tenho a menor vontade de me afastar e deixá-las a sós. Sinto que essa Táli exerce alguma atração mágica sobre mim, talvez exatamente porque parece me temer um pouco, retraindo-se para o canto da cadeira, olhando-me de baixo para cima com cautela, como um animal acuado, como se detectasse em mim algum perigo. É exatamente isso que faz com que insista em me juntar a elas na mesa. A conversa seca imediatamente. Um silêncio involuntário se estabelece. Com uma rápida pergunta descubro que Tal deve se alistar no exército em novembro. Ainda tem que fazer o exame de encerramento de matemática, e está se preparando e tomando aulas particulares com Gusta Ludmir, aquela desgraçada, mas que chateação, logaritmos, ela jamais vai conseguir se livrar disso. Descobri também que ela é filha da Paula Orlev, da boutique Moda do Deserto, onde recentemente quase comprei um vestido folclórico para Noa. Por que será que ela veio até nós? Nada de especial. Veio e pronto. E o que ela pensa, por exemplo, sobre a situação nos territórios

ocupados? Sobre o futuro do país? Sobre a vida em Tel Keidar? Sobre a permissividade? Sobre a vida em geral? Respostas evasivas. Simplórias. Nada que tenha ficado na minha memória. Exceto que a sua gata teve filhotes e ela tem um gatinho para nos dar. Posso lhe oferecer uma bebida gelada? Não, obrigada. Acabamos de beber. Algumas uvas? Não, obrigada. Então acho que vocês esperam que eu as deixe a sós? Você esqueceu as suas chaves em cima da mesa. E leve o seu jornal. Tchau.
    Mas eu não tinha a menor pressa de ir embora. Ao contrário. Qual a pressa? Recosto-me na cadeira e pergunto o que as pessoas na cidade estão comentando, digamos, o novo quarteto de cordas. Ou sobre a ampliação do estacionamento na praça. E quais são os planos de Tal para o verão? Até o alistamento? Não tem vontade de fugir dos logaritmos, girar um pouco pelo mundo lá fora, como todos os outros? Por que não? O que há de errado com o mundo lá fora? Quem sabe ela queira algumas informações sobre a América Latina?
    Noa intervém: Batsheva Dinur telefonou procurando você, Teo.
    Entendi o recado, e respondi: Telefonou procurando. Ótimo. Neste caso vou ficar aqui sentado com vocês até ela ligar de novo. Não se incomodem. Prossigam. Vou ficar lendo meu jornal.
    Uma vez, de brincadeira, perguntei a Noa durante o nosso café da manhã o que ela estava efetivamente planejando ao passar tantas horas com aquela indiazinha. Ela traz para você os problemas amorosos dela? Alguma outra história com drogas? Algum outro projeto de memorial? Noa corou e disse: Teo. Basta. Isso vai terminar mal. E quando viu que eu não desistia, levantou-se e foi passar roupa. Mesmo que geralmente passar roupa seja responsabilidade minha.
    Então resolvi recuar, pelo menos uma retirada temporária. Talvez tenha a oportunidade de pegar essa Tal para uma conversa frente a frente. Ou ir sozinho um dia desses até a butique da mãe dela e comprar uma saia leve com desenhos geométricos coloridos.
    Porém agora tenho as minhas próprias preocupações. Natália, a

jovem russa que estava limpando o meu escritório às sextas-feiras, mandou a chave de volta e disse que não podia continuar. Desta vez resolvi não desistir. Pesquisei um pouco e descobri o telefone da mercearia do conjunto habitacional, e lá concordaram, sem deixar de reclamar, em chamá-la para receber o telefonema. Após uma luta feroz contra a timidez, boas maneiras, receios e dificuldades idiomáticas, ficou claro que o marido desempregado, num novo ataque de ciúmes, a tinha proibido de trabalhar para mim. Então, entrei no Chevrolet e passei uma boa meia hora tentando descobrir precisamente em que parte do conjunto habitacional costumava ficar o tal marido. Tinha a intenção de falar com ele, sensibilizá-lo, mas pude concluir pelas conversas com os vizinhos que Natália tinha fugido para a casa do pai dele, que morava num quarto alugado bem perto da praça, a menos de dois minutos do escritório. Dois dias depois o marido também se mudou para o miserável quarto do pai. Quando consegui achar o lugar, Natália já tinha se mudado de volta para o conjunto habitacional. O marido e o pai berraram durante cinco minutos fazendo perguntas desconfiadas através da porta trancada antes de concordarem em tirar a corrente e me deixar entrar. Acontece que eu tinha chegado bem no meio de um jogo de cartas, dois homens robustos, ligeiramente calvos, que se pareciam como dois irmãos, ambos de rosto redondo e estrutura larga, com braços de halterofilistas, exibindo fileiras de dentes afiados quando sorriam, os dois com a barba por fazer e vestindo camiseta preta. Por algum motivo, quando tentei falar sobre a Natália, explodiram numa gargalhada ruidosa e molhada, como se eu tivesse dito alguma bobagem, bateram amigavelmente nas minhas costas, explicaram algo em russo e em outra língua que não consegui identificar, aí de novo em russo, aí deram outra boa risada, mostrando seus dentes predatórios, e me pediram com gestos entusiásticos e sinceridade quase violenta que eu me juntasse a eles num jogo de pôquer. Fiquei cerca de uma hora, e durante essa hora tomei duas vodcas e perdi quarenta *shekels*.

Desde então vou às vezes visitá-los no final da tarde, quando Noa não está em casa, é claro. E quanto à pobre Natália, parece que ela se foi, fugiu para a casa da irmã que mora em Hatzor, na Galileia. Consegui arrancar isso deles após perder mais duas partidas. Tenho prazer em passar uma ou duas horas na companhia desses homens rudes. Mal entendo o que dizem, mas gosto das gargalhadas ruidosas, dos tapas nas costas, dos gritos, das cotoveladas nas minhas costelas, do quarto humilde com teto baixo e cheiro de gordura frita na minúscula cozinha. Alguma coisa ali me faz recordar as noites em volta da fogueira na companhia de estranhos, os quintais das estalagens rurais em regiões longínquas perto das praias do Caribe. Eles me servem um peixe em conserva condimentado e saboroso, e um copo de vodca, eu perco cinquenta ou oitenta *shekels*, e às vezes me surpreendo rindo junto, de alguma piada que não consigo entender. Esqueço que o meu objetivo inicial era tentar derreter o ciúme, fazer o marido de Natália aceitá-la de volta e fazer Natália voltar a limpar o meu escritório às sextas-feiras. Eu tinha a impressão de que estavam tentando me mostrar aos berros, com cômicos gestos arredondados, que Natália estava grávida, portanto não havia razão de ficar correndo atrás dela, e que a irmã dela na Galileia também estava esperando bebê. Mas é difícil saber se entendi corretamente ou se simplesmente montei uma história com base em gestos e risadas. E, no fundo, o que me interessa?

    Em certos momentos lembro-me dela: menina-moça, uns dezessete anos, cabelo loiro, magra, tímida, medrosa, quieta, cintura e seios de mulher mas o sorriso, mesmo quando ela não percebe que estou olhando, tem um quê permanente de doce confusão ou admiração infantil. Entre um sorriso e outro os lábios se fecham como se fosse chorar. Sempre que eu fazia uma pergunta simples e direta, como, por exemplo, se os pais estão vivos, ou se ainda resta água no bule elétrico, ficava pálida e começava a tremer, como se tivesse cometido alguma falta grave, ou como se eu tivesse feito alguma proposta indecente, e começava a sussurrar mil desculpas até eu desistir da resposta e lamentar ter perguntado, e virar-lhe as costas para esconder o desejo que subitamente tomava conta de mim e a protuberância que se formava. Quando descobri que tanto o marido quanto o pai tinham sido mecânicos na Moldávia, e que ambos estavam desempregados desde que tinham chegado em Israel, telefonei a Muki Peleg e lhe pedi, como favor pessoal, para ver se conseguia pelo menos alguma coisa temporária. Talvez com algum dos poderosos empreiteiros com quem ele se sentava todo dia na mesa do Conselho dos Sábios da Torá no Café Califórnia. Muki me prometeu arranjar alguma coisa, que pergunta, num piscar de olhos, mesmo que eu não merecesse depois de expulsar a ele e a Ludmir da comissão. Na verdade, não o faria por mim, e sim em nome da Reunificação das Diásporas, conforme disse a aeromoça para o passageiro judeu que tinha pedido para ela se trancar com ele no banheiro durante o voo. E prosseguiu contando-me uma história sobre uma fabriqueta de canetas esferográficas que planejava montar aqui, em sociedade com Dubi Weitzman e Pini Bozo da loja de sapatos, algo realmente pioneiro, as canetas têm um dispositivo eletrônico de modo que, se você esquece onde a deixou, basta assobiar e ela assobia de volta, e Batsheva estava procurando mais um investidor, talvez Orvieto, será que eu não gostaria de entrar na sociedade? Duplicaríamos o capital em dois anos, três no máximo, isso com cautela, porque de fato havia a possibilidade de duplicar o dinheiro em dois anos e meio.

No sábado comecei a relacionar os itens do memorando. Descobri numa das revistas de Noa que na Escandinávia já existem há muito tempo internatos de recuperação especiais para jovens com menos de dezoito anos, e exatamente em pequenas cidades, longe dos grandes centros, e há indícios significativos de que tais internatos são extremamente bem-sucedidos, representando um desafio socioeducacional capaz de direcionar a vida da população local e gerar às vezes um contundente exemplo de comunidade terapêutica, um ambiente de apoio que resulta num senso de objetivo comum e orgulho local. A estrutura que me parece mais apropriada a Tel Keidar é a de um experimento social vinculado a um estudo acadêmico, não só mais um posto de fornecimento de drogas substitutivas como adolan ou metadona. Quanto ao aspecto econômico, é claro que não podemos ser a Escandinávia, mas há sentido em começar justamente com filhos de lares em boa situação financeira, residentes na região central de Israel, famílias que poderiam arcar com pagamentos de até mil dólares por mês. Começaríamos, por exemplo, com sete ou oito pacientes nessa faixa e, conforme sugeri a Noa, faríamos bem em acrescentar dois ou três jovens locais, de famílias necessitadas, em troca de um pagamento simbólico. Isso deve contribuir para limpar a área. Melhorar a nossa imagem perante a opinião pública. Mas quando pedi a Noa que passasse os olhos nas anotações ela disse, Não me dê rascunhos para ler. Não me dê nada para ler agora. Neste momento não, Teo. Você não vê que eu estou tentando ouvir música em silêncio. Faça-me um favor, coloque o disco de novo desde o começo.

Por um momento tive vontade de lhe recordar que ela continuava recebendo todo mês um cheque de trezentos dólares de Orvieto, através do seu advogado, Arbel; interessante saber efetivamente para quê, e algum dia alguém poderia perguntar o que ela tinha feito com o dinheiro. Atualmente ela passa metade do tempo com a sua indiazinha, Tal ou Táli. Da janela do meu escritório posso vê-las entrando juntas no cabeleireiro, saindo de uma matinê no Cine Paris, sentadas cochichando na mesa reservada aos amantes atrás do pilar no Café Califórnia. Às vezes me levanto, tranco o escritório, compro um *Ma'ariv* na loja do Gilboa, e vou eu mesmo até o Califórnia. Não me sento junto com elas, mas assumo um posto de observação lateral ao lado da mesa junto à caixa. Dubi Weitzman, quando não tem trabalho para fazer, chega alguns minutos depois, barrigudo, peludo, suado, sandálias empoeiradas, sempre usando um boné marítimo de capitão grego, com um cordão dourado em volta e uma âncora brilhante na frente. Ele se senta, pede duas Coca-Colas geladas e um prato de azeitonas com queijo, suspira e declara:

Um cassino, Teo, é isso que vai nos salvar aqui. Que Tel Keidar deixe de ser um cemitério. Um cassino vai nos trazer turistas, desocupados, garotas, vai entrar dinheiro graúdo e a cultura virá logo depois. Um cassino, entenda, para mim é só um meio. O meu objetivo é trazer cultura. Um lobby para trazer cultura. Como se diz lobby em hebraico? Base de sustentação? Cultura, Teo, é esse o objetivo. Sem cultura nós vivemos aqui como animais. Não leve para o lado pessoal. Encare como material de reflexão.

Anteontem ele disse:

Toda vez que vou a Tel Aviv noto que a cidade se aproximou um pouco mais de nós. Holon está grudada em Rishon LeTzion. Rishon está se espalhando na direção de Ashdod. Ashdod se conecta com Kiryat Gat. Daqui a cem anos Tel Aviv vai chegar até aqui, bater de repente à nossa porta às cinco da manhã e dizer: Bom dia, caros amigos, acordem, estou aqui, vim ver vocês, e pronto, a diáspora terá terminado. Mas até isso acontecer estamos aqui encalhados debaixo dessas montanhas. Que se danem essas montanhas. Pode-se morrer sufocado por causa dessas montanhas. Chega. Vamos jogar um xadrez. Você não fica de saco cheio, Teo? Às vezes? Encare como material de reflexão.

Ludmir às vezes me pega no farol ou ao lado do correio, e promete virar o mundo de cabeça para baixo e lutar até a morte contra o ninho de serpentes que eu planejo implantar aqui, Sodoma e Gomorra. Ele se envergonha e se arrepende da cegueira que o atingiu temporariamente fazendo com que participasse da nossa comissão, e me adverte, em tom de piedade, que apesar de tudo Noa voa no ar. Várias vezes, na cozinha, senti vontade de dizer alguma coisa que realmente a magoasse, como um tapa na cara. Por exemplo, Diga, você já viu alguma vez um drogado de verdade? Um só, que seja? De longe? Pelo telescópio, talvez? Como o seu pai que ficava sentado na cadeira de rodas no telhado tomando conta do mundo através da luneta? E, me diga a verdade, será que você é capaz de distinguir entre uma pessoa drogada, sonolenta ou simplesmente retardada? Como é que você

teve a audácia de assumir um projeto do qual você entende menos do que eu entendo de cosméticos esquimós? E que, bem lá fundo, nunca lhe interessou de verdade? Só para não ficar em casa? Só porque já está cheia de lecionar literatura? Qual é, você deixa toda a cidade louca, e quando chega a hora de encarar o trabalho duro, decide brincar de outra coisa e larga os seus brinquedos espalhados para eu arrumar?
Eu me contive.
Não adianta brigar.
Especialmente depois que eu também a abandonei: Divirto-me com o marido e o pai dele, comendo arenque em conserva e tomando vodca que já me acostumei a levar comigo. Na casa deles eu me empanturro de bolinhos e pasteizinhos recheados. De repente me surpreendo apresentando um resumo ordenado, sem palavras, com gestos e sons fragmentados, da história da saga sionista, os pântanos, a clandestinidade, a imigração ilegal, os ingleses, os nazistas, as vitórias, o Muro, Entebe, as colônias na Margem Ocidental. Os dois me olham sem surpresa, mas também sem muito interesse, sem parar de mastigar, irrompendo ocasionalmente em gargalhadas que não consigo relacionar com a minha narrativa. Da última vez consegui ganhar cinquenta *shekels* no pôquer, e ambos engasgaram de rir, dando tapas nos meus joelhos e na minha nuca, socos nas minhas costas, não conseguiam parar. No entanto, às terças-feiras ainda sento no Califórnia por algumas horas e jogo xadrez com Dubi Weitzman, como fiz durante tantos anos. E quase toda tarde passeio sozinho em volta da casa em ruínas. Porém não carrego mais o lápis e o papel de desenho. É como se eu tivesse perdido o fio da meada.
Muki Peleg telefonou, excitado: Tinha conseguido um período de experiência para os meus dois mujiques, uma semana, com Jacques Ben Lúlu na Oficina Ben Elul, ele é um santo, só que é um período de experiência em troca de um salário simbólico, para mostrarem o que sabem fazer, como disse a rainha da Grécia para os seus três turcos. Você não conhece essa, Teo? Tudo bem. Algum dia eu conto. Apenas

tenha em mente que um turco e uma grega é como Ludmir e uma pedreira. O importante é, diga-lhes para estarem lá amanhã às sete da manhã. Que tal, hein? Não sou o sábio dos sábios bancando o bondoso da aldeia?

Eu disse:

Não há ninguém como você, meu santo.

E Muki:

Ainda bem.

Apesar das telhas rachadas, das teias de aranha e da grossa camada de poeira, das janelas que faltam, dos armários quebrados, das pias e privadas escangalhadas ou roubadas, do telhado que range sob a ira do vento do deserto, das seringas imundas e dos pedaços de algodão sujos de sangue e do fedor de mijo e manchas secas de umidade, estou aos poucos me convencendo de que a casa foi uma excelente aquisição, porque foi construída honestamente. Sólida e generosa. Os quartos são altos e espaçosos. As paredes, grossas. Todos os quartos se abrem para um espaço central, um saguão bem amplo no meio da construção. Esse espaço central me dá uma impressão de penumbra agradável, concentra um frescor gostoso mesmo nas piores ondas de calor. Alguma coisa no estilo da construção me faz lembrar uma casa árabe ou armênia da época anterior às guerras. Ou o bairro alemão em Jerusalém. A profundidade das janelas arqueadas. O desenho do corredor. As lajes. No grande jardim crescem espremidos cerca de vinte pinheiros, que os ventos do sul fizeram inclinar-se para o norte. Os galhos se espalham sobre o telhado quebrado e assolam a casa com sombras. Cada sopro de vento provoca nessas sombras um ligeiro tremor. Uma luz tênue atravessa as folhas agulhadas, um murmúrio abafado nas costas, e um fluxo ininterrupto de sombras permeadas de nesgas de luz dança nas paredes. Às vezes esse movimento provoca a sensação tensa de que há alguém caminhando na ponta dos pés no quarto ao lado. Em volta dos pinheiros, por todo lado brilha a causticante luz de verão, mas o jardim e a casa ficam separados, na sombra, como um enclave de inverno.

Mergulhando no seu próprio leite, segundo Noa, e Avraham Orvieto tocou o peitoril com as mãos e não disse nada.

Ontem às seis da manhã coloquei no Chevrolet uma podadeira, uma serra e ancinhos, pedi os meus dois halterofilistas emprestados na Oficina Ben Elul, e durante sete horas limpamos a sujeira sob os pinheiros e podamos as árvores. Na hora do almoço apareceram também Linda e Muki, tinham ouvido um boato de que estava aqui se estabelecendo um novo assentamento, que já tinha até cerca e torre, e decidiram se apresentar para me ajudar, mas já estava tudo feito. Tínhamos construído até mesmo um apoio para os troncos das árvores que me pareceram inclinados demais. Na quinta-feira virá um empreiteiro beduíno, amigo de Dubi Weitzman, para começar a levantar uma cerca nova e fazer um portão de ferro.

Depois vou precisar renovar toda a estrutura e adaptá-la ao seu novo propósito.

Mas qual é esse propósito? Já não tenho mais uma ideia clara. Não terminei a redação do memorando. Perdi o fio da meada.

Linda continua datilografando voluntariamente as cartas que eu dito no escritório, e nós as enviamos a autoridades de todos os tipos. Mas a ideia está se diluindo, como se tivesse deixado de ter sentido. E nesse meio-tempo atraímos a ira do vulcânico Ludmir. Na sua coluna no jornal local, "Uma Voz no Deserto", ele pinta um retrato sombrio de mim. Denomina a doação de Avraham Orvieto de dinheiro sujo de um mascate de instrumentos de destruição. Eu deveria ter publicado uma resposta, mas não achei o que escrever. Mais uma vez, perdi o fio da meada. E Orvieto também sumiu: Talvez tenha voltado à Nigéria. Desta vez levou consigo o seu advogado. E o dinheiro, até agora nada. Talvez nunca tenha havido e nunca haverá. Mas eis que surge Natália que volta para nós da Galileia, grávida e ainda mais linda do que eu lembrava, com aquela expressão de inocência e surpresa ela me serve um copo de chá muito quente e forte, que, por algum motivo, faz seu marido e o pai darem risada até engasgar, uma gargalhada que desta vez me arrasta junto, para minha própria surpresa, e ela cai no choro, e em vez de me comover, em vez de tentar protegê-la ou confortá-la, sou tomado de desejo. Uma vez escutei no rádio um programa de Londres, muito banal, sobre a vida e os amores de Alma Mahler. A apresentadora explicou aos ouvintes como era Alma Mahler aos olhos do mundo masculino. Depois explicaria como ela era na verdade. Esta verdade me pareceu ridícula, mas não consegui descobrir nada que pudesse substituí-la. Como se pode saber?

Anotei num pedaço de papel: Mobília. Equipamento. Problema de aquecimento no inverno. Cozinha ou despensa? Mudanças interiores. Hidráulica. Eletricidade. Esgoto. Suprimento de água. Telhado. Telhas. Grades? Armários embutidos. Linha telefônica. Sala de tratamento? Sala de aula? Local para vídeo e TV? Computadores? Clube? Biblioteca?

Tudo isso antes de chegarmos aos planos de funcionamento em si. Mas que funcionamento? E com quem? Aqui uma cortina desce sobre mim, como uma chuva de verão interna. Como se o edifício vazio tivesse se tornado um fim em si. E talvez tenha chegado a hora de ter uma conversa olho no olho com Orvieto. Tentar definir suas intenções de uma vez por todas. Em Tel Aviv? Em Lagos? Talvez muito em breve eu pegue um avião e vá me encontrar com ele por um ou dois dias. Sem dizer a ela. Mas por alguma razão ainda tenho arrepios quando penso nisso. Quando tento imaginar nós dois, ele e eu, encontrando-nos sem que ela saiba, desenha-se dentro de mim uma mistura de medo e vergonha. Como se estivéssemos planejando uma traição. Como se eu tivesse tecido uma teia de mentiras para ficar sozinho com outra mulher.

Então telefonei a Dubi Weitzman e lhe disse para cancelar por enquanto o empreiteiro beduíno e os pedreiros. Quinta-feira é muito cedo. Semana que vem também é muito cedo. Para que construir uma cerca em torno de uma coisa que não existe? Em torno de um sonho? E mesmo assim, não esqueci o pai dela, paralisado numa cadeira de rodas no terraço do telhado por anos a fio, cada vez mais gordo, como um lutador derrotado, e acompanhando o que passava no mundo através das lentes da sua luneta. Se pelo menos o telhado tivesse tido um parapeito adequado, talvez o velho estivesse vivo até hoje. A casa no final do povoado não teria sido demolida. A coleção de cartões-postais não teria sido doada para uma comunidade pacifista. E ela ainda estaria lá e não aqui, certamente ainda cuidando dele, preocupando-se com ele, cantando para ele, dando comida, botando na cama, trocando as fraldas, cinco vezes por dia.

O vestido novo que compramos em Tel Aviv no dia em que assinamos o contrato tem um pequeno defeito: não cai direito na cintura. No fim das contas vamos ter que pedir a Paula Orlev para consertar. Por algum motivo sinto-me incomodado ao pensar que os dedos de Paula vão encostar nesse vestido. Será que a indiazinha Tal aprendeu com a mãe a consertar uma cintura? Ou quem sabe Natália, a minha virgem grávida, saiba manusear uma agulha? Mas Noa não percebeu o defeito quando usou o vestido esta noite. Fomos escutar o novo quarteto tocar na casa do dr. Dresdner, no bairro chique. Quando estávamos na porta, já saindo, quase a chamei para mostrar que a cintura estava torta. Finalmente resolvi não dizer nada para não atrasar, e também porque havia algo tocante e delicioso nesse defeito quase invisível. Se é que o defeito existe. Não importa, deixa estar até Noa perceber. E se não perceber, não faz mal.

Ele usa uma grosseira proteção de elástico no joelho esquerdo, por causa de uma velha contusão. À meia-noite, quando voltamos da noitada musical na casa de Júlia e Leo Dresdner, a dor começou. Ainda estamos no meio do verão e ele já está começando a captar de longe os sinais do inverno. Sentei-o numa poltrona, tirei a proteção e tentei dissipar a dor com uma massagem. Ele pôs as mãos no meu ombro e disse, Sim, continue, está funcionando. Teo, eu disse, este joelho está um pouco quente, mais quente que o outro, você deveria dar um pulo no ambulatório amanhã. Não adianta, ele disse, a dor vai embora como veio.

Levantou-se, preparou um pouco de chá de ervas para nós dois e apagou a luz do teto. Ficamos sentados uns quinze minutos na luz fraca que vinha da cozinha. As janelas e a porta do terraço estavam abertas para deixar entrar a brisa noturna. Dos morros do leste ouviu-se o ganido longínquo de uma raposa e imediatamente os cães, sempre cheios de razão, começaram a ladrar pelos prédios. Então lavei a proteção de elástico com água morna e sabão, sabendo que estaria seca até de manhã devido ao ar do deserto. Depois, tomei um chuveiro, e Teo também tomou depois de mim, e em seguida nos separamos para ir dormir. Quando estava quase dormindo, ou talvez já dormindo, uma voz feminina sussurrante, com emoção abafada, chegou aos meus ouvidos vinda do seu quarto: o noticiário noturno de Londres.

No dia seguinte fui com Tal a uma matinê no Cine Paris. Era um filme sobre traição e vingança. Depois do cinema fomos ao Café Califórnia, sentamos uma hora e meia e tomamos café com sorvete. De lá eu a levei à loja de sapatos de Pini Bozo, porque tinha resolvido que lhe compraria sandálias novas, com salto. Às vezes ela realmente parece uma menina de dez anos, principalmente quando se olha por trás. Uma indiazinha, diz o Teo, o que vocês ficam cochichando o dia inteiro, ela não tem amigas da idade dela?

Escolhemos um par de sandálias claras com uma fivela lateral em formato de borboleta. Tal se recusou a me deixar pagar, mas eu insisti e paguei.

Pini Bozo disse:

Também tenho algo lindo para você. Experimente estas aqui. Não custa nada, só para ver como fica.

No final também comprei um par de sandálias novas para mim, sem salto, cor creme, com tiras trançadas.

Na saída encontramos o Teo perto do farol. Ele nos convidou para um café com sorvete no Califórnia. Caímos na gargalhada e dissemos, Bom dia, você chegou tarde, estamos vindo de lá. Perguntei-lhe o que achava das nossas sandálias novas. Teo encolheu os ombros, disse, Bonitas, encolheu o seu olho desconfiado, como um camponês avarento: E agora, para onde vocês estão indo? E encolheu os ombros de novo e concluiu: Tudo bem. Desculpem. Não perguntei nada. Só não descuide do seu exame de matemática. Logaritmos. Na verdade eu também posso ajudar de vez em quando a preparar você para o exame. Me parece que eu ainda lembro de alguma coisa. Tchau.

O que será que ele faz o dia todo? Pelo jeito não está conseguindo serviços novos. É verão. Ele ainda tem uns trabalhos antigos para entregar. Todo dia às oito e meia da manhã ele abre o escritório, acende aquela luz forte e fica sentado sozinho diante da prancheta debaixo de uma fotografia de Ben Gurion olhando resolutamente para a extensão desértica. Rabisca formas geométricas. Ou fica em pé junto à janela espiando o movimento na praça. Às dez horas ele desce para comprar jornal na loja do Gilboa. Aí, dá uma volta na praça e retorna ao escritório. Há pouco tempo me contou que se ofereceu para ajudar a resolver um problema de família da empregada: arrumou um emprego temporário para o marido e também para o sogro dela. Na verdade, tudo o que fez foi pegar no telefone, quem arrumou foi Muki Peleg. Não perguntei os detalhes mesmo que quisesse saber, para ele não ter a sensação de que eu o estou controlando.

De manhã fico uma ou duas horas sentada na mesa do canto na biblioteca, na frente do ar-condicionado, enquanto a velha bibliotecária, Amália, cochila atrás do balcão, descabelada, grisalha, enrugada, lábios puxados para dentro como se estivesse caçoando de mim; de vez em quando ela solta um leve ronco, acorda, dá um olhar espirituoso na minha direção, e então seus lábios se retraem outra vez e seus olhos se fecham numa expressão de dor reprimida. Já foi diretora do Departamento de Jardins da Prefeitura, foi ela quem plantou as palmeiras junto às avenidas e deu início ao jardim da Casa dos Fundadores. Adotou um órfão beduíno que no final cresceu e foi embora de Israel. Entrou numa briga com Batsheva e se aposentou precocemente, ficou muito doente com diabete, e no começo do ano se ofereceu para auxiliar na renovação da biblioteca. Mas os leitores estão diminuindo. Amália encheu o arrumado e bem iluminado salão de leitura com dezenas de plantas internas bem cultivadas em recipientes hidropônicos contendo pedrinhas finas e brilhantes, e alimentadas com uma mistura de água, minerais e fertilizantes, como se a biblioteca estivesse aos poucos se transformando numa estufa ou numa densa floresta tropical, com trepadeiras e samambaias espalhando seus galhos, ocupando o espaço para além das prateleiras, abrindo caminho entre os livros, transformando a luz fluorescente numa escura seiva vegetal. Mas ninguém vem aqui exceto eu e alguns aposentados e dois ou três jovens esquisitos. Vazia. Nestas manhãs só a bibliotecária doente e eu. Os livros sobre drogas, dependência e recuperação que eram guardados para mim numa prateleira especial durante todas essas semanas já se dispersaram e voltaram para seus lugares. Agora preciso me preparar para o próximo ano letivo. Mas qual é a pressa? Em vez da poesia de Bialik escolhi alguns livros sobre a vida de músicos. Talvez porque Júlia e Leo Dresdner do consultório odontológico me tenham telefonado para pedir que participe de uma comissão para ajudar na absorção de músicos imigrantes da Rússia. Há projetos de se fundar aqui um pequeno conservatório musical em cooperação com a escola secundária, com o Conselho de Trabalhadores e com a Prefeitura. Talvez seja possível envolver também os ministérios da Absorção e da Cultura. Foi marcada uma reunião com Batsheva para a próxima semana. Fui solicitada a redigir uma carta para um grupo de amantes da música clássica para ver quem concorda em contribuir. Linda se ofereceu para datilografar a carta, e Ludmir e Muki Peleg distribuirão cinquenta cópias.

Estou sentada no meu canto perto da última janela, vestindo um vestido de verão florido; folheio os livros e paro aqui e ali para ler três ou quatro páginas sobre o estranho amor de Brahms por Clara Schuman, a doença e morte de Mozart, sobre o tímido e melancólico Schubert, que se duvida que tenha amado alguma mulher exceto sua mãe, e que descreveu suas composições como medíocres e efêmeras, e apenas uma vez na vida apareceu num concerto público, e morreu de tifo aos trinta e um anos de idade. Meu olhar vagueia do livro para os vasos de plantas. Lembro-me da coleção de cartões-postais do meu pai. Amália fixa o olhar vazio à sua frente, olhos apertados como se doessem. Seu cabelo é fino e seco e as maçãs do seu rosto sob a luz fluorescente estão sugadas para dentro como o rosto de uma morta. Muki Peleg me contou que, nos anos cinquenta em Beersheva, ela foi a beldade do deserto, divorciou-se, casou-se de novo, separou-se, dançou de maiô em cima de um barril no desfile da festa do vinho, deixava os homens malucos, seduzia os operários nos campos de petróleo, viveu com um conhecido poeta. Os anos se passaram e a doença a maltratou, e agora a chamam de bruxa nas suas costas.

O ar-condicionado grunhe e range um pouco. De longe, da direção da rua Sharett, chega o ruído de uma pesada escavadeira. Apesar disso, milagrosamente, um silêncio total e profundo preenche a sala de leitura: quando folheio os livros, pode-se ouvir cada página separadamente. Do lado de fora das cortinas fechadas, o sol brilha ferozmente. Uma luz tirânica toma conta de tudo. A cadeia de picos montanhosos se dissolve na poeira chamuscada. No livro *Palavras para os sons: a canção alemã de Mozart a Mahler* eu me deparo com um poema com o título "Noite de luar", escrito por Joseph von Eichendorff, que foi musicado por Schuman em 1840:

Ondulam os campos, a brisa no ar
Noite cristalina sussurra sua calma
Em paz estende as asas a alma
Alça voo tranquilo de volta ao lar

Fecho o livro, descanso os braços sobre a mesa e cubro o rosto. Noa já não voa. Amália a bibliotecária vem até onde estou, curva-se, toca o meu ombro, parece um pássaro agonizante, sob o queixo pende uma espécie de papo seco e mole, mas a sua voz está macia e preocupada:

Você não está se sentindo bem, Noa? Quer um pouco de café?
Eu digo:
Não é nada. Não precisa. Já passou.
Ela sorri para mim, um sorriso de caveira, sem lábios, e eu tenho que lembrar a mim mesma que não é um sorriso de ironia agressiva, mas apenas as bochechas sugadas para dentro devido à doença e à

velhice. Tal vai para o exército Avraham vai sumir na África Teo vai fechar o escritório e se dedicar dia e noite à rádio de Londres, os dias voam o verão vai terminar os anos vão passando e eu estarei no lugar dela atrás desse balcão na biblioteca deserta que terá se transformado numa selva cuja folhagem acabará devorando tudo.

Nesse meio-tempo Muki e Linda retornaram, bronzeados e animados, de um breve feriado perto de Safed. Muki reduziu um pouco as suas investidas bem-humoradas sobre mim. Talvez tenha finalmente se apaixonado por Linda. Ou será que eu estou começando a perder aquilo que o atraía? A mudança me entristece, ainda que nunca tenha me agradado ser cortejada por ele. Brinquei a esse respeito com Tal, e ela disse, Bobagem, Noa, esqueça, era só charme, mesmo, é pena que você tenha cortado o cabelo tão curto. Antes, quando o seu cabelo caía de um lado do rosto, era muito mais bonito.

E ela? Por que resolveu cortar o cabelo curtinho?

Porque já tirou da cabeça aquele peso todo. Agora quer só paz e sossego. Tinha acabado um namoro nem fazia dois meses: um dia de manhã acordou e percebeu que estava atraída por um burro, como no *Sonho de uma noite de verão*, que estudamos com você. Agora estava simplesmente cansada daquilo tudo. Tinha vontade de descansar pelo menos até ir para o exército. Nesse meio-tempo, que bom se pudesse ao menos achar um trabalho temporário, como por exemplo meio período num escritório. Estava cheia desses rapazes que só pensam em combates, carros e motos. E é mais ou menos só isso que existe por aqui. A verdade é, já que estamos falando nisso, ela se sente atraída por um tipo de masculinidade um pouco mais madura. Alguém do tipo que saiba dar muito e queira receber muito. Alguém como o Teo, só que não tão velho assim, se eu não me importo que ela diga isso. Teo lhe dá a impressão de ser um homem introvertido e triste. E é isso que ela acha mais bonito e atraente num homem. Só que no caso do Teo vem acompanhado de uma coisa tipo indiferença, mais ou menos isso, desculpe de eu estar aborrecendo você.

Eu disse: Olhe Tal, no caso do Teo, e parei aí. Apesar de na verdade querer continuar falando e falando sem parar. Mas não agora. É muito cedo.

Muki me agarrou quando vinha saindo da farmácia Schatzberg, onde ainda estava afixado o anúncio fúnebre, já bastante apagado, comunicando a morte de Gustav Marmorek. Escute, minha linda. É uma consulta. Você tem cinco minutos para conversar comigo no Califórnia? Quando a Linda e eu viajamos de férias para o albergue do monte Meron, logo no primeiro dia ela foi ficar doente. Comida estragada. É sério. Vou pular os detalhes. No começo eu pensei, Muki, meu caro, você se ferrou mesmo, era o que faltava, trocar fraldas em vez de se divertir, correr para arranjar chá quente, batatas cozidas, e trazer remédios do ambulatório de Safed, e lavar as calcinhas dela, porque é óbvio que ela não tinha levado o suficiente. Mas no final, pode ficar admirada, eu até acabei gostando. Talvez eu tenha virado masoquista. Não é que não tenhamos nos divertido, não me entenda mal, no terceiro dia ela estava forte como uma leoa e aí comecei a aproveitar mesmo, sabe o que estou querendo dizer. Só que, muito estranho, justo durante a doença foi quando me senti mais perto dela. Como você explica isso?

À noite contei a história para o Teo. Recordei-lhe que havia prometido me levar para a Galileia. Que tal nós dois também viajarmos para o norte? Para Safed? Para o Golan? Para o monte Hermon? Não no seu Chevrolet caindo aos pedaços. Desta vez vamos alugar um carro. Eu dirijo uma parte do caminho. E se levarmos a Tal conosco? Se ela quiser ir?

Teo disse: É possível.

Mas os dias estão passando e nem ele nem eu voltamos a tocar no assunto da nossa viagem para o norte.

No fim de semana passado fomos ao enterro da mãe de Batsheva Dinur. Ela morreu dormindo. Foi enterrada no último espaço na fileira sob os pinheiros, depois do velho Eliahu e depois de Imanuel Orvieto e sua tia solteirona Elazara. Kushner, o encadernador, fez o discurso ritual, e mencionou que antes de adoecer seriamente a falecida tinha servido durante décadas como professora de história e dedicada educadora na escola dos filhos de operários em Givatayim, e participava regularmente da revista *Folha da Educação*. Fez uma referência educada aos seus últimos anos de vida, com breves insinuações apenas, e juntou duas metades de dois versículos diferentes do livro de Salmos, dizendo, Não nos abandones no tempo da nossa velhice e não tires de mim o teu Santo Espírito. A maior parte das palavras, bem como das orações, foi engolida pelo rugido de jatos voando baixo em exercícios de caça num céu que parecia coalhado de poeira.

Dois dias depois fomos visitar Batsheva, para prestar nossas condolências. Tivemos dificuldade de entrar. A casa e o jardim estavam repletos de visitas, seus filhos, netos, noras, cunhados, amigos, primos. Através da porta permanentemente aberta jorrava toda Tel Keidar, e beduínos das redondezas, e vizinhos, como um grande casamento. Mulheres que eu não conhecia controlavam a cozinha e despachavam para o jardim e para os quartos bandejas de bebidas geladas e sanduíches. Mal conseguimos abrir caminho para chegar a Batsheva; fomos encontrá-la sentada no seu trono no jardim, à sombra da imensa figueira, cercada por uma ruidosa hoste de parentes e amigos. Crianças e mais crianças corriam pelo jardim, umas atrás das outras, barulhentas, mas Batsheva parecia estar gostando da confusão. Uma mulher corpulenta, cheia de rugas, sentada numa poltrona com forro de veludo esgarçado. Ela conseguia tranquilamente manter quatro ou cinco conversas simultâneas, sobre os temas mais variados, estradas, nascimentos, partidos políticos, a juventude da mãe em Smolensk, orçamentos e receitas. Quando chegou a nossa vez de dizer que compartilhávamos a sua dor, ela disse: Ei, vejam quem está aqui, o meu casal de drogados, tentem pegar duas cadeiras, e não comam o bolo ainda, antes vocês precisam provar estas azeitonas que um bom amigo meu me trouxe hoje da Galileia, de Deir el-Assad. Venha, venha cá,

Nawaf, apareça, isso não são azeitonas, é puro êxtase, azeitonas da alma. Se a mamãe pudesse prová-las, acabaria em alguns minutos com uma bacia inteira. Ela era simplesmente viciada em azeitonas em conserva forte, com queijos esquisitos e um copo de vinho. Em todo caso, devíamos dar festas assim para a pessoa antes que ela morra, não depois, para que ela perceba que não vale a pena ir embora. Assim, as pessoas morreriam um pouco menos. Aliás, o projeto, anteontem recebi um telefonema do Avraham. Que homem de alma nobre, trágico, e além disso cheio de charme, eu também já estou apaixonada por ele. Vocês sabiam que ele esteve envolvido com o resgate dos prisioneiros na Síria? E colhendo informações sobre soldados desaparecidos em combate? Durante meia hora tivemos um romance por telefone, parece que eu consegui que ele largue um pouco os drogados e em vez disso compre computadores para o nosso curso colegial, e esse será o memorial para o seu filho, pena que não conheci o rapaz, talvez eu pudesse ter lhe dado um puxão de orelhas para ele não se matar. O problema é que vocês estão engasgados com a casa Alharizi. Não podem engolir e não podem cuspir. Mas não se preocupem, a questão vai se resolver, acho que já encontrei um caminho para tirar vocês dessa situação sem saírem perdendo. Vamos conversar depois da semana de luto. Não, desse queijo não, Noa, Teo, provem primeiro o queijo salgado, foi o meu neto de Rosh Pina quem fez, ele mesmo. Isso não é um queijo, é uma sinfonia. Onde está o garoto doce que fez o queijo para mim? Etam? Alguém vá chamá-lo depressa para que venha receber as reverências de todos. E aí está o Ludmir, venha, sente-se, a voz do deserto, sente-se no chão, você merece, e antes de tudo prove as azeitonas que o meu amigo me trouxe de Deir el-Assad.

    Foi assim que a construção da cerca da casa Alharizi saiu de pauta. E tampouco vai haver alguma reforma. No apartamento da tia foi aberta uma nova clínica odontológica chamada Marfim, mas descobriu-se que na verdade são outra vez o dr. Dresdner e o dr. Nir, que se mudaram de suas antigas instalações para perto do escritório do Teo. E o velho Kushner afixou um cartaz diante do seu cubículo, "Vende-se Loja", dizem que ele decidiu ir embora de Tel Keidar, quase não lhe restam mais fregueses, e que ele vai viver com a sua filha e seus netos em Guedera, e outros dizem que está se mudando para o Lar da Terceira Idade; inscreveu-se há dez anos e agora chegou a sua vez.

Pesadas escavadeiras rugem das seis da manhã até o anoitecer, levantando uma nuvem de poeira no final da rua Eshkol: finalmente estão emendando essa rua com a avenida Ben Zvi por meio de uma rua nova que vem do oeste. Um verdadeiro bando de urubus paira sobre a nuvem de poeira. Na praça junto ao farol estão colocando postes para um novo sistema de iluminação, igual ao das grandes cidades. Júlia Dresdner convocou a primeira reunião do Comitê Público para a Integração de Imigrantes Músicos. Violette e Madeleine, as cunhadas cabeleireiras, estão ampliando o Salão Champs-Elysées, que de agora em diante incluirá também um sofisticado salão de beleza. Na Casa dos Fundadores será aberta em breve uma cafeteria, e talvez resolvam também manter uma exposição permanente de minerais acondicionados em vitrines climatizadas. No outono haverá uma loja de instrumentos musicais perto do farol de trânsito. Assim, há coisas novas acontecendo na cidade. E Teo e eu recebemos uma carta registrada de Ron Arbel, o advogado: em vista da oposição e das complicações, decidiu-se postergar o projeto do memorial por seis meses. Nesse ínterim serão examinadas também outras alternativas. O sr. Orvieto escreverá em separado. O projeto não foi arquivado. Quanto à questão financeira ainda em aberto entre nós, será resolvida o mais cedo possível, de forma satisfatória para ambos os lados. As diversas partes interessadas se reunirão em breve com vista a um balanço atualizado da situação e a uma avaliação abrangente das diversas possibilidades e alternativas. E que aceitemos nós dois os melhores votos e agradecimentos pelos nossos esforços.

Muki Peleg, por sua vez, já tem conversado com um grupo ultraortodoxo de Beersheva, Os Guardiães da Santidade, e parece que estão loucos para comprar a casa Alharizi com o objetivo de criar um internato para inculcar os valores judaicos nos filhos dos imigrantes russos. Estão dispostos a pagar uma soma igual ao preço de compra original. É óbvio, disse Muki, que o negócio ainda não é definitivo. Por enquanto está tudo em aberto, e as negociações com os homens de preto só serão concluídas se ficar claro que o nosso Deus, lá na África, está verdadeiramente arrependido de tudo que decidiu criar aqui e nos deixou assim pendurados entre o céu e a terra. Do jeito que as coisas estão no momento, estamos numa pequena sinuca: a casa está registrada em nome da nossa comissão, o dinheiro é seu, Teo, do Avraham só temos de fato uma promessa verbal, e do advogado temos uma carta, mas eu não sei o que ela vale do ponto de vista legal. Se decidirmos vender aos religiosos, também não vou cobrar comissão, se bem que na verdade o dinheiro seria bastante útil no momento, pois a Linda e eu estamos planejando uma viagem para a Itália no outono. Por que vocês dois também não se casam? Não? E vamos viajar os quatro e virar Roma de cabeça para baixo e ensinar a eles o que é realmente a *dolce vita*. Jorrar leite e mel sob a arca de Tito, se é que vocês entendem o que eu quero dizer. A verdade é que, com a mão no coração, se nós três, nós quatro, resolvêssemos não desistir de jeito nenhum, creio que a clínica aconteceria, de qualquer maneira. Posso dizer uma coisa do fundo do coração? Deveríamos insistir até o fim. Deveríamos lutar. Deveríamos virar a cidade de pernas para o ar. A clínica é mil vezes mais necessária do que um internato religioso, que em vez de salvar os nossos jovens das drogas vai começar a drogar as nossas jovens almas com a vinda do Messias e essa coisa toda. Deveríamos procurar investidores. Ou doações de benfeitores. Organizar uma pressão pública sobre Batsheva e os burocratas. Não desistir. Arregimentar pessoas de bem. Que na verdade não faltam por aqui. E posso dizer mais uma coisa do fundo do coração? Nosso verdadeiro problema é que na verdade não estamos ansiosos por fazer nada. Essa é a verdadeira desgraça. Quem não tem febre de fazer alguma coisa, começa a esfriar e morrer. É isso que a Linda diz e eu concordo com ela. Precisamos começar a querer. Agarrar com as duas mãos para que a vida não fuja, entendem? Senão, tudo está perdido.

Teo disse:

Por enquanto não venda. Se Avraham Orvieto pular fora, o patrimônio de vocês vai ter outro comprador.

Comprador. Que comprador? Por quanto?

Eu. E vamos entrar num acordo em relação ao preço.

Quando cheguei em casa à noite, Teo disse, É estranho eu ter dito aquilo para ele. Não sei direito o que eu quis dizer. A casa nos atrai, mas o que vamos fazer com ela? Você entende isso, Noa? Porque não tenho a menor ideia de onde saiu essa ideia.

Eu disse: Espere. Vamos ver.

No Shabat, às sete da noite, à medida que a luz ia ficando mais suave e azulada, sentimos vontade de ir lá. O Chevrolet ranzinza não quis dar partida. Então fomos a pé. Não pela praça junto ao farol, mas demos a volta toda, pela estrada de terra, ao longo da base do penhasco que esconde o vale proibido. Alguns arbustos escuros, castigados pelo vento, se remexiam no alto dos morros pois um vento sul impiedoso soprava de vez em quando enchendo o mundo com milhões de grãos afiados. Como se uma chuva estivesse prestes a desabar a qualquer momento. Lufadas violentas sacudiam de vez em quando os arbustos no alto dos morros, forçando-os a se curvar, se dobrar, se submeter numa dança contorcida. A areia cortante penetrava na nossa pele sob as roupas, enchendo o cabelo, instalando-se entre os dentes, golpeando-nos diretamente nos olhos como se tentasse nos deixar cegos. De tempo em tempo um uivo grave cruzava a extensão da planície deserta. E parava. E voltava a castigar e atormentar novamente os arbustos sofridos. Avançamos lentamente em direção ao sul, como se estivéssemos nadando rio acima, contra a corrente. Demos a volta ao lado do cemitério. O lamento dos pinheiros sacudidos pelo vento ergueu-se vindo da direção dos túmulos. É uma cidade nova, pequena, e os mortos ainda são poucos, poucas dezenas, talvez cem mortos, e, com exceção do bebê de Pini Bozo, ninguém nasceu aqui nem foi enterrado junto aos seus pais. Meu pai e a tia Chuma, sua irmã, estão enterrados entre as urtigas sob ciprestes escuros no cemitério malcuidado do povoado onde eu nasci. Minha mãe aparentemente está na Nova Zelândia, onde é inverno quando aqui é verão, e noite quando aqui é dia, e talvez a chuva fina molhe o seu túmulo na escuridão, e árvores cujo nome eu não sei sussurrem entre si e façam silêncio. Uma vez, num Shabat, quando descemos para passear num dos *wadis* ao norte da cidade, encontramos um cemitério beduíno, pilhas de pedras cinzentas que as areias estavam cobrindo pouco a pouco. Possivelmente eram os restos dos antigos nômades que viveram e morreram aqui, espalhados entre as montanhas e o sol muito antes da chegada dos beduínos.

Quando alcançamos o desvio para as pedreiras pegamos o caminho do oeste, entre as rochas. O vento, que estivera soprando na nossa face, agora nos atinge pela esquerda, empurrando-nos com força para a borda da ravina cuja base já estava no escuro. A luz foi sumindo e ficando turva, cortinas de poeira obscureciam o sol e o tingiam de vermelho cinzento com manchas púrpuras, e ele foi se pondo até que pudemos olhar direto na sua direção sem sermos ofuscados. Um manto de venenosa luminosidade espalhava-se pelo ocidente, parecendo um incêndio de produtos químicos. Aí o sol se pôs e foi engolido pelas bordas do planalto.

Chegamos às ruínas quando os restos de luz ainda brilhavam. Havia um cheiro acre, úmido, mesmo a casa estando aberta aos quatro ventos. Caminhamos às cegas de quarto em quarto, pisando em montes de lixo até que imaginamos estar vendo sombras à nossa frente: eram as copas das árvores do jardim tremendo ao vento e se refletindo nas paredes com os restos de luz. Mas não: desta vez realmente parecia que tínhamos perturbado um par de hóspedes não convidados, um rapaz e uma moça, atordoados, lerdos, nós aparentemente os despertamos de um sono profundo. Olharam para nós por um instante como se fôssemos fantasmas, depois deslizaram janela afora pela parede oriental e desapareceram silenciosamente entre as árvores do bosque escuro.

Teo tocou as minhas costas com os dedos esticados: Escute, Noa, você precisa entender, o rapaz está morto. Respondi num sussurro, Eu sei. Sabe? Então diga isso. Mas por quê? Diga isso, Noa, para que também esteja na sua voz. E ali ficamos até que começou a esfriar.

Às dez chegamos em casa. Voltamos atravessando a cidade, cruzando a praça já totalmente vazia por causa do vento, restos de pedaços de jornal e rajadas de areia pontiaguda. Pus o braço em torno do seu cinto largo e senti o cheiro de couro velho e suor. Apressamo-nos em fechar todas as venezianas por causa da tempestade de areia. Teo preparou uma leve salada com rabanetes descascados em forma de botões de rosa. Fritou uma omelete e serviu fatias de pão e vários tipos de queijo numa tábua. Eu preparei dois copos de chá de ervas. Colocamos um disco, a Missa em Si Bemol Maior, de Shubert, e ficamos sentados na cozinha até tarde. Não falamos. Talvez aluguemos um carro para passear pela Galileia. Vamos nos hospedar em albergues nas aldeias e ver o sol nascer por entre o denso emaranhado de vegetação perto das nascentes do Jordão. Quando voltarmos para casa, Tal poderá nos trazer o gatinho que prometeu. Teo vai lhe dar um emprego de meio período para organizar os arquivos do escritório, até ela ir para o exército. E nesse meio-tempo vai prepará-la para o exame de matemática. Vamos lhe comprar uma blusa bonita e uma saia em vez do jeans gasto e esgarçado nos joelhos. Pensei nas sombras que tínhamos perturbado nas ruínas. Talvez tenham descido para o *wadi* no meio da escuridão, e a esta altura já deveriam estar nas encostas do morro da Hiena. Ou talvez tenham se abrigado no bosque. Ou talvez tenham entrado de novo depois da nossa saída, e agora estariam deitados junto à parede desabada, cabeça na coxa, cochilando na paz de um sonho silencioso, distantes de si próprios, distantes da dor e da tristeza, escutando as lufadas do vento sul que sopra e some e sopra outra vez chacoalhando as copas dos pinheiros retorcidos no jardim da casa em ruínas e daí prossegue agora arrasando toda a cidade e realmente se fazendo notar do lado de fora das venezianas que fechamos. Quem preferir, pode escutar o seu uivo pelos arbustos. Quem preferir, pode não escutar. Daqui a duas semanas e meia vão terminar as férias de verão. Quem tem um pouco de boa vontade encontra boa vontade em qualquer lugar. Quem sabe este ano eu aceite ser professora responsável por uma classe. Entrementes, esta noite, vou fazê-lo desistir de Londres porque vou tomar um chuveiro e ir até ele no escuro.

1991-1993

O elenco

TEO (da Planejamento Ltda.)
NOA DUBNOW (professora)
MALACHI (MUKI) PELEG (corretor imobiliário e consultor de investimentos)
AVRAHAM ORVIETO (adido militar ou talvez comerciante de armas)
ERELLA ORVIETO (sua esposa, médica, morta no sequestro do avião da Olympic)
IMANUEL ORVIETO (o filho, ex-aluno do colégio)
O CHIPANZÉ DA FAMÍLIA ORVIETO
O CÃO DE IMANUEL ORVIETO
ELAZARA ORVIETO (ex-funcionária do banco)
RON ARBEL (advogado)
LUDMIR (funcionário aposentado da companhia de eletricidade, membro de muitos comitês)
GUSTA LUDMIR (sua esposa, dá aulas particulares de matemática)
LARLACH LUDMIR (sua neta, quis se realizar como dançarina num colégio especial em Tel Aviv)

LINDA DANINO (funcionária, divorciada)
NEHEMIA DUBNOW (funcionário aposentado da companhia de abastecimento de água)
CHUMA ZAMOSC BAT-AM (militante vegetariana e pacifista)
YOSHIAHU (YOSHKU) SARSHALOM ZAMOSC (retornou arrependido)
O XERETA GOROVOY (ex-campeão de halterofilismo de Lodz)
O POETA EZRA ZUSSMAN E SUA ESPOSA
BATSHEVA DINUR (prefeita)
DIDI DINUR (seu marido, morreu na Guerra dos Seis Dias, aparentemente músico)
A MÃE IDOSA DE BATSHEVA (professora aposentada)
ETAM (neto de Batsheva)
NAWAF (trouxe azeitonas da Galileia)
JULIA E O DR. LEO DRESDNER, E O DR. NIR (os dois últimos são dentistas)
DUBI WEITZMAN (tabelião e contador, também impressos e fotocópias)
YEHUDA E JÁKI (Foto Hollywood)
KUSHNER (encadernador de livros)
SCHATZBERG (farmacêutico)
AVRAM (vendedor de *falafel*, recentemente também de *shawarma* no pão sírio)
SHLOMO BENIZRI (do Departamento em Beersheva)
DÓRIS (secretária de Benizri)
TÍKI (datilógrafa)
POLICIAL GORDO (do acidente rodoviário no entroncamento de Ashquelon)
MARTA (de Eilat, aparentemente drogada)
AATEF (rastreador beduíno)
ALHARIZI (proprietário em Tel Keidar, atualmente importador de televisores em Netanya)
NATÁLIA (nova imigrante, faxineira)

SEU MARIDO E O PAI (novos imigrantes, mecânicos)
GILBOA (jornais e artigos de papelaria)
LIMOR GILBOA (ajuda o pai, toca celo)
PINI BOZO (sapatos)
SUA ESPOSA E O BEBÊ (mortos)
ALBERT YESHUA (o soldado que os matou)
CEGO LUPO (trabalha na central telefônica)
ANAT E OHAD (jovem casal)
BIALKIN (móveis)
GUSTAV MARMOREK (ou Eliahu, o senil)
VIOLETTE E MADELEINE (cabeleireiras, cunhadas)
CANTOR HÚNGARO
PAULA ORLEV (dona de butique)
TAL ORLEV (sua filha, terminou a escola e espera a hora do exército)
JACQUES BEN LÚLU (oficina Ben Elul)
IRMÃOS BARGELONI (corretores imobiliários)
PINI FINKEL (morto na Guerra da Independência)
NIMROD FINKEL (seu filho, chefe do Setor de Planejamento)
CHERNIAK, REFIDIM E ARBEL, Advogados (avenida Rotschild, 90, Tel Aviv)
UM PROFESSOR E AFINADOR DE PIANOS (escrevendo um livro chamado *A essência do judaísmo*)
AMÁLIA (bibliotecária doente)
JOVEM RAPAZ DE GALWAY (viaja pela Galileia à procura de uma moça chamada Daphne)
QUARTETO DE CORDAS (novos imigrantes de Kiev)
HOMEM CHORANDO NO JIPE

1ª EDIÇÃO [1997] 2 reimpressões
2ª EDIÇÃO [2019]

ESTA OBRA FOI COMPOSTA PELA SPRESS EM ELECTRA E IMPRESSA EM
OFSETE PELA GEOGRÁFICA SOBRE PAPEL PÓLEN SOFT DA SUZANO PAPEL E CELULOSE
PARA A EDITORA SCHWARCZ EM ABRIL DE 2019

A marca FSC® é a garantia de que a madeira utilizada na fabricação do papel deste livro provêm de florestas que foram gerenciadas de maneira ambientalmente correta, socialmente justa e economicamente viável, além de outras fontes de origem controlada.